令嬢トリアは跪《ひざまず》かない

死に戻り皇帝と夜の国

青田かずみ

24228

角川ビーンズ文庫

Contents

ラウ・ランメルト・
キールストラ
キールストラ帝国の
「死に戻り皇帝」。
前皇帝を殺して座を簒奪した、
不老不死、などの噂がある
トリア
（ヴィットーリア・ララサバル）
ノエリッシュ王国の男爵令嬢。
婚約破棄をきっかけに
すべてを捨てて、
ひとりの騎士として
生きることを決める

セシリナ・ライラ・ラナムネリ

ラウの伯母でありギルバートの母。
前皇帝を殺したと噂のラウを
敵視している

ギルバート・カルル・ラナムネリ

ラウの従兄で兄のような存在。
右腕として皇帝のラウを補佐する

ロイク・ララサバル

トリアの叔父で剣術の師匠。
王立騎士団の副団長を務める

ルシアン・ノエリッシュ

ノエリッシュ王国の第二王子。
ヴィットーリアの元婚約者

令嬢トリアは跪《ひざまず》かない

死に戻り皇帝と夜の国

人物紹介

本文イラスト／喜ノ崎ユオ

序章

死ぬのはこれで十一度目だ。

首を折って死ぬこと一回。毒を盛られて死ぬこと二回。高所から落とされて死ぬこと三回。切られたり刺《さ》されたりして死ぬこと四回。

死亡に至らずとも瀕死《ひんし》の状態に陥《おちい》ったことも、十指に余るほどある。面倒臭《めんどうくさ》くなっていつしか数えるのをやめてしまったため、正確な回数は当の本人にもわからなかった。

「なるほど、今回は焼き殺すつもりか」

吐《は》き出した声はかすれており、発音も不明瞭《ふめいりょう》だ。舌先の痺《しび》れは大分和《やわ》らいできた。だが、全身にはまだ麻痺《まひ》が残っている。椅子《いす》にきつく縛《しば》られた手足の痛みも、頬《ほお》や首といったむき出しの肌《はだ》を焼く熱さも、幸か不幸か感じられない。

「これの次は氷漬《こおりづ》けにでもされそうだな」

毎回あれやこれやと殺害方法を変えてくるやる気の高さには、正直感心してしまう。

死に至った毒殺や刺殺《しさつ》に限らず、他《ほか》にも様々な方法で命を狙《ねら》われた。未遂《みすい》に終わっているが、撲殺《ぼくさつ》、絞殺《こうさつ》、溺殺《できさつ》、圧殺などなど、多種多様な殺害方法が実行されている。

無駄《むだ》な労力を費《つい》やしていると思う反面、何年も変わらずに強い殺意を持ち続けられることには羨望《せんぼう》すら抱《いだ》いてしまう。ここまで来ると意地と執念《しゅうねん》だろう。あるいは憎悪《ぞうお》か。

ため息を吐《つ》こうとして、しかし、息を吸い込んだ瞬間《しゅんかん》熱風が喉《のど》を突《つ》き刺す。煤《すす》の交じった煙《けむり》が気道を容赦《ようしゃ》なく焼き、激しい咳《せき》が幾度《いくど》となくあふれ出てくる。ありとあらゆるものが黒焦《くろこ》げになっていく悪臭《あくしゅう》が鼻腔《びこう》を刺激《しげき》し、目尻《めじり》から涙《なみだ》が一粒《ひとつぶ》こぼれ落ちていった。

(炎《ほのお》の勢いから察するに、燃えているのは屋敷《やしき》全体。俺一人を殺すために、豪勢《ごうせい》な屋敷を丸々燃やすとは)

涙はすぐさま熱風によって蒸発していく。

(なかなかどうして、思い切りのいいことをするじゃないか)

ようやく咳が落ち着いた口元を歪《ゆが》める。

もちろん価値のある家具や美術品、宝飾品《ほうしょくひん》はあらかじめ持ち出されているだろう。が、別邸《べってい》とはいえ全焼《ぜんしょう》させるほどの決断力と度胸が、ここの領主にあるとは思えなかった。

(強い人間に取り入り、金を稼《かせ》ぐことしか考えていない奴《やつ》だ。となれば、背後にいるのは)

ごうごうと炎が暴れ回る音も、瞬《また》く間に絨毯《じゅうたん》や天井《てんじょう》を焼いていく様も、どこか遠くの出来事のようにしか感じられない。

すでに室内の三分の一が火の手に包まれている。逃《に》げ道があるとすれば背後の窓ぐらいだろうが、体が満足に動かせない、かつ拘束《こうそく》された状態では逃げることもできない。否《いな》、もし動くことができたとしても、慌《あわ》てて逃げる必要はなかった。

意思を持っているかのごとき炎は、少しずつ、着実に近付いてくる。

(焼死、か。さて、これはどの時点で『死んだこと』になるんだ)

気道が熱風で焼かれたことによる呼吸困難、もしくは酸素不足による窒息《ちっそく》。それとも炎で全身が焼かれたことによる熱傷でショック死するか。もし熱傷で死ぬのならば、どの程度皮膚《ひふ》が焼かれた時点で死ぬのだろうか。

『大丈夫《だいじょうぶ》、大丈夫。あなたは死なない』

『死なない、死なない。絶対に死なせない』

炎の音に混じって明るい声が響《ひび》く。それは無邪気《むじゃき》に笑う幼子の声のようだった。

奥歯を強く噛《か》み締《し》め、脳に直接響いてくる声を無視する。

(彼女が外に出ていて良かった)

狙いは自分だけ。恐《おそ》らく彼女のことは意図的に呼び出したのだろう。

屋敷にいた者たちも、自分を除いてみな無事に脱出《だっしゅつ》しているはずだ。屋敷を燃やすことは百歩譲《ゆず》って納得《なっとく》したとしても、己《おのれ》の領土内で数多《あまた》の死傷者を出すことなど小心者の領主が受け入れるとは思えない。

(一番の問題は、この後どうやって辻褄《つじつま》を合わせるか、だな)

死ぬことに対する恐怖心《きょうふ》などすでにない。死はただの過程だ。

果たしてどの時点で死に、どの時点で生き返るのだろうか。

来《きた》る死を受け入れるため、ゆっくりと両目を閉じる。いつか、遠くない未来、本当の意味での安らかな死が訪《おとず》れて欲しい。

（……いいや、違《ちが》う。俺に安らかな死など、永遠に訪れるはずがない）

この魂《たましい》は未来《みらい》永劫《えいごう》、『彼ら』に囚《とら》われるのだから。

無意識の内に、唇《くちびる》が誰《だれ》かの名を形作る。音にならない呼び声が彼女に届くはずがない。

そう思った次の瞬間。

「――ラウ！」

耳障《みみざわ》りな轟音《ごうおん》を切り裂《さ》く澄《す》んだ音色《ねいろ》。

驚《おどろ》いて見開いた目に飛び込んできたのは、燃え盛《さか》る炎の中でも鮮《あざ》やかに、一際《ひときわ》明るい輝《かがや》きを放つ赤い髪《かみ》だった。

第一章　深窓の令嬢にさようなら

「ヴィットーリア・ララサバル、君との婚約《こんやく》を破棄《はき》する！」

豪華絢爛《ごうかけんらん》なシャンデリアがいくつも飾《かざ》られた天井に、高らかな音色が反響《はんきょう》する。

左手を腰《こし》に当て、右手の人差し指を突きつけてくる相手。自身の婚約者、いや、元婚約者と言うべきか。とにかく突然《とつぜん》婚約破棄を言い渡《わた》してきた人物、ルシアン・ノエリッシュ第二王子に、ヴィットーリアはぱちりと大きな瞬《まばた》きをする。

絶え間なく鳴り響いていた楽団の音楽が止まる。嘘《うそ》と見栄で塗《ぬ》り固められた貴族たちの談笑《だんしょう》も途《と》切れ、賑《にぎ》やかだった広間に静寂《せいじゃく》がもたらされる。

即興《そっきょう》劇を鑑賞《かんしょう》するかのごとく、いつの間にかヴィットーリアとルシアンを囲むように観客の輪が出来上がっていた。

ヴィットーリアは口元を手で覆《おお》い隠《かく》すと、震《ふる》える声を懸命《けんめい》に吐き出す。

「で、ですが、あの、わたしたちの婚約は、十年も前に結ばれたものです」

どうして今になって、と続いた声はかすれている。

「我々の婚約は大きな間違いだった。そう、破棄するのが遅《おそ》すぎたぐらいだ」

ルシアンは右手でご自慢《じまん》の金髪《きんぱつ》をかき上げる。気障《きざ》ったらしい大袈裟《おおげさ》な仕草は、周囲にいる妙齢《みょうれい》の女性たちからうっとりとした息を吐き出させる。

シミ一つない顔は端麗《たんれい》で、目尻の下がった蒼穹《そうきゅう》色の瞳《ひとみ》で見つめられるだけでルシアンの虜《とりこ》になってしまう、とよく女性たちは口にしている。だが、ヴィットーリアにはまったくわからない。下から見上げられるせいだろうか。

金の装飾《そうしょく》がふんだんに付けられた白の正装姿は、よく言えば華奢《きゃしゃ》、悪く言えば軟弱《なんじゃく》だが、にじみ出る気品が悪い部分を覆い隠している。高価な指輪や腕輪《うでわ》にはめ込まれた大振《おおぶ》りの宝石が、一際美しい金色の煌《きら》めきを放つ。ノエリッシュ王国において金色を身に着けられるのは王族のみ。禁色《きんじき》というわけではないが、暗黙《あんもく》の了解《りょうかい》となっている。

見た目だけで言えば、ルシアンは誰もが羨《うらや》む完璧《かんぺき》な王子だろう。

片やこの即興劇における登場人物の一人、主役級の役割を与《あた》えられているはずのヴィットーリアは、濃《こ》いブラウンで彩《いろど》られた飾り気のないドレスを着ている。装飾品は小さな宝石が付いた首飾《くびかざ》り一つ。長い髪はきつく束ねて後頭部で丸く結《ゆ》い上げている。

「大きな過《あやま》ちを正した今、僕にとって最愛の女性、クローディア・ララサバルとの婚約を発表する。我々は半年後に結婚することが決まっている」

劇が始まってからずっとルシアンの背後にいた人物、レースをふんだんに使った桃色《ももいろ》のドレスに、美しい生花で髪を飾ったクローディアがルシアンの隣《となり》に並ぶ。白い頬は髪を飾るバラと同じ色に染まり、瞳は熱っぽく潤《うる》んでいた。

微笑《ほほえ》み合う二人の姿は、まさに物語に出てくる完璧な恋人《こいびと》同士といった様相だ。

二歳下の妹、十六歳になるクローディアは細身で小柄《こがら》、小動物を彷彿《ほうふつ》とさせる愛らしさを有している。波打つ艶《つや》やかな赤紫色《あかむらさきいろ》の髪、煌めく大きな緑色の瞳。可愛《かわい》らしい容姿の中にもどこか色気が漂《ただよ》っているのは、ふっくらとした厚い唇と、口の右側にある黒いインクを一滴《いってき》落としたようなホクロのせいだろうか。

クローディアは姉に対する申し訳なさと、愛する相手との幸せを掴《つか》んだ喜びを噛みしめる複雑な表情でヴィットーリアへと視線を注ぐ。

「ごめんなさい、ヴィットーリアお姉様」

「クローディア、あなた、どうして……？」

「だって、わたくしたちはもうずっと前から深く愛し合っているんですもの」

クローディアがそっとルシアンの腕《うで》に触《ふ》れると、ルシアンは甘く溶《と》けるような眼差《まなざ》しをクローディアへと向ける。二人だけの世界に、ヴィットーリアの入る隙間《すきま》など皆無《かいむ》だった。

「君との関係は解消されるが、我が王家と騎士《きし》の名家である君の家、ララサバル男爵《だんしやく》家との良好な関係、いや、より強固となる繋《つな》がりは今後も続いていく。何も心配はいらない」

ぎゅっと手で押さえた口元から、飲み込めなかった嗚咽《おえつ》がいくつもこぼれ落ちていく。

自分を落ち着かせるため静かに息を吐《は》き、視線を足元に落とした。

俯《うつむ》いた視界にスカートの裾《すそ》から覗《のぞ》く靴先《くつ》が入り込んでくる。装飾のないベージュ色の靴は、かかとの部分が低い、いや、高さがほぼない靴だった。ドレス姿のときはもちろん、普段《ふだん》から平らな靴しか履《は》けなかった。履かせてもらえなかった。

「突然《とつぜん》の発表でみなを驚かせてしまったことは、心からお詫《わ》びしよう。だが、婚約破棄に至ったのは他《ほか》でもないヴィットーリア、君に原因があることはわかっているだろう？」

俯いたままのヴィットーリアへと、いつものごとく嫌《いや》みが投げつけられる。

「僕という第二王子の婚約者でありながら、容姿には気を遣《つか》わない、ダンスは下手、面白《おもしろ》い話題の一つも出せず、いつも下手な愛想笑《あいそわら》いばかりする。優《やさ》しく心の広い僕はずっと君を庇《かば》い、成長を見守り続けていた。だが、さすがの僕にも我慢《がまん》の限界があるんだよ」

ふうっと、これみよがしにため息が吐き出される。

「妹のクローディアは君とは違い、とても素晴《すば》らしい女性だ！　もっと早く僕はクローディアを選ぶべきだった！　ああ、そうだ、なんて無駄《むだ》な時間を使っていたんだ！」

熱のこもったルシアンの声に、クローディアの恥《は》ずかしげな吐息《といき》が重なる。

誰かが始めた拍手《はくしゅ》に別の拍手が加わり、歓声《かんせい》が周囲を包み込む。

素晴らしい劇が閉幕し、総立ちで盛大な拍手喝采《かっさい》を贈《おく》る人々の中、ヴィットーリアだけが一人取り残されていた。困惑《こんわく》と呆《あき》れを押し隠し、冷静に事態の推移を見守る。

（……わたしは、ここでどうするのが正しいのかしら）

突然の婚約破棄に悲しみ、さめざめと涙《なみだ》を流すべきか。それとも、婚約破棄など認めないと、毅然《きぜん》とした態度を貫《つらぬ》くべきか。あるいは、恥《はじ》をかかされたと顔を真っ赤に染め、この場から走り去るべきか。

（深窓の令嬢ならば、どう行動するのが正しいんだろう）

最善の行動を考えるヴィットーリアの耳に、悪意に満ちた言葉が突《つ》き刺《さ》さってくる。

「そもそも、僕と君とでは何もかも釣《つ》り合いが取れていなかった。そう、中身も見た目もすべてが不釣り合い。天と地ほどの違いがあったということだ！」

淀《よど》みのない自信満々な演説が続く。この場の主役はルシアンで、相手役はクローディア。ヴィットーリアはただの添《そ》え物に過ぎない。

「ルシアン王子、この度《たび》は誠《まこと》におめでとうございます！」

「ありがとう、ララサバル夫人。僕はもっと早くに、あなたの助言を聞き入れて婚約者をクローディアに替《か》えるべきだったよ」

顔を見なくてもその甲高《かんだか》い声だけで、ララサバル夫人が化粧《けしょう》を塗りたくった顔に勝ち誇《ほこ》った笑《え》みを浮《う》かべている光景が鮮明《せんめい》に想像できる。

彼女があらかじめこの婚約破棄、そして新たな婚約について知っていたのならば、当然今夜の晩餐《ばんさん》会の主催者《しゅさいしゃ》、ララサバル男爵家の当主も同じ。何も知らなかったのはヴィットーリアだけということだろう。

顔を上げてララサバル男爵である父の姿を捜《さが》す。額からやや頭髪《とうはつ》が薄《うす》くなり、顔やお腹に贅肉《ぜいにく》をたくさん付けた父は、満足そうな表情でクローディアたちを見ている。

ふと、その視線がヴィットーリアに向けられる。

第二王子の心を射止められなかったことへの失望と呆れ。何年経《た》っても騎士に憧《あこが》れを抱《いだ》き続け、完璧な令嬢とはほど遠い娘《むすめ》に心底愛想が尽《つ》きた、という眼差しを見た瞬間《しゅんかん》、ヴィットーリアの中で何かが壊《こわ》れる音が大きく鳴り響《ひび》く。

堪忍袋《かんにんぶくろ》や理性の糸が切れた音、あるいは被《かぶ》り続けていた仮面が壊れた音のような。

(――いいえ、違《ちが》う。これは『わたし』をずっと縛《しば》り付けていた鎖《くさり》が切れる音!)

気付けば、手が離《はな》れた口から大きな笑い声が発せられていた。

明るく清々《すがすが》しい、楽しそうな声が広間を包み込んでいく。

本当はずっと笑い出したかった。ルシアンが婚約破棄を言い渡したときから、表面上はどうにか神妙《しんみょう》な様子を装《よそお》っていたものの、内心では諸手《もろて》を挙げて大喜びしていた。

しんと静まり返った場に、ヴィットーリアの笑い声だけが響き渡《わた》る。

「ヴィ、ヴィットーリア? 君は急に何をしているんだ?」

警戒《けいかい》と困惑をにじませるルシアンの声に、ヴィットーリアは笑い声を止める。そして、顔を強張《こわば》らせているルシアンへと一歩、また一歩、真っ直《す》ぐに近付いていく。

あと一歩踏《ふ》み出せばぶつかるという距離《きょり》で足を止め、ルシアンを笑顔で見下ろす。

「婚約破棄の申し出、謹《つつし》んでお受けいたしますわ、ルシアン王子」

にこやかに、落ち着いた声音《こわね》で話すヴィットーリアに安心したのか、ルシアンが肩《かた》の力を抜《ぬ》く。

「最初に申し上げておきますが、わたしは基本的には暴力には反対です。意味もなく、理《り》不尽《ふじん》に暴力を振《ふ》るうことは許されないと思っていますし、代々騎士を輩出《はいしゅつ》している家の人間として力は正しく使うべきだと考えています」

「僕も暴力には反対だが、何故《なぜ》そんな話をする必要が――」

「ですが、世の中には正当防衛という言葉がありますし、ときには自分や大切な相手を守るために力が必要になることもあります」

ルシアンの疑問の声を遮《さえぎ》ったヴィットーリアは、浮かべていた笑みを消し去る。

ヴィットーリアの顔は愛らしいと称《しょう》される妹とは正反対。凜《りん》とした顔立ちに鋭《するど》い眼差しで、無表情だと怖《こわ》いと言われることもあった。

だから、できる限り微笑むようにしていた。

けれど、それももう終わりだ。

「これは暴力じゃない。わたし自身を守るための正当防衛よ」

ずっと頑張《がんば》ってきた。合わない靴を無理矢理《むりやり》履かされて、靴ずれが起きても、まめが潰《つぶ》れて血が流れても、それでも必死に頑張って『深窓の令嬢《れいじょう》』の道を歩き続けてきた。

（ルシアンとの婚約《こんやく》は破棄《はき》したかったから正直願ってもないことだけど、どうせまた別の新しい婚約者を父が選ぶ。ただ結婚相手が替わるだけ）

そんなのはもう我慢できない。

迷うことなく右の靴を脱《ぬ》ぐ。突然おかしな行動を取り始めたヴィットーリアに、ルシアンだけでなく周囲からも当惑《とうわく》の声が上がる。周りの様子など気にせず、左の靴も脱いで左右の靴を右手に持った。

裸足《はだし》で床《ゆか》に立つ。ひんやりとした感触《かんしょく》が心地《ここち》いい。

裸足の足ならばどんな靴でも履ける。好きな靴を履いて、好きなところに歩いていける。どこへでも、どこまでも、自由に。

ついでに結《ゆ》い上げていた髪《かみ》を乱暴に振り解《ほど》く。炎《ほのお》のように真っ赤で気品がない、とルシアンから揶揄《やゆ》されていた髪だが、ヴィットーリア自身は嫌《きら》いじゃない。

素足《すあし》で床をしっかりと踏み締《し》め、ルシアンを睨《にら》みつける。そして、奥歯を嚙《か》み、息を深く吸い、素早く上げた右手に渾身《こんしん》の力を込めて握《にぎ》った靴ごと振り下ろす。

自称《じしょう》、世界で一番美しいらしいルシアンの顔に向かって。

「わたしはずっと、こんな靴じゃなくてヒールの高い靴を履きたかったのよ！」

ばっちーんと、派手な打撃音《だげきおん》が広間全体に響き渡った。

「今この場で、ヴィットーリアの名前も、ララサバルの家名も捨て、今後は一庶民《しょみん》のトリアとして生きていくことを宣言します」

思い切り右手を振り抜いた格好でヴィットーリア、いや、心機一転、新しい名へと変更《へんこう》することを決めたトリアは、声高らかに告げる。

が、さらに続けようとした言葉は、ルシアンによって妨害《ぼうがい》されることとなった。

何の心構えもない状態で、かつ、ひょろひょろとしたルシアンがトリアの全身全霊《ぜんれい》の一撃《いちげき》に耐《た》えられるはずもなく、体勢を崩《くず》して床に尻餅《しりもち》をつく。

と考えていたのだが、どうやらルシアンはトリアの想像以上に軟弱《なんじゃく》だったらしい。

靴と共に吹《ふ》き飛ばされたルシアンは、言葉通りに空中を飛ぶ。受け身を取ることもなくすごい勢いでゴロゴロと床を転がっていく。靴が床に落ちてもなお、転がり続ける。

あまりにもすごい勢いで転がっていくので、殴《なぐ》ったトリアも、傍《そば》にいたクローディアも両親も、そして観客たちも、ゴロゴロしていくルシアンの姿を無言で見守ってしまう。

ようやく回転が止まったときには、きれいだった白い服はよれよれ、一分の隙《すき》もなく整えられていた金髪《きんぱつ》はもしゃもしゃ。弱々しい仕草で上半身を起こしたその頰《ほお》には、くっきりと靴《くつ》で殴られた痕《あと》が付いていた。肌《はだ》が白いのでよく目立つ。

しばらくの間、誰《だれ》もが身じろぎ一つしない静寂《せいじゃく》が続く。

何とも言えない微妙《びみょう》な空気が漂《ただよ》う中、ふっと小さな吐息が聞こえた気がした。それが笑い声だとトリアが認識《にんしき》するよりも早く、クローディアがルシアンへと駆《か》け寄る。

「ルシアン様！　大丈夫《だいじょうぶ》ですか、お怪我《けが》はございませんか!?」

クローディアの金切り声を合図に、静かだった場にざわめきが広がっていく。棒立ちになって固まっていた両親も顔を真っ青に染め、慌《あわ》ててルシアンへと走り寄っていく。

「ヴィットーリア！　ルシアン王子に何てことを！」

父が怒声《どせい》を上げる背後で、ララサバル夫人がまなじりを決している。

「この十年間、わたしは彼から絶えず言葉による暴力を受けていました。この程度ですべて水に流してあげようっていうんですから、むしろ生易しいぐらいです」

はっきり口答えをしたトリアに、二人は目を丸くする。令嬢として分厚い猫《ねこ》を被っていた頃《ころ》だったら、「申し訳ございません、お父様」と震《ふる》える声で謝っていただろう。

だが、もう深窓の令嬢を演じていたヴィットーリアはいない。

少しやり過ぎたかと思ったものの、見たところルシアンに大きな怪我はない。もしかしたらご自慢《じまん》の顔が二、三日腫《は》れ上がるかもしれないが、そのぐらい許容範囲《はんい》だろう。

トリアは素足で歩き出す。床に力なく座り込むルシアンと、すぐ傍で背中を支えるようにしゃがんでいるクローディアに近付くと、二人を見下ろす。

転がり続けたせいか、どこかうつろな様子のルシアンと、怒《いか》りを露《あら》わにしたクローディア。二人の顔にさっと恐怖《きょうふ》の色が宿る。それも当然だろう。

トリアの身長はゆうに百七十を超《こ》えている。しゃがんだ状態でトリアに見下ろされれば、かなりの威圧感《いあっかん》を受けるはず。無表情のトリアならば尚《なお》のこと。

「最後だからきちんと訂正《ていせい》させてもらう。まず、わたしはダンスは得意中の得意よ。下手くそなあなたに合わせていたせいで、わたしも下手くそになっていただけ」

王子に恥《はじ》をかかせないようにと、トリアが下手だということにされていた。

「それと、わたしが常に愛想笑《あいそわら》いだったのは、あなたの話がいつもつまらなかったせい。わたしの話を聞こうとせず、会う度に自慢話か他人の悪口ばかり」

トリアが自分のことを話そうとすれば嫌《いや》な顔をして、楽しい話題を振ろうとすればちゃんと聞きもせず「くだらない」と一蹴《いっしゅう》される。

結果、口をつぐみ、無理に微笑《ほほえ》んでいることしかできなくなった。

「わたしが自分の容姿に気を遣《つか》っていない、ってところだけは素直に認める。でも、逆にあなたは容姿に気を遣い過ぎでしょう。特に身長を気にし過ぎ」

ルシアンの顔が一気に赤くなっていく。しかし、まだ言い返すほどの余裕《よゆう》はないらしい。

トリアが隣《となり》に並ぶことをルシアンは異様に嫌《きら》っていた。それは一にも二にも、自身の身長が低いことを痛感させられるからだろう。見た目の不釣《ふつ》り合いということだ。

頑張って靴と髪で盛っていたようだが、ルシアンは百六十五程度。トリアがヒールを履《は》けば、身長差はさらに大きくなる。だから、トリアにはかかとの高い靴を履くことがずっと許されていなかった。

「あなたが本当に気にするべきは内面、器《うつわ》の小ささの方よ」

低身長であることを馬鹿《ばか》にするつもりは一切《いっさい》ない。無論、それを気にすることが悪いとも言わない。だが。

「身長を気にする暇《ひま》があったら、その腐《くさ》った性根《しょうね》を見直しなさい」

中身がペラペラで、上辺だけおきれいに取り繕《つくろ》うところの方がよほど大きな欠点だ。

憤怒《ふんぬ》と羞恥《しゅうち》で唇《くちびる》を震わせるルシアンから、クローディアへと視線を移す。目が合うと、クローディアはきっと眉《まゆ》を吊《つ》り上げ、毅然《きぜん》とした面持《おもも》ちで口を開く。

「……お姉様。ご自分の言動がいかに不敬であるかはおわかりですわよね？　ルシアン様に暴言を吐《は》き、あろうことか暴力を振るうなど、許されることでは――」

「これが最後になるだろうから、姉として一つ忠告しておく。その馬鹿王子との婚約、すぐに取り消した方があなたのためよ」

まさかそんなことを言われるとは思っていなかったのだろう。出鼻をくじかれる形になったクローディアは「え？」と困惑《こんわく》の声をもらす。

「あなたはわたしのものを横取りするのが大好きよね。ただ、その『お下がり』だけは絶対にお薦《すす》めできない」

「……お下がり？」

「ええ、姉の『お古』がよく見えていたんでしょうけど、その男はやめた方がいい」

「……お古」

クローディアは幼い頃から、服もぬいぐるみも、本も、友人も家庭教師も、何でもかんでもトリアのものを欲しがり、奪《うば》い取ってきた。トリアに対する嫌がらせ、そして自分の方が優《すぐ》れていると主張したかったのだろう。

ルシアンのこともそうだ。十を過ぎた頃から、あからさまにルシアンとの距離《きょり》を縮めていった。いつも自分が婚約者のように振《ふ》る舞《ま》っていた。

「あなたにはぴったりの相手よね。見た目だけじゃなく、中身もすごく釣り合いが取れているもの。でも、そいつと結婚したら必ず後悔《こうかい》することになる」

妹のことが好きか嫌いかと問われれば、好きではない。それでも、最後の最後、姉としてちゃんと忠告しておきたかった。最後だからこそ。

クローディアの顔が真っ赤に変色する。忠告したつもりだったのだが、どうやらけなされたと思ったらしい。言い方を間違《まちが》えた。だが、言い直したところでもう遅《おそ》いだろう。

（とりあえず姉としてちゃんと忠告はした。これでよしとしよう）

図星を指されて顔を歪《ゆが》めるルシアン。見下していた姉に馬鹿にされたと思い、わなわなと震えるクローディア。青や赤と、忙《せわ》しなく顔色を変化させている両親。

トリアは彼らが何か言うよりも早く、両手を腰《こし》に当てて改めて宣言する。

「とにかく、わたしは本日よりただの一般《いっぱん》人のトリアになります。あなた方とは今後一生会わない場所で、一人で生きていきます。どうぞお気になさらず」

「ま、待ちなさい！　一人で生きていくって、これからどうするつもりなんだ⁉」

「わたしは騎士《きし》になります」

焦《あせ》る父とは対照的に、トリアはのんびりとした口調で答えを返す。

生まれ持っての性質もあるのだろうが、それ以上に祖父や叔父《おじ》、他《ほか》にも素晴《すば》らしい騎士の姿をずっと間近で見てきた影響《えいきょう》だろう。気付けば騎士に憧《あこが》れ、トリア自身も騎士になることが夢だった。

しかし、父がそんなトリアの夢を認めることはなかった。

「騎士になるためにこんな国はとっとと出て、一人で好きに生きていきます」

王国には数は少ないが女性の騎士もいる。ララサバル男爵《だんしゃく》家でも、過去に女性騎士を何人か輩出《はいしゅつ》してきた。

(性別は関係なく、頑張《がんば》れば王国で騎士になれる道もある。だけど)

家と絶縁《ぜつえん》したところで、王国内に留《とど》まればララサバルの名前からは逃《のが》れられない。干渉《かんしょう》してくる輩《やから》も多いはずだ。それならば、いっそ王国の外に出た方がいい。

すぐに騎士として仕官できる場所は見つからないだろう。それならそれで、働きながら武術を鍛《きた》え、色々な国を見て回り、一人前の騎士になれるよう努力していけばいい。

騎士として心から守りたい人を、場所を、国を、これから見つけていきたい。

だから──好みに合わない靴も、深窓の令嬢《れいじょう》の仮面も、もういらない。

背負っていた重荷はすべて投げ捨てた。言うべきことは言って、やるべきことはやった。

もうこんな場所に用はない。

一度家に戻《もど》って、出ていく準備をしよう。家も国も、トリアの方から捨ててやる。

脱《ぬ》ぎ捨てたままにしておくのは迷惑《めいわく》なので、飛んでいった靴を回収していこうと歩き出す。と、低い笑い声が響《ひび》いてくる。広間が静かな分、さして大きいわけではないのだが非常に目立っていた。

(この声、ついさっき聞こえた笑い声と同じ……)

正直、笑い声と称《しょう》していいのかもわからない。笑っているようでいて、笑っていない。嘲笑《ちょうしょう》や冷笑ともまた違う。玲瓏《れいろう》な響きの中に、どこか暗鬱《あんうつ》さがにじんでいる。

不可思議な声音《こわね》に導かれ、トリアの視線が声の主へと引き寄せられていく。

そして──低く美しい声の持ち主、一人の男性と視線がかちりと重なった。


最初に目を奪われたのは、大胸筋と上腕《じょうわん》二頭筋だ。

一目で上質とわかる衣服に隠《かく》されてしまっているが、ルシアンのように派手で無駄《むだ》な装《そう》飾《しょく》がない分、布越《ご》しでも鍛えられていることが窺《うかが》える。

身長も高く、トリアが相手を若干《じゃっかん》見上げる形になっている。無駄な肉のないすらりとした体躯《たいく》は、手足が長く均整が取れている。

重なった瞳《ひとみ》の色は濃《こ》い紫《むらさき》。頰《ほお》を流れ落ちる髪《かみ》は青みを帯びた黒。若干顎《あご》が細く尖《とが》っているが、高い鼻梁《びりょう》と涼《すず》しげな目元、弧《こ》を描《えが》く薄《うす》い唇は圧倒《あっとう》的な美貌《びぼう》を形作っている。

歳《とし》の頃は二十前後か。

(……誰《だれ》だろう)

ルシアンがきれいに磨《みが》かれて整えられた宝石ならば、長身の美丈夫《びじょうふ》は掘《ほ》り出されたままの自然な姿で、硬質《こうしつ》な輝《かがや》きを有する原石だろう。誰もが思わず目を奪われるほど美しいが、顔立ちが整い過ぎているせいか、あるいは瞳の奥に宿る怜悧《れいり》な煌《きら》めきのせいか、冷ややかさも併《あわ》せ持っている。

鍛えている者同士だからこそわかるぴんと張り詰《つ》めた威圧感《いあっかん》が、男からかすかに漂《ただよ》っている。身が引き締《し》まる空気は、トリアとっては心地《ここち》よく感じられた。

(もし次が、いいえ、今度こそ誰かを本当の意味で好きになれるのならば、自分よりも心も体も強い人がいい)

顔が良ければさらにいいが、人間は顔じゃないとルシアンで嫌《いや》というほど痛感させられている。使い古された言葉かもしれないが、重要なのは中身だ。

相手をよくよく観察すると、面差しはどこかノエリッシュ王国の人間とは違う彫《ほ》りの深さがある。身に着けている衣服とマントも、王国の製品とは若干違う雰囲気《ふんいき》があった。

（外国の人？　どこかの貴族の賓客《ひんきゃく》かしら）

男の切れ長の眼差《まなざ》しがトリアから背後、いまだ座り込んだままのルシアンと傍《そば》にいるクローディアへと向けられる。

「失礼。とても面白い出し物だったので、つい笑いが」

馬鹿にされたことを感じ取ったのだろう。ルシアンが口を開きかけ、しかしすぐさま唇を固く結ぶ。大きく見開かれた目があからさまに逸《そ》らされる。

相手が誰なのか理解し、軽率《けいそつ》に言い返すことはできないと判断した様子だった。隣にいるクローディアも、両親も、そして周囲を取り囲む貴族たちも、全員が全員喉《のど》の奥に鉛《なまり》を詰め込まれたかのごとく口を閉《と》ざしている。

何故《なぜ》か、顔色が急激に青ざめ、具合の悪そうな様子を見せる人間が増えていく。

静まり返った広間には、重苦しい緊張感《きんちょうかん》が漂っていた。

（……そんなに重要な人物ってこと？　他国の王族か皇族とか？）

男は淡《あわ》い笑《え》みを浮《う》かべたまま、何かを見極《みきわ》めるように周囲を緩慢《かんまん》な動きで見回す。

「外遊の終わりに、ちょうど男爵家主催《しゅさい》の晩餐《ばんさん》会が開かれると聞き、後学と消閑《しょうかん》のために隠れて参加させてもらったが。存外に面白いものが見られた」

「……お見苦しいところをお見せして、申し訳ございません」

トリアは男に向かって丁寧《ていねい》に頭を下げる。

「騒《さわ》ぎの元凶《げんきょう》は消えますので、どうぞごゆっくりと晩餐会を楽しんでください」

相手が誰であろうと関係ない。トリアはもうこの国を出ていくのだから。

靴《くつ》に手を伸《の》ばそうとするトリアの動きを制し、黒い手袋《てぶくろ》で覆《おお》われた長い指が代わりに拾い上げる。そして、トリアに向かって恭《うやうや》しい仕草で靴を差し出してくる。

「どうぞ。君の新しい門出に幸《さち》あらんことを」

ふわりと、香水《こうすい》とはまた違う香《かお》りが男から漂ってくる。夜露《よつゆ》に濡《ぬ》れた瑞々《みずみず》しい草の匂《にお》い。漆黒《しっこく》の夜の空気を感じさせる香りだった。

「ありがとうございます」

相手の真意はわからない。ただの親切だろう、と軽く流しておく。

靴を受け取ろうとしたとき、男の指先にトリアの手が触《ふ》れる。上等な革《かわ》の手袋で覆われているのに、不思議と冷えた指先の感触《かんしょく》が伝わってきた。同時に、一瞬《いっしゅん》だけ静電気のようなむず痒《がゆ》い感触が全身に走る。

しかし、違和感《いわかん》はすぐに消えていく。トリアは気のせいだと結論付け、再度男に礼を言って靴を受け取り、この場を離《はな》れようとした。

が、何故かトリアの右手首を、男が素早《すばや》く摑《つか》んでいた。強くはない。簡単に振《ふ》り払《はら》える程度の拘束《こうそく》だが、トリアの手から靴が再び床《ゆか》へと落ちていった。

「あの、手を放していただけますか？」

じゃないと、実力行使で振り払いますよ、という言葉は喉の奥に留めておく。

「……君は、平気なのか？」

「は？　何を言っているかわかりませんが、今すぐに手を放さないと──」

抗議《こうぎ》の言葉を続けようとしたトリアは、男の背後、観客の輪から離れた位置で怪《あや》しい動きをしている人間に気付く。続く言葉を途中《とちゅう》で止め、不審《ふしん》な行動をしている人物をじっと観察する。

白いシャツに黒のベスト、黒のスラックス。格好だけ見れば給仕《きゅうじ》以外の何者でもない。

しかし、素早く懐《ふところ》から取り出したものを見れば、給仕ではないことは一目瞭然《いちもくりょうぜん》だ。背を向けている貴族たちは元より、トリアを見つめている男も気付いていない。

トリアは一瞬たりとも悩《なや》むことなく、行動を開始する。

「──そこから動かないで」

男が何か言う前に、掴まれている右の手のひらを大きく開く。そして、手首を回して手のひらを下に向け、一歩相手に向かって踏《ふ》み込みながら、自分の肘《ひじ》を相手の肘の外側に寄せる形で手を振り払った。男の手は簡単に離れていく。

トリアはすぐ傍のテーブル上にあったサルヴァ、銀製のトレイを手に取る。男の後頭部を覆う形で掲《かか》げれば、何かが勢いよくぶつかって金属音が鳴り響く。

男の後頭部を狙《ねら》ったものは短刀だ。トリアは小さく息を吐《は》き、手にしたサルヴァを水平に思い切り投げた。貴族の間を高速で通り過ぎたサルヴァは、驚愕《きょうがく》で目をむく相手、短刀を投げた給仕の首へと一直線にぶつかっていく。

サルヴァは男の首に直撃《ちょくげき》した。くぐもった声をもらして不審者が床に転がると、傍にいた数人の給仕が明らかな敵意を持ってトリアを睨《にら》んでくる。

貴族の女性から甲高《かんだか》い悲鳴が上がる。それを合図に、給仕の姿をした不審者たちが一斉《いっせい》にトリアへ、否《いな》、恐《おそ》らくトリアの背後にいる男に向かって突進《とっしん》してくる。

（残りは三人。四人も不審者に侵入《しんにゅう》されるなんて、どんな警備態勢を敷《し》いたんだか）

両親に心の中で毒づきながら、トリアは一歩右足を踏み出そうとした。けれど、踏み出す前にドレスに手を伸ばす。そして、足首辺りまで入っていたスリット部分を一気に引き裂《さ》いた。

ぎょっとした様子で周囲の人々が瞠目《どうもく》する。周囲の反応を無視して、太腿《ふともも》までドレスを一気に引き裂いたトリアは、裸足《はだし》の足で床を勢いよく蹴《け》って前方に飛び出す。

「ちょっと肩《かた》を貸して」

長身の男の肩に左手を置く。再び言いようのない不快な感覚に包まれるが、突《つ》っ込んでくる相手に意識を向ければすぐさま消えてしまう。

トリアは男の肩を支点に、向かってくる不審者、最も体格のいい相手へと右足で回し蹴りを放つ。ドレスが翻《ひるがえ》って、むき出しの太腿が露《あら》わになっても気にしない。

ただ一箇所《いっかしょ》だけを狙った一撃《いちげき》は、思惑《おもわく》通りかかとが相手のこめかみへと炸裂《さくれつ》する。無手で襲《おそ》ってきた不審者は、脳震盪《のうしんとう》を起こしたようだ。その場に頽《くずお》れていく。

息を吐《つ》く間もなく、男の肩から手を離したトリアは、先ほどサルヴァを取ったテーブルから今度はナイフとフォークを拝借する。両手に持ったナイフとフォークを十字の形に重ねながら振り返れば、不審者の一人が男の背中へと剣《けん》を振り下ろすところだった。

(間違《まちが》いない。狙われているのはこの黒髪《くろかみ》の男性だ)

シャンデリアの輝きを弾《はじ》いて振り下ろされる一撃を、トリアはナイフとフォークで受け止める。不協和音が響《ひび》き渡《わた》る。

力競《くら》べをするつもりは毛頭なかった。一撃を防げればそれで十分。

トリアが素早く両手を引き戻《もど》せば、押し合うつもりだった相手の体勢が崩れる。その一瞬の隙《すき》を見逃《みのが》すことなく、ナイフを男の肩に向かって投げる。避《よ》ける男の動きを予測していたトリアは、右手のフォークを男の太腿、太い血管がある場所を避《さ》けて突き立てた。

一際《ひときわ》大きな悲鳴が放たれる。が、それを気に留めている暇《ひま》はない。最後の一人、同じ年《とし》頃《ごろ》と思《おぼ》しき同性の不審者が、トリアを狙って短刀で攻撃《こうげき》してくる。

相手がそれなりの使い手であることは一目瞭然だ。しかし。

(――この程度では、わたしの敵にはなれない)

突き出された短刀を左に避け、細い腕《うで》を掴む。手首を捻《ひね》り上げて短刀を落とし、足払いをかけて背中から床に押し倒《たお》す。そして、暴れる相手の頭と腕一本を両足で挟《はさ》んで締め上げる。頸動脈《けいどうみゃく》を一気に絞《し》めれば、抵抗《ていこう》はすぐに収まった。

立ち上がってドレスの裾《すそ》を払う。異様なほど周囲が静まり返っていることにようやく気付いた。突然《とつぜん》の騒動《そうどう》に対する混乱と恐怖《きょうふ》、だけが原因でないことは明らかだ。

トリアの姿は、もはや令嬢《れいじょう》とはほど遠い。際どい位置まで肌《はだ》を露出《ろしゅつ》させたドレス、ボサボサに乱れた髪の毛。化粧《けしょう》は自分では見えないがひどいことになっているのだろう。

「ヴィットーリア、おま、お前という娘《むすめ》は、何と恥《はじ》さらしな……！」

激昂《げきこう》した父が乱暴な足取りで近付いてくる。その顔は真っ赤で、血管が浮き出ているのが離れた場所からでも容易にわかる。

(父にとって『これ』は恥さらしな行為《こうい》なわけね)

決定的なまでに、トリアは父と、いや、今のララサバル男爵家《だんしゃくけ》とは相容《あいい》れない。

トリアにとって、先の行動も今の姿も恥《は》じるものではない。誰《だれ》かを守るために行動する。それは本来のララサバル男爵家の人間としても、また騎士《きし》を目指す人間としても当然の行いだった。

右手を振り上げた父がトリアまであと一歩というところで、庇《かば》うかのごとく黒髪の男が間に割り込んできた。突然の侵入者に父の足は止まり、トリアも相手を見やる。

少し高い位置にある紫《むらさき》の瞳《ひとみ》が、真っ直《す》ぐにトリアへと注がれる。美しい輝《かがや》きの中には、先ほど聞いた笑い声同様、どこか暗鬱《あんうつ》な光が瞬《また》いているように感じられた。

男はマントを外すと、丁寧な仕草でトリアの肩にかけてくれる。肩や二の腕に、なめらかな感触が伝わってくる。黒地に控《ひか》えめな銀の刺繍《ししゅう》が施《ほどこ》されたマントは、明らかに最上級の代物《しろもの》だ。

「心から礼を言わせてもらう。君は私の命の恩人だ」

低く落ち着いた声音《こわね》には、耳にした人間を骨抜《ほねぬ》きにする甘い熱が宿っている。骨張った手がトリアの両手を壊《こわ》れ物を扱《あつか》うように優《やさ》しく握《にぎ》りしめてくる。

男の手がトリアに触れると、わずかな違和感の後、ひんやりとした冷たさが手から全身へと広がっていく。手袋をしていてもなお、男の手が冷たすぎるせいだろう。

摑まれた手から男に視線を戻すと、相手の口元に深い笑《え》みが刻まれる。

普通《ふつう》の、正しい深窓の令嬢ならば頰《ほお》を染めて、恋《こい》の始まりとなるファンファーレを聞き、視界いっぱいのときめきの花を見て、うっとりとした表情を彼に返すのだろう。

だが、トリアはもう深窓の令嬢ではない。急に親密に接してくる相手に警戒心《けいかいしん》が高まる。周囲を素早く見回して脱出《だっしゅつ》経路を確認《かくにん》してしまう。

「いえ、礼には及《およ》びません。あの、そろそろわたしはここを去りたいので――」

「……ああ、やはり、君は耐性《たいせい》があるようだ。君しかいない」

男がトリアの手を握ったまま優雅《ゆうが》に膝《ひざ》を折る。トリアに対して跪《ひざまず》き、かつ、深く頭を下げた男の姿に、大勢から息を呑《の》む音が発せられる。

「美しく気高く、そして力強い炎《ほのお》の女神《めがみ》のごとき姫君《ひめぎみ》、トリア嬢《じょう》。どうかこの私、ラウ・ランメルト・キールストラと結婚《けっこん》して欲しい」

顔を上げた男、隣国《りんごく》の若き皇帝《こうてい》は優美な微笑《びしょう》を浮《う》かべた口を、トリアの手の甲《こう》へとゆっくりと落とした。

冷えた唇《くちびる》と生温かい吐息《といき》を手の甲に感じた瞬間《しゅんかん》。トリアは思わず、

「――うぎゃあっ！」

と明らかに令嬢、いや、女性としてちょっとどうかという悲鳴を上げてしまった。

「……うぎゃあ？」

「し、失礼いたしました。けん、お、いえいえ、つい驚《おどろ》きで悲鳴が」

嫌悪感《けんおかん》、という言葉を慌《あわ》てて飲み込む。跪いたまま小首を傾《かし》げる相手に、トリアは飛び出しそうになる右足を抑《おさ》えつつ、懸命《けんめい》に笑みを返す。

（……やっぱり、ただの一般人《いっぱん》が皇帝を蹴り飛ばすのは大問題よね）

ここは盛大にときめく場面なのかもしれない。しかし、美丈夫《びじょうふ》とはいえよく知らない相手に突然手の甲へと口付けられたら、トリアは全力で振《ふ》り解《ほど》いて距離《きょり》を稼《かせ》ぎたくなる。なけなしの理性を総動員し、どうにか悲鳴を上げるだけに止《とど》めたことを褒《ほ》めて欲しい。

若き皇帝は鷹揚《おうよう》な動作で立ち上がる。その手はいまだトリアの手を握っていた。

(落ち着け、わたし、ここはまず深呼吸よ……ふう。えーと、この人が二年前に皇帝の座に就《つ》いたラウ、か。なるほど、それで)

相手が皇帝ならば、ルシアンの態度にも納得《なっとく》がいく。いくらこの国の第二王子でも、隣国の皇帝に対して横暴な言動は取れない。

滅多《めった》に社交の場に出してもらえないトリアが目にするのは初めてだったが、恐らく両親やクローディアは見たことがあったのだろう。否、この場にいるトリア以外の全員が、彼のことを知っていた。

「君にとって、決して悪い申し出ではないだろう。私はあそこにいる青二才よりは地位も経験もある。言うまでもなく金銭的な面でも劣《おと》ることはない」

足元の蟻《あり》を見るような眼差《まなざ》しで、皇帝はこの国の王子を射貫《いぬ》く。ルシアンの顔が再び真っ赤に染まっていく。その体はぷるぷると小刻みに震《ふる》えていた。

トリアが生まれ育ったノエリッシュ王国は、領土はやや小さいが、大陸内で重要な位置に存在している。どの国も貿易を行う上で必ず王国を通る、と言われているほどだ。

商業が盛んで、王国で手に入らないものはない、と豪語《ごうご》されるほど各国の品々が集まる貿易拠点《きょてん》として成り立っている。王国だけで産出される作物や鉱石、優《すぐ》れた工芸品も数多い。ルシアンがいくつも身に着けている宝石、『金鉱石』もその一つだ。

ただし、豊かで恵《めぐ》まれた国だと言われる反面、国境を介《かい》している国が非常に多く、過去から現在にかけて領土争いが数多く起きている。

広大な領土を有するキールストラ帝国《ていこく》は、王国の西側に位置する。高い山々に囲まれ、深い森が数多く存在する帝国は、他国に比べて日照時間がかなり短い。そのため「夜の精《せい》霊《れい》の国」と呼ばれている。

王国と帝国は現状では良好な関係を築いている。だが、長年争っていた過去があった。ゆえに表向きは友好的に振る舞《ま》いつつも、常に相手の腹を探《さぐ》り合う状態が続いている。

「不自由な生活は絶対にさせない。私にできることならば、君のために何でもしよう」

皇帝とルシアンは共に十九歳。同じ年齢《ねんれい》のはずだ。しかし、明らかに両者の間には大きな壁《かべ》が存在している。

「ですが、わたしは先ほど第二王子から婚約破棄《はき》されたばかりで」

「破棄したのだから何の問題もないだろう。私ならば、あの見かけ以上に中身の小さいぼんくらなんかよりも、君の価値を正しく判断できる」

ぼんくら呼ばわりされたルシアンの顔は、もはや常の美しさは掻《か》き消え、トリアが殴《なぐ》った傷痕《きずあと》も合わさって醜《みにく》く歪《ゆが》んでいる。広間のどこからか、失笑がもれ聞こえてくる。

「第二王子の妻よりも皇帝の妻、皇妃《こうひ》の方が魅力《みりょく》的じゃないか？」

ラウが軽く首を傾げると、シャンデリアの輝きで艶《つや》めく黒髪《くろかみ》が揺《ゆ》れ動く。どこか挑発《ちょうはつ》するような音色と眼差しは、ルシアンだけでなくクローディアの顔も赤黒く染めていく。トリアは無言で摑《つか》まれた手を外そうとする。が、今度は易々《やすやす》とは外せない。痛みを与《あた》えないように配慮《はいりょ》しつつも、逃《に》げられない程度の強さで握られている。

「何が目的ですか？」

「目的？　さて、どういう意味だろうか？」

「あなたはわたしのことをヴィットーリア・ララサバルではなく、トリアと呼びました。先の馬鹿《ばか》みたいな顚末《てんまつ》もすべてご存じでしょう」

臆《おく》することなく、対等な立場で話そうとするトリアに、ラウの眉《まゆ》がかすかに上がる。

「わたしはもうララサバル男爵家とは無関係。ただの一般人、いえ、そこの馬鹿王子に対する不敬罪と暴行罪で拘束《こうそく》される可能性すらある人間です」

ふっと、ラウの口から吐息がもれる。楽しげに口角が上がる。

「わたしと結婚したところで何一つとして利がない」

ララサバル男爵家の令嬢のままだったとしても、利益は一つもない。

緩《ゆる》んだ頰を引き締《し》めたラウは、顎《あご》に片手を当ててふむと大きく頷《うなず》く。

「素晴《すば》らしい、君は私の想像以上だ。自分の頭でちゃんと考える賢《かしこ》い女性は、尊敬に値《あたい》する。強いだけでなく、状況《じょうきょう》を把握《はあく》し、考える聡明《そうめい》さも併《あわ》せ持つ。こんなにも素晴らしい女性の本質に気付かないとは、ここには頭の空っぽな愚《おろ》か者しかいないらしい」

ラウがぐるりと周囲を見回せば、広間にいる人間のほとんどがぐっと押し黙《だま》る。その中でも両親の顔はもはや原形がわからないほど変色し、いびつに変形している。

「わたしの質問に答えてもらえますか？」

「そうだな、君は一目惚《ひとめぼ》れを信じるか？」

「信じません。先に断っておきますが、運命とか前世とかもくそくらえ、ですね」

「命の恩人だから、でもダメか？　自分のために戦う姿に心打たれた、とかは？」

「どちらもダメですね。そんなもので自分の妻、帝国の皇妃となる人間を選ぶんでしたら、わたしにとってはあそこにいるぼんくらと同じです」

目の前からはっきりとした笑い声が放たれる。口元に手を当てて笑う姿は、耳にしていた数々の噂《うわさ》とはほど遠い。

（……実の父親を殺して皇帝の座を簒奪《さんだつ》した親殺し、首を切り離《はな》しても死なない首なし皇帝、身内が死んでも涙《なみだ》一つ流さない冷静沈着《ちんちゃく》で冷酷《れいこく》な鉄仮面、あとは不老不死の死に戻《もど》り皇帝、だったかしら）

王国内での若き皇帝に対する心証は非常に悪い。彼が即位《そくい》して間もない頃《ころ》、青二才と侮《あなど》り、国交に関して王国にとって有利な調停を結ぼうとした。しかし、返り討《う》ちにあって多大な損害を被《こうむ》る結果になった件が、きっと大きく関係しているのだろう。

噂を噂のまま信じるつもりはない。トリア自身が妹によって流された悪意のある噂に長年苦しめられてきたのだから。やれ裏ではか弱い妹をいじめているとか、やれ実際は乱暴でわがままで性格が悪いとか。

「はは、手厳しいな。わかった、本当の理由を言おう」

ラウは笑《え》みを消すと、息を一つ吐《は》き、重々しい口調で話し出す。

「私には君が必要だから。君でなければ私の妻にはなれないから。それが理由だ」

まったくもって意味不明だった。

問い返そうとしたトリアの行動を遮《さえぎ》るように、ラウは「それに」と低い声で続ける。

「君にも私が必要だろう？」

トリアの内心を覗《のぞ》き込むかのごとく、紫《むらさき》の目が細められる。

「私の妻となれば、そこのぼんくらに対する諸々《もろもろ》の罪など気軽に糾弾《きゅうだん》されなくなるだろう。逆に長年君へ行ってきた嫌《いや》がらせに対し、帝国が王国を訴《うった》えることもできる。手っ取り早く王国を出ることができ、かつ、生活の基盤《きばん》も手に入る」

開く途中《とちゅう》だった口を固く引き結ぶ。トリアは両目を閉じた。そして、力強く開くと、もはや作り慣れた愛想笑《あいそわら》いを浮《う》かべ、突然《とつぜん》の求婚に対する答えを紡《つむ》ぐ。

「皇帝陛下《こうていへいか》、大変失礼ながら、この度《たび》の求婚は――」

「そうだ、子どもは何人欲しい？」

「……は？」

愛想笑いがぴしりと固まる。

「ああ、すまない。その前にまずは結婚式《けっこんしき》だな。国に戻ったら、すぐに盛大な結婚式を挙げよう。子作りはそのあとだ」

ぞわっと、握《にぎ》られた手から全身へと鳥肌《とりはだ》が広がっていく。

「私は最低でも三人、できれば五人は欲しいと思っているんだが」

「…………」

「世継《よつ》ぎの問題は早々に解消すべきだろう。計画的に、早い段階から行っていかないと」

ラウは一人で楽しそうに話し続ける。対するトリアは微笑《ほほえ》んだまま、相手に気付かれないように右足をゆっくりと上げる。

「最初は男の子、いや、女の子でもいいな。君に似れば、とても活発で明るい子になるだろう。ああ、今から楽しみだ」

いくら絶世の美貌《びぼう》の持ち主でも、人として許容できないことはある。

振《ふ》り上げた右足のかかとを、容赦《ようしゃ》なく相手の左足の甲《こう》へと振り下ろす。トリアは素足《すあし》で、ラウは革靴《かわぐつ》を履《は》いているため威力《いりょく》はほぼない。

だが、面食らった様子の相手に隙《すき》が生まれる。ラウが手の力を緩める瞬間《しゅんかん》を見計らって、両手の拘束を振り解《ほど》く。傍《そば》にあるテーブルからグラスを素早く取り、中に入っていた水を皇帝陛下の顔に向かってぶっかけた。

息を呑《の》む音に混じって、水が床《ゆか》へと滴《したた》り落ちていく音が響《ひび》く。皇帝陛下になんてことを、と誰《だれ》かが呟《つぶや》く声が聞こえてくる。

トリアは勢いよく頭を下げる。

「ご無礼をいたしました。ですが、陛下は頭を冷やすべきかと思いましたので」

顔を上げたトリアの前で、水をかけられたラウは呆然《ぼうぜん》とした面持《おもも》ちをしている。

「出会ったばかりで婚約もしていない、未婚の女性に対して子作り云々《うんぬん》の話をなさるのは、たとえ皇帝陛下であろうとも、一人の人間として最低だとわたしは思います」

黒髪から水が滴り落ち、頬《ほお》を伝っていく姿はどこか艶《なま》めかしい。水を被ってなお、美貌は衰《おとろ》えるどころかより一層艶《つや》やかさを増し、色気すら漂《ただよ》っている。

(顔のいい人はすごく得だな……って、そんなことを考えている場合じゃなかった)

第二王子に暴言と暴行を加えた挙げ句、隣国《りんごく》の皇帝にまで口と手を出してしまった。

(つい頭に血が上って、体が動いちゃったな。これは王国だけじゃなく、帝国からも指名手配される事態になりそう)

冷静に考える前に、反射的に体が動いてしまう。表面上はずっと猫《ねこ》を被って、お淑《しと》やかな令嬢を演じてきた反動かもしれない。だが、間違《まちが》ったことをしたとは思わない。

しばしの重い沈黙《ちんもく》を破ったのは、低く穏《おだ》やかな声だった。

「ああ、その通りだ。君の言うことが正しい」

トリアは驚《おどろ》いてラウを見る。そこには想像していたような怒《いか》りや蔑《さげす》みはない。むしろ落ち着いた表情が浮かんでいた。

誰もが仰天《ぎょうてん》する中、ラウは当たり前のようにトリアへと謝罪する。

「あまりにも嬉《うれ》しくて、つい先走ってしまった。不快な思いをさせたのならば謝ろう」

一国の頂点に立つ男が、ただの小娘《こむすめ》の言動に頭を下げて謝る。もはや驚嘆《きょうたん》を通り越《こ》して、呆然としてしまった。この場にいる全員が目を瞬《まばた》いている。

ぽかんと口を開けるトリアの前で、ラウは水を吸った前髪《まえがみ》をかき上げると、色気が何割増しにもなった顔に笑みを刻む。そして、何故《なぜ》かもう一度トリアの両手を握ってくる。

「許して欲しい。君と結婚し、幸せな家庭を作りたいという気持ちが強すぎたようだ」

まったく心が動かなかった、といえば嘘《うそ》になるだろう。ちょっと、ほんのちょっとだがぐらっとしてしまった。相手に真摯《しんし》で誠実な部分を感じたからだ。

とはいえ、トリアに結婚する意思などない。

もう一度拒絶《きょぜつ》しようとした瞬間。低く、どろどろとした、怨嗟《えんさ》に満ちた声が響き渡《わた》る。

「……何でよ」

声の主はクローディアだった。ふらふらと立ち上がったクローディアは、ギラギラとした目でトリアを睨《にら》みつける。一歩、また一歩、覚束《おぼつか》ない足取りで近付いてくる。

「どうしていつもあんたの方が認められるのよ！　お兄様たちもお祖父《じい》様も、叔父《おじ》様だってあんたばっかり可愛《かわい》がって！　わたくしのことなんて全然見てくれなかったのに！」

悲鳴のような声が放たれる。ここでようやく、トリアは妹の真意に気付いた。

（クローディアが本当に欲しかったのは、兄や祖父、叔父からの愛情と関心だったのね）

近くのテーブルにあったナイフを乱暴に摑《つか》むと、クローディアは一直線にトリアに向かって走ってくる。その目は血走り、もはや冷静な思考は残っていない。

トリアにとっては逆上した妹の攻撃《こうげき》を避《よ》け、無力化することは容易《たやす》い。

だが、一つだけ誤算があった。

危機に対して反射的に動こうとした体が、意思とは無関係に引き戻される。そこでようやく、ラウに手を摑まれたままだったことを思い出した。

（まずい、この体勢だと……！）

クローディアはもはやすぐ傍まで来ている。腕《うで》を振り払《はら》っても遅《おそ》い。かといって今トリアが動けば、間違いなくラウがナイフで刺《さ》される。

迷ったのはほんの一瞬、トリアは痛みと衝撃《しょうげき》に備えて奥歯を嚙《か》み締める。

（刺されるとしたら右の脇腹《わきばら》。肝臓《かんぞう》を避《さ》けて、うまく筋肉で損傷を抑《おさ》えられれば）

武器はテーブルナイフ。刃渡《はわた》りは短く、切っ先も鋭《するど》く研がれたものではない。か弱い妹の腕力《わんりょく》で、走って勢いがついた分を加味してもそれほど深くは刺さらないだろう。

こんな男に関《かか》わらずとっとと撤退《てったい》していれば、余計な事態に巻き込まれずに済んだのに。

恨《うら》みと苛立《いらだ》ちを含《ふく》めた視線をラウに向ければ、面白そうに口角を上げる姿があった。

その表情に疑問を抱《いだ》くよりも早く、クローディアがナイフを突《つ》き出し——しかし、トリアの右脇腹に到達《とうたつ》する前に、ラウの手がナイフの刃《は》を躊躇《ちゅうちょ》なく握りしめていた。

広間に血の臭《にお》いが広がっていく。甘ったるい香水《こうすい》や様々な料理の匂《にお》いに混じってなお、生々しい血の香《かお》りは強烈《きょうれつ》な存在感を放っていた。

あまりにも静かなせいで、ぽたぽたと滴り落ちる血の音が聞こえてきそうだ。本来であればトリアの脇腹から落ちるはずだったもの。代わりに、つい先ほどまでトリアの手を握りしめていた手からこぼれ落ちていく。

クローディアが突き出したナイフの刃を、ラウの右手が握りしめている。次々あふれ出た血は刃を伝い、クローディアの持つ柄《つか》まで流れ落ちていく。

「……っ！　あ、わ、わたくし、そ、そんな、そんなつもりじゃ……！」

自らの手に付いた大量の血に、クローディアの顔が真っ青に変化していく。柄を掴んでいた力が緩《ゆる》むと同時に、全身からも力が抜《ぬ》け落ちて床に尻餅《しりもち》をつく。

慌《あわ》てて娘に駆《か》け寄るララサバル夫人の姿を横目に、トリアはテーブルに置いてあった白いクロスを取る。そして、いまだ握りしめたままだった手からナイフを慎重《しんちょう》に離《はな》し、手袋《てぶくろ》を注意深く脱《ぬ》がせた。傷口をクロスで強く押さえ、きつく縛《しば》り上げる。

「医者を呼んで、早く！　あなたは急いで消毒薬と包帯をここに！」

近くにいた二人の給仕《きゅうじ》に強い口調で声をかける。目の前で起きた突然の凶行《きょうこう》に固まっていた給仕たちははっと意識を取り戻《もど》し、即座《そくざ》に広間の外へと走り出す。

「傷口を心臓よりも上に。もう片方の手で傷口をしっかり押さえて止血して」

「この程度、どうせすぐに治る」

痛みがあるはずなのに、目の前にいる相手は眉《まゆ》一つ動かさない。

「すぐに治るか治らないか、傷が浅いか深いかも関係ない。傷付いた相手を放《ほう》っておくとは、わたしの流儀《りゅうぎ》に反するだけ」

「わかった。夫として未来の妻の意見を素直に受け入れよう」

「わたしはあなたの妻にはならない。でも、庇《かば》ってくれたことに対しては礼を言う」

手袋をはめていたおかげか、幸い傷は深くはない。何針か縫《ぬ》う必要があるかもしれないが、神経に損傷はないだろう。

「……助けてくれてありがとう」

やや声が硬《かた》くなってしまったが、頭を下げ、誠意を持って礼を言う。

何故か不自然な沈黙が流れる。顔を上げると紫《むらさき》の瞳《ひとみ》が丸くなっていて、だが、すぐに元の冷静な皇帝《こうてい》の姿に戻ってしまう。

「私は自らの妻、いや、妻になって欲しい女性を守っただけだ」

「だから、わたしはあなたの妻にはならない、絶対に」

いつの間にか敬語が抜け落ちてしまっていたが、ラウが気にしていない様子なのでそのまま素《す》の口調で話す。正直、敬語は無論のこと、令嬢《れいじょう》らしく話すのも苦手だった。

給仕と共に大急ぎで駆けつけてきた医師にラウの手当てを託《たく》し、トリアは床に座り込んでいるクローディアへと近付く。

「クローディア、縁《えん》を切る前にもう一つだけ言っておく」

力なく俯《うつむ》いていたクローディアが、ゆっくりと顔を上げる。

「もし本当にお祖父様やお兄様たちに認められたいのならば、今のあなたでは絶対に無理。いいえ、今だけじゃなく、この先もずっと無理ね」

「……わたくしが、お姉様のように強くないから？」

いつもの威勢《いせい》の良さは皆無《かいむ》だ。弱々しい、蚊《か》の鳴くような声が戻ってくる。

「いいえ、強さは関係ない。自分のことしか考えず、そのためならば他人を傷付けても構わないと考える人間は、ララサバル男爵《だんしゃく》家の人間には相応《ふさわ》しくないからよ」

すぐ近くにいる父に対しての言葉でもあった。

「話の途中《とちゅう》で悪いが、一つ言わせてもらいたいことがある。私は身内には優《やさ》しい。当然、未来の妻となる女性の家族ならば、私の身内になるだろう」

トリアの隣《となり》に並んだラウは、クローディアへ、そして愛娘《まなむすめ》を囲む両親へと話しかける。

背後で慌てている医師の様子を見れば、手当ての途中であることは明白だ。

（この人、何でこんなに怪我《けが》に対して無頓着《むとんちゃく》なのかしら……）

怪訝《けげん》な眼差《まなざ》しを向けるトリアには気付かず、ラウはかすかに唇《くちびる》を吊《つ》り上げる。

「私が暗殺者に狙《ねら》われる身であり、そのためにこの場にいた者を危険に晒《さら》したことは謝罪しよう。が、給仕に化けた襲撃者《しゅうげきしゃ》に易々《やすやす》と侵入《しんにゅう》され、加えてこのような騒《さわ》ぎが起きるとは、失礼ながらこの晩餐会《ばんさんかい》の警備は穴だらけのようだ」

言葉は穏やかだった。声を荒《あら》らげることもなく、表情にも怒りの色はない。

「晩餐会の主催者《しゅさいしゃ》、また、警備に関わる責任者は果たしてどの家の人間だろうか？」

ララサバル男爵家主催だということはわかっているだろうに、わかっていない振《ふ》りをする。それは穏やかすぎる態度と合わさって、恐怖心《きょうふ》をあおる。

圧倒的《あっとう》なまでの圧力に最初に屈《くっ》したのは、予想通りというべきか、ルシアンだった。

「ぼ、僕は一切《いっさい》関係ない！　ヴィットーリアはもちろん、クローディアとの婚約《こんやく》もなかったことにする！　王家とララサバル男爵家は無関係だ！」

保身に走ったルシアンに、両親の顔にも、クローディアの顔にも絶望がにじむ。両親や妹のことは好きではないが、ルシアンはそれ以上に大嫌《だいきら》いだと改めて痛感した。

ぶつぶつと何事かを言い続けているルシアンを無視し、ラウは柔《やわ》らかな声音《こわね》で言う。

「もう一度言おう。私は、身内には優しい」

「ヴィットーリア！　皇帝陛下からの結婚の申し出、謹《つつし》んでお受けしなさい！」

ララサバル男爵家の不手際《ふてぎわ》によって、ノエリッシュ王国とキールストラ帝国の間で外交問題が発生するかもしれない。そう考えた父は、迷わず娘を差し出すことを選んだ。

トリアの口から大きなため息が吐《は》き出された。

「ということらしいが、君はどうしたい？」

外堀《そとぼり》を埋《う》めながらも、表向きはあくまでもトリアの意思を尊重しようとする相手に、もう一度大きなため息をこれみよがしにこぼす。

家がどうなろうが、王国がどうなろうが、もうトリアにとってはどうでもいい。むしろ両親に関しては、地位も権力もすべて剝奪《はくだつ》されればいいとすら思う。

だから、考えるまでもなく答えは最初から決まっている。

「わかりました。結婚の申し出を謹んで、かつ、全身全霊《ぜんれい》でお断りいたします」

まさかの返答に、両親は口が半開きのまぬけな顔をする。周囲の観客たちも啞然《あぜん》とした面持《おもも》ちになっている。そこは受けるところだろう、という声が聞こえてきそうだ。

ただ一人、ラウだけが面白そうな顔をしていた。うっすらと口の端《はし》に笑《え》みをのせる姿から、トリアの答えなど最初からわかっていたのだと窺《うかが》える。

「断る理由を聞いてもいいだろうか？」

「理由は三つ。一つめ、わたしはあなたのことを、あなたはわたしのことを何も知らない。こんな状態で結婚しろと言われても、はいと答えられるはずがありません」

「その通りだ。では、今すぐに結婚しろとは言わない。しばらくは私の婚約者という形で、お互《たが》いのことを知っていくのはどうだろうか？」

嫌《いや》です、と答える代わりに、トリアは先を続ける。

「二つめ、わたしはただのトリアです。家も国も一切関係ない。今さら家のために結婚しろとか、国同士のいざこざを起こさないために結婚しろとか言われても、受け入れられるはずがありません」

「当然の答えだ。しかし、私が欲しいのは君だけだ。無関係な家にも、無関係な国にも、帝国に来たら二度と手出しをさせるつもりはない。帝国内では君の自由を保障する」

ラウは口端《こうたん》に浮かべた微笑《びしょう》を酷薄《こくはく》なものへ変化させると、「そういえば一つ言い忘れていた」とトリアの両親と妹を見ながら何気ない口調で続ける。

「たとえ身内であろうとも、私の大切なものを傷つける相手には容赦《ようしゃ》するつもりはない」

呆然《ぼうぜん》としていた両親の顔から、ありとあらゆる色が抜け落ちていく。

「三つめ、先に宣言した通り、わたしは騎士《きし》になりたいんです。皇帝の婚約者をしている暇《ひま》は一切ありません」

「騎士……騎士か。では、こうしよう。君には私の婚約者兼《けん》騎士になってもらいたい」

突拍子《とっぴょうし》もない申し出に、トリアは「はあ？」と思わず声を出してしまう。

「失礼ながら、帝国には騎士という概念《がいねん》はないのでは？」

「確かに我が国には騎士という存在はいない。だが、いないだけであって、いてはいけないというわけではない。知っての通り、私は命を狙われることが多い。君のように強い存在が傍《そば》にいてくれれば安心できる」

騎士になって欲しい、という言葉に一切の魅力《みりょく》を感じないと言えば嘘《うそ》になる。しかし、騎士の立場にはもれなく婚約がくっついてくる。一長一短、いや、短所の方が大きいか。

「……わたしなんていなくとも、帝国には優秀《ゆうしゅう》な軍人がたくさんいらっしゃるでしょうし、そもそもあなた自身がお強いのでは？」

質問に対する答えは、底の見えない艶《つや》やかな微笑みだけだった。

「もし仮に我々が結婚しなかった場合でも、帝国で騎士として働いていた、という事実は君にとって確かな実績となる。帝国内での軍事についても知ることができ、決して不利益にはならないだろう」

何をどう言っても、相手に引く気がないことはよくわかった。トリアがここで延々と「嫌です」と言い続けても、ラウは絶対に「わかった」と首を縦には振らない。

どうやらトリアが折れる以外に、円満に収束させられる術《すべ》はないらしい。

この婚約を受け入れても悪いことばかりではない。結婚しない限り、いつでも破棄《はき》することができる。事実、トリアは婚約破棄されたばかりだ。

――しかも、堂々とキールストラ帝国に足を踏《ふ》み入れることができる。

「……わかりました。少しの間、帝国でお世話になります」

誰《だれ》からともなく、深い安堵《あんど》の息が吐き出される。

「これから末長くよろしく、私のお嫁《よめ》さん」

甘くねっとりとした、けれど、どこか陰鬱《いんうつ》な響《ひび》きが込められた声と眼差しが向けられる。

「……婚約の条件を三つ出します。一つめ、わたしは今後あなたに敬語は一切使わない」

「構わない。私も夫婦間で堅苦《かたくる》しいのは好みじゃない」

「二つめ、あなたがわたしの意思を捻じ曲げる言動をした場合、すぐに婚約は破棄する」

「ああ、君の条件はすべて受け入れる」

ラウはあっさりと条件を呑《の》む。一方的な主張の数々に、怒《おこ》って結婚の申し出を取り下げてくれないだろうか、とも思ったのだが、そう簡単にはいかないらしい。

「最後に、わたしのことはトリアと呼んで。お嫁さんとか、未来の妻とか、それはわたしのことじゃない」

トリアは肩《かた》からかけていたマントを外し、近くのテーブル上に置く。

「――わたしはトリアよ」

破れたドレスを着て、髪《かみ》をボサボサに乱し、化粧《けしょう》の崩《くず》れなど気にしない。

深窓の令嬢《れいじょう》に別れを告げた今の自分が、本当の自分、トリアだ。

「すべて君の言う通りに、トリア」

ラウは満足そうな笑みを一つこぼし、もう一度恭《うやうや》しい仕草で令嬢とはほど遠いトリアの前で跪《ひざまず》いた。

第二章　はじめましての新生活

ララサバル男爵家は代々優秀な騎士を輩出《はいしゅつ》し、歴代の国王や王族、そして国を守ることを使命として、武力によって栄えてきた家系である。

当代の主人は言うまでもなく、ララサバル家に生まれた男児はほぼ全員が騎士としての道を選ぶ。女児の場合も、騎士にならずとも最低限の武術は必ず教え込まれるのが慣例だ。

一族の人間は身体能力に優《すぐ》れている。正義感が強く血気盛ん、曲がったことが嫌《きら》いな性質の者が多い。また、誰かを守ることに喜びと充足感《じゅうそく》を抱《いだ》く。騎士はまさに天職だった。

ノエリッシュ王国は領土を接する国が多い土地柄《とちがら》、武力が必要不可欠。代々の当主が団長を務める王立騎士団は大陸最強の呼び声が高く、長年最前線で国を守り続けてきた。

与《あた》えられる地位も名誉《めいよ》も断り、金銭にも興味を示さない。ただただ愚直《ぐちょく》なまでに騎士として邁進《まいしん》し続ける。それが今までのララサバル家の生き方だった。

トリアの父、アルヴァンス・ララサバルが現当主の座に就《つ》くまでは。

晩餐会《ばんさん》の騒動《そうどう》から三日後。

腰《こし》まで伸《の》びた赤髪を一本に結《ゆ》い上げ、飾《かざ》り気のない白のシャツと細身の黒い上着、耐久性《たいきゅうせい》と伸縮性《しんしゅく》を重視した白の長ズボン、足元に革《かわ》の長靴《ちょうか》を履《は》いたトリアは、念願の高いかかとで足音を立てながら廊下《ろうか》を進む。荷物は小さな鞄《かばん》一つと、腰に差した剣《けん》のみだ。

重苦しい空気が漂《ただよ》う屋敷《やしき》内に人気《ひとけ》はない。扉《とびら》が固く閉められた執務《しつむ》室、静まり返った談話室、そして人の気配が微塵《みじん》も感じられない妹の部屋の前を通り過ぎる。

かつかつと、重圧感のある美しい靴音《くつおと》が鳴り響く。

「──トリア！」

正門を通り抜《ぬ》けてすぐ、前方から声をかけられる。視線を向ければ、よく見知った相手が足早に近付いてくる姿があった。

「ロイク叔父《おじ》さん！　え、どうしてここに？」

「可愛《かわい》い姪《めい》っ子の見送りに来たに決まっているだろうが」

「仕事が忙《いそが》しいんだから、わざわざ来なくてもいいのに」

「何言ってんだ。仕事よりお前の方が大事だっての」

ヒールのおかげで、いつもよりも近い位置にある顔がにっと笑《え》みを浮かべる。

百八十を超《こ》える身長に、筋肉質のがっしりとした体軀《たいく》。精悍《せいかん》な顔立ちと短く切り揃《そろ》えた赤茶色の髪が印象的なロイク・ララサバルは、かなりの強面《こわもて》だ。

太い眉《まゆ》と吊《つ》り上がった目元、いかつい面持《おもも》ちで頑固《がんこ》そうな風貌《ふうぼう》の反面、さばさばとした性格の持ち主でもある。顎《あご》に残った無精髭《ぶしょうひげ》を撫《な》でながら笑う姿は愛嬌《あいきょう》がある。明るく面倒《めんどう》見《み》がいいこともあって、一度会話した人間には好かれる人でもあった。

「わたしが今日出発するってよくわかったね」

「お前のことだ、あんな状態の家からは一日も早く出たいだろうと思ってさ」

「さすが叔父さん。それで、あの人の処分は決まったの？」

「一応な。屋敷も財産も、土地もすべて没収《ぼっしゅう》。爵位《しゃくい》、当主の座も取り上げられる」

何もかもを失う。父だけでなくララサバル夫人も、そしてクローディアも。

表向きはお咎《とが》めなしだが、実際は謹慎《きんしん》処分中のクローディアが一番辛《つら》い立場に置かれるかもしれない。あんな経緯《いきさつ》で第二王子から婚約破棄され、挙げ句隣国《りんごく》の皇帝《こうてい》を傷付けている。加えて家も財産もすべてを失う。将来はかなり絶望的だろう。

とはいえ、家と絶縁《ぜつえん》する立場のトリアにできることはない。今後は彼らが少しでも真っ当に、人様に迷惑《めいわく》をかけず、慎《つつ》ましやかに暮らしていくことを願うばかりだ。

「じゃあ、次の当主はロイク叔父さん？」

「まさか、冗談《じょうだん》じゃない。俺は当主なんて柄《がら》じゃないさ」

ロイクは分厚い筋肉のついた肩をすくめ、楽しそうな笑みを日焼けした顔に刻む。

「前代未聞《みもん》のことだが、当主は親父《おやじ》、お前の祖父《じい》さんが再度継《つ》ぐことになった」

祖父は齢《よわい》七十。十年ほど前に王立騎士《きし》団の団長を辞《や》め、同時に爵位を長男に譲《ゆず》ったが、騎士としてはまだまだ現役《げんえき》だ。

「ララサバル男爵《だんしゃく》家は絶賛貴族連中からの笑い者だぞ。信用も評価も底辺だ」

重い内容とは裏腹に、ロイクは非常に楽しそうだ。からからと笑い声が放たれる。

ロイクは兄のアルヴァンスとは十歳以上離《はな》れており、現在は三十代半ば。王立騎士団の副団長を務める傍《かたわ》ら、王太子の護衛も担《にな》っている。武術に優れた豪傑《ごうけつ》で、トリアにとって剣術《けんじゅつ》や体術全般《ぜんぱん》の師に当たる。

「お祖父様も最初からあの人に爵位を譲らなければよかったのに」

「そういうわけにもいかないだろ。あんなんでも一応長男だからな」

「でも、騎士でもなければ、王立騎士団の団長でもない」

当主には相応《ふさわ》しくない、と続ければ、ロイクは苦笑《くしょう》しながら太い眉を下げる。

アルヴァンスは歴代の当主とはまったく違《ちが》う。騎士への誇《ほこ》りなど一切《いっさい》ない。お得意の口八丁で王族や他《ほか》の貴族に取り入り、挙げ句の果てにはララサバル夫人と結託《けったく》し、二人の娘《むすめ》を使ってさらなる地位と名誉、金を求めようとした。

「時間はかかるだろうが、いずれ本来のララサバル男爵家の姿に戻《もど》るはずさ。で、諸々《もろもろ》落ち着いたら、お前の兄貴のどっちかに当主を継がせる予定だ」

トリアには年の離れた兄が二人いる。二人とも騎士だ。一番上の兄は怪《あや》しい動きが見られる北方の国境付近へ遠征中《えんせい》。もう一人は留学中の第三王子の護衛役を任されている。

二人は父とほぼ絶縁状態だが、トリアに会うため頻繁《ひんぱん》に屋敷へと足を運んでくれていた。

今回の件で手紙を出しておいたが、それぞれの手元に届くのは時間がかかるだろう。

ロイクは不意に笑みを消すと、真剣《しんけん》な面持ちでトリアを見る。

「本気で帝国《ていこく》に行くつもりなのか？」

「ええ、他に行く当てもないからね」

「トリアは一度こうと決めたら頑固だからなあ」

「そんなことないよ。結局、深窓のご令嬢は諦《あきら》めちゃったし」

「お前は十分頑張《がんば》った。シンシアさんもわかってくれるさ」

八歳のとき、実の母が亡《な》くなった。父のことを頼《たの》むと、そう死に際《ぎわ》に頼まれた。だから、父の望む通り深窓の令嬢として生きようと頑張った。

その一方で、騎士の道を諦めることもできなかった。

母が亡くなるまではトリアも武術の訓練を受けていたが、父が現在のララサバル夫人と再婚《さいこん》してからは固く禁じられた。しかし、トリアは父たちの目を盗《ぬす》み、ロイクからずっと手ほどきを受け、一人で訓練を続けてきた。

腰に差した剣の柄に手を伸ばす。ロイクがトリアのために用意してくれた剣だ。父たちには見付からないよう必死に隠《かく》してきた。

「わたしは騎士になりたい」

　令嬢として家のために結婚するのではなく、家柄《いえがら》も性別も関係なく、大切な人を守れる人間でありたい。

　なめし革が巻かれた柄を握《にぎ》ると、自然と背筋がぴんと伸びていく。

「だから、経緯はどうあれ、まずは帝国で騎士として頑張ってみようと思う」

　どうせ行くのならば前向きに、明るく過ごしていきたい。そして、理想とする騎士の姿に近付けるよう努力したい。

　自分らしく真っ直《す》ぐに、後悔《こうかい》のない道を歩めるように。

「まあ、皇帝の婚約者、っていう肩書《かたが》きがもれなく付いてくるのは困りものだけどね」

　冗談めかしてそう続ければ、強張《こわば》っていたロイクの表情が幾分和《いくぶんやわ》らぐ。

「お前なら絶対にいい騎士になれる。師匠《ししょう》の俺が保証してやるよ」

「ありがとう、ロイク叔父さん」

　恐《おそ》らく帝国側は、トリアが本気で騎士になろう、と思っていることなどまったく予想していないだろう。

（あの場限りの適当な言葉だったのかもしれない。でも）

　言質《げんち》は取ってある。加えて条件も出した。もしトリアが騎士であることを否定する言動を皇帝がしたら、迷わず婚約破棄《はき》すればいい。

「それに、帝国に行くことは『あれ』を調べる千載一遇《せんざいいちぐう》の好機になるでしょ」

「皇帝の婚約者という立場なら、王国の人間でもかなり自由に動けるはず、か」

「ええ。叔父さんとお祖父様には色々気にかけてもらって、本当に感謝している。だから、やれることはやってみるよ」

「正直なところ、お前の申し出はありがたい。だが、絶対に無理だけはするな」

「心配しないで。どうしようもなくなったら、一目散に逃《に》げるつもりだから」

勝機が見つからない場合は、とにもかくにも撤退《てったい》。それもロイクの教えだ。

「何かあればすぐ戻って来い。俺も親父も、ずっとお前の味方だからな」

ロイクが差し出した大きな手を、トリアは両手で握り返す。ゴツゴツとした無骨な手はとても温かい。トリアの手を優《やさ》しく包み込んでくれる。

無言で見つめ合うこと数秒、固く結んでいた手を離す。

ロイクが用意してくれていた馬に乗り、トリアは長年住んだ屋敷《やしき》を後にした。一度も振《ふ》り返らず、街道《かいどう》を進む。

目指すは国境。そして、夜の精霊《せいれい》の国と呼ばれるキールストラ帝国だ。


国境の手前で馬とは別れた。

乗せてくれたお礼にしっかり丁寧《ていねい》に世話をしてから、身元の確かな人間にお金を渡《わた》し、ロイクのところまで連れて行ってもらう手筈《てはず》を整えた。

物々しい警備が敷《し》かれている国境に足を向ければ、案の定すぐに帝国の軍人に止められる。紺色《こんいろ》の軍服を崩《くず》すことなくきっちりと着込み、短髪《たんぱつ》に軍帽《ぐんぼう》を被《かぶ》っている。

「名前と目的を。通行許可証があれば速《すみ》やかに提示してください」

石造りの堅牢《けんろう》な砦《とりで》が築かれていることからも、いかに国境の警備が厳しいかがわかる。厳格な警備は、過去両国間であった激しい戦争の名残《なごり》なのだろう。

表向きは友好関係を築いている。しかし、実際のところ二国間では人の流れが厳しく制限されていた。各国の作物や製品などの輸出入にも規制がかけられている。

だから、実家と絶縁するとはいえ、王国出身のトリアが皇帝の婚約者になること自体、異例中の異例でもあった。

「名前はトリア。目的は、えー、婚約者であるキールストラ帝国の皇帝に会うため？」

うまい言葉が見つからず小首を傾《かし》げるトリアの前で、軍人の眉間《みけん》に深いしわが寄る。隙《すき》なくトリアを観察する目が、腰《こし》に帯びた剣《けん》を捉《とら》えるとより一層厳しさを増す。

「くだらない戯言《ざれごと》を口にすると、たとえご婦人であろうとも――」

「ちょっと待って。これこれ、これが通行許可証の代わりになるかしら」

トリアは右腕《みぎうで》にはめている腕輪を見せる。細やかな意匠《いしょう》の金の腕輪だ。帝国の国章、フクロウと三日月が刻まれ、色とりどりの小さな宝石がいくつも付いている。

腕輪はラウから贈《おく》られたものだった。金色の装飾品《そうしょく》を身に着けるのは正直かなり気が進まなかったのだが、婚約の証《あかし》であり、かつ帝国内での身分を証明するものだと押し切られてしまった。

あの晩餐会《ばんさん》の日、笑顔《えがお》で「では、一緒《いっしょ》に帝国に行こう」と言われたのだが、トリアは間髪《かんはつ》を容《い》れずに「無理」と答えた。準備が必要だからと言えば、名残惜《お》しそうな顔をしたラウは腕輪を渡し、「では、一月後《ひとつき》に国境で」と国に戻って行った。

引き留めようとする王国側の意思は完全に無視。しかも晩餐会に侵入《しんにゅう》した不審《ふしん》者たちを問答無用で全員捕《と》らえた上で。

どうせ偽物《にせもの》だろう。疑惑《ぎわく》にあふれた目で腕輪を確認《かくにん》していた軍人だが、まじまじと見ることおよそ一分。疑いは瞬《また》く間に驚愕《きょうがく》へと変わっていく。

「ほ、本物……！　国章を身に着けられるのは、現在の皇帝《こうてい》のみということは……！」

さあっと、目に見えて軍人の顔色が青く変化していく。

「も、申し訳ございません！　非礼をどうかお許しください！」

直立不動の姿勢を取った軍人は、腰を九十度の角度に曲げて頭を下げる。周囲にいた数人の軍人もまた、体を二つに折ってお辞儀《じぎ》をした。

腕輪を見ただけでトリアの素性《すじょう》を正しく判断し、かつ、すぐに非を認めて躊躇《ちゅうちょ》なく謝罪する。国境警備をしている軍人は一見したところ年若い者が多い。しかし、規律正しい上個々人の判断力も高く、加えて統制が取れていることも窺《うかが》える。

最近の帝国軍は飛ぶ鳥を落とす勢いで実力を付けているらしい。実際の帝国軍人を見ると、それも納得《なっとく》できる。

(しかも、帝国には王国にはない戦力、魔術《まじゅつ》がある)

王国には魔術の概念《がいねん》はない。魔術師という存在自体が皆無《かいむ》だ。魔術なんて不可思議なものは認められない、という国民が大多数を占《し》めている。

反面、帝国では魔術が一般《いっぱん》的に広まっている。実際に魔術を使える者は多くなく、戦力として利用できる魔術師となるとさらに少数らしいが、過去、長年続いた戦争では王国は魔術師の存在に苦しめられてきた。

現在の皇帝、ラウもまた魔術師らしい。

(触《ふ》れられた際に感じたあの変な感覚、魔術が関係しているのかしら)

トリアは魔術に対して悪い印象は抱《いだ》いていない。が、何分未知の存在なので、まずはどんなものなのか知りたい。可能であれば戦力として欲しい。

「今すぐに帝都までの送迎《そうげい》準備をいたします。汚《きたな》い場所で恐縮《きょうしゅく》ですが、砦の一室へご案内いたしますので、そちらでしばしお待ちいただければ」

「あ、大丈夫《だいじょうぶ》よ。わたしは一人で行けるから」

軍人が「は？」と目を丸くする。表情が崩れると一気に若く見える。

帝国を訪問する予定は晩餐会から一月後だった。だが、帝国側の予定に合わせれば、豪《ごう》勢《せい》な送迎が用意されることは明白だ。だからこそ、早く国境を訪《おとず》れることにした。

とっととあの家を離《はな》れたかった、というのも大きな理由の一つではあるが。

(見世物にされるのは、あの晩餐会だけで十分だもの)

しかも、供も迎《むか》えもいない状態ならば、城に向かうまでの間、自由に帝国内を見て回ることができる、という算段もあった。

「あそこにいる馬を一頭借りてもいい？」

「はい、馬をお貸しするのは一向に構いませんが……え、馬？」

混乱する軍人の横を通り過ぎる。国境を越《こ》え、足早に厩《うまや》へと近付く。数十頭いる中で一頭、最初に目が合った白馬に決めた。

あらかじめ帝国の地図は確認してある。国境から南西へと続く街道は、帝都バランジース、そして皇帝のいる帝城へと続いている。

皇帝の婚約者が一人で現れ、しかも馬に乗って勝手に帝都まで向かおうとしているという突《とつ》然《ぜん》の事態に、心身共に鍛《きた》えられた軍人でもおろおろと焦《あせ》っている。

「お、お待ちください！　すぐに陛下に連《れん》絡《らく》し、しかるべきお迎えを——」

「皇帝陛下には遅《おそ》くても五日程度で城に到《とう》着《ちゃく》するって伝えておいて」

「わかりまし、いえ、だからそうではなく！　帝都に続くこの街道は現在通行が……！」

白馬にまたがったトリアは、あわあわしている軍人たちを横目に駆《か》け出す。さすが軍の馬、きちんと訓練がなされている。

トリアは生まれてから一度もノエリッシュ王国から外に出たことがない。だから、これが初めての外国だ。初めて母国以外の国へと足を踏《ふ》み入れることになる。

この機会に鍛練《たんれん》を積み、知識を深め、見聞を広めていくことは、狭《せま》い世界で生きてきたトリアにとって得がたい経験になる。存分に利用させてもらおう。

「いけません、帝都には北の迂回《うかい》路を……！」

背後から聞こえてくる声は、馬を駆るトリアの耳を素通りして消えていった。

そして、トリアが帝都にたどり着いたのは五日後――ではなく、十日も後のことだった。


国境を出発して十日め。

ようやく帝都の帝城にたどり着いた。

トリアを迎えたのは、扇子《せんす》を片手に品定めするような眼差《まなざ》しを向けてくる相手、歳の頃は四十代半ば程度と思われる女性だった。

丁寧に編み込んだ群青《ぐんじょう》の髪《かみ》を結《ゆ》い上げ、華《はな》やかな装飾が施《ほどこ》された淡《あわ》い紫色《むらさきいろ》のドレスをまとっている。一見して地位の高い貴族の婦人だとわかる。

(ものすごくきれいな女性ね)

逆三角形のほっそりとした顔に、遠目でもわかる二重《ふたえ》の瞳《ひとみ》。透《す》き通るような白い肌《はだ》が目を引く美女だ。小柄《こがら》だが背筋を伸《の》ばし、顎《あご》を引いて立つ姿には洗練された空気がある。

吹《ふ》き抜《ぬ》け構造の大広間には天窓がいくつも設置されている。そこから差し込んだ陽光を受け、女性の首飾《くびかざ》りがきらりと輝《かがや》く。

(うわ、大きな宝石……。ララサバルの家でわたしが持っていたドレスと宝飾品《ほうしょくひん》、全部まとめてもあの宝石の方が遥《はる》かに高いな。小さな家なら余裕《よゆう》で買えそう)

金色の煌《きら》めきを放つ宝石に目を奪《うば》われていると、ぱしんと大きな音が鳴る。女性が手にしていた扇子を閉じた音だった。

「本当にその娘《むすめ》が皇帝陛下の婚約《こんやく》者ですの?」

「は、はい、間違《まちが》いありません、セシリナ様。国章の刻まれた腕輪、陛下が身に着けていらっしゃった金の腕輪をしております」

正門から城まで案内してくれた若い軍人が、礼儀《れいぎ》正しく丁重に、しかし、どこか緊張《きんちょう》した口調で答える。

女性はちらりとトリアの右腕、そこにある腕輪を見やる。その視線には透き通った水に張る氷の膜《まく》のように、美しいが触《さわ》ることをためらってしまう冷厳さが宿っている。

「確かにそちらは陛下が前皇帝から贈られた腕輪ですわね。わたくしはセシリナ・ライラ・ラナムネリと申します。現皇帝の伯母《おば》ですわ」

なるほど、とトリアは納得する。

目の前の美女には、恐《おそ》ろしいほど整った美貌《びぼう》の持ち主、ラウと通じる部分があった。

(特に涼《すず》しげな目元がそっくりだな)

自らも名乗ろうとしたトリアへと、冷や水のごとき声がぴしゃりと被《かぶ》せられる。

「あなた、ノエリッシュ王国の男爵《だんしやく》家の娘でしたかしら？」

セシリナは扇子を再び開くと、優雅《ゆうが》な仕草で口元を隠《かく》す。

「そんな家出身の娘が皇帝の伴侶《はんりよ》になるなんて、分不相応だと思いませんの？」

頭の天辺《てつぺん》から靴《くつ》先まで検分した鋭《するど》い目が、汚らしいものを見るように細められる。高みからトリアを睨《にら》みつける紫《むらさき》の瞳には、明らかな敵愾心《てきがいしん》が浮《う》かんでいる。

身長はトリアの方が十五センチ近く高い。しかし、大広間の中央にある階段から現れたセシリナは、下まで下りきることなく三段目の位置で足を止めた。そのため、トリアを上から見下ろす構図となっている。

セシリナは冷え切った声音《こわね》をさらに紡《つむ》ぐ。

「王国出身で地位が低いというだけでも問題ですのに、加えて淑女《しゆくじよ》とはほど遠いその身なり。あなた本気で皇妃《こうひ》になるつもりですの？」

細い眉《まゆ》がぐっと深く寄せられる。

トリアの現在の格好といえば、令嬢《れいじょう》らしいドレス姿ではなく、王国を出たときの動きやすい格好のままだ。しかも、国境からここにたどり着くまでに、『想定外の事態』に巻き込まれてしまったため、あちこち泥《どろ》だらけの状態だった。

できる限り汚れを落とし、整えたつもりだ。が、横目《よこめ》に見える髪はぐちゃぐちゃ、化粧《けしょう》もしていない。端的《たんてき》に言ってしまえばみすぼらしい。汚い。令嬢とはほど遠い姿だ。

帝城にたどり着くことを最優先にしたため、身なりまで気にしていられなかった。

(まさか、立て続けに二つも想定外の事態に巻き込まれるとは、全然思ってもいなかったし……。うん、さすがにあれは大変だったなあ)

思い出すと、ちょっと遠い目になってしまう。

「皇妃となれば、それは帝国という国の国母《こくも》となるということですわ。生半可な気持ちでなれるものではありません。そもそも皇妃は代々由緒《ゆいしょ》正しい帝国貴族の者が……って、ちょっと、あなた！　わたくしの話を聞いておりますの!?」

反応の薄《うす》いトリアに痺《しび》れを切らしたセシリナが身を乗り出して睨んでくる。勢いがつき過ぎてしまったようで、細い体ががくりと前のめりに傾《かたむ》く。

階段三段分の高さとはいえ、受け身を取らなければ怪我《けが》をする。小柄で華奢《きゃしゃ》な女性ならば尚《なお》のこと。

斜《なな》め後ろにいる軍人や、セシリナの背後に控《ひか》えていた従者たちが「あ！」と焦った声を出す。誰《だれ》よりも早く一歩を踏み出したトリアは、両手を広げて落ちてくる体を受け止める。相手の体重が軽かったこともあり、しっかりと抱《だ》き止めることができた。

「大丈夫ですか？　お一人で立てますか？」

腰《こし》に右腕を回し、もう一方の手で背中を支えながら問いかける。落ちたことに驚《おどろ》いたのだろう。セシリナは呆然《ぼうぜん》とした面《おも》持ちで、深みのある紫の目を大きく開いている。

「……わ、わ、わたくしは平気ですわ！」

視線が重なると、セシリナははっと意識を取り戻《もど》す。恥《は》ずかしさからか、頰《ほお》を赤く染めている。慌《あわ》てた様子で一歩下がると、トリアと距離《きょり》を取った。

「許可なく触《ふ》れたことをお詫《わ》びいたします。ですが、お怪我がないようでよかったです」

トリアが笑いながら言えば、セシリナは上目遣《うわめづか》いに睨んでくる。

「わたくし、用事を思い出しました！　部屋に戻りますわ！」

セシリナはくるりと踵《きびす》を返す。早足で、しかし、決して気品を失うことなく歩き出す主人に、使用人たちが困惑《こんわく》の様子を浮かべつつも付き従う。

四歩ほど歩いてから、淡い紫色のドレスがふわりと宙を舞《ま》い、セシリナが振《ふ》り返る。

「……助けてくださったこと、感謝いたしますわ」

その一言を最後に、今度こそセシリナは廊下《ろうか》の奥へと歩き去ってしまった。

暴風雨が一気に駆け抜けていった感じがする。嵐《あらし》の後の静寂《せいじゃく》が広がる場に、穏《おだ》やかな音色が届けられる。

「お迎《むか》えが遅くなり、大変申し訳ございません」

先ほどまでセシリナがいた階段から下りてくる人物の姿がある。

紺色《こんいろ》の髪を首の後ろで一つにまとめ、白いシャツと藍色《あいいろ》のベスト、黒のパンツ。堅苦《かたくる》しすぎない服装は、手足の長い体軀《たいく》と柔和《にゅうわ》な顔立ちによく似合っている。

「ギルバート様！」

所在なげに佇《たたず》んでいた軍人の顔に明るい表情が浮かぶ。それだけで、ギルバートと呼ばれた男性、二十代半ばと思われる人物が慕《した》われていることが見て取れる。

「ここは私が引き取ります。君は担当の持ち場に戻ってください」

「はい、失礼いたします」

軍人は深く一礼し、きびきびとした足取りで城外へと去っていった。

「私はギルバート・カルル・ラナムネリと申します。この帝城《ていじょう》にて諸々《もろもろ》の雑事を取り仕切っております」

「わたしはトリアです。よろしくお願いします。あの、お名前から察するに、もしかしてセシリナ様のご親族の方ですか？」

「セシリナは私の母ですが……。まさか、母がこちらに来ておりましたか？」

「ギルバート様がおみえになるほんの数秒前までいらっしゃいましたね」

「申し訳ございません、もっと早く来るべきでした。もし母が無礼な言動をし、不快な思いをさせてしまっておりましたら、重ねてお詫びいたします。母は前皇帝の姉に当たりまして、それゆえ誰に対しても人当たりの強い部分がありまして」

「謝る必要はありませんよ。とてもおきれいで、しかも可愛《かわい》らしいお母様ですね」

「……え？　か、可愛らしい、ですか？　ええと、あの母が、ですか？」

「はい。あ、不躾《ぶしつけ》な物言いでしたらすみません」

「いえ、そんなことは……。トリア様は不思議なお方ですね。さすがあのラウが、いえ、皇帝陛下が選んだお方なだけあります。それと自分に敬称は必要ありません」

ギルバートは見る者を安心させる笑《え》みを浮かべる。母親は気高く、人を容易に寄せ付けない雰囲気《ふんいき》だったが、息子《むすこ》は正反対らしい。

最低限の社交にしか出してもらえなかったトリアは、皇帝の顔を知らなかった。当然、血縁《けつえん》関係についても情報はゼロだ。ラウの伯母も従兄《いとこ》も、ここに来て初めて知った。

「到着《とうちゃく》なさったばかりで恐縮《きょうしゅく》ですが、皇帝陛下があなたの来訪を心待ちにしております。ご案内いたしますので、こちらへどうぞ」

先導して階段を上り始める背中に声をかける。

「ギルバートさんは皇帝陛下と仲がよろしいんですか？」

「いくらか年齢《ねんれい》が離《はな》れていたこともありまして、昔は弟のような存在でした」

思わずラウ、と名前を呼んだことからも、今もきっと仲がいいのだろう。

広い帝城をギルバートに続いて歩いていく。同じような通路、同じような階段、同じような広間が多数ある。部屋の扉《とびら》もどこも似た色と形をしていた。迷路のように造られているのは、ひとえに侵入者《しんにゅう》対策なのだろう。

質素というほどではないが、煌びやかで派手とも言えない。高価な絵画や壺《つぼ》、色鮮《いろあざ》やかな花々で無駄《むだ》に飾《かざ》り付けられていた王国の城とは、明らかに雰囲気が違《ちが》う。見栄《みば》えよりも機能性を重視しているようだ。

「トリア様が無事に帝城へと到着なさって、とても安心いたしました」

「すみません。もっと早く到着する予定だったんですが」

「理由は存じております。エジンティア辺境領の街道《かいどう》で問題になっていた盗賊《とうぞく》団の捕縛《ほばく》と、ユニメル領で多発していた人身売買の解決に尽力《じんりょく》してくださった、と。どちらの領主も非常に感謝していると、つい先ほど帝城まで連絡《れんらく》がありました」

通常であれば二日。どんなに寄り道しても五日程度。予定の日数の倍に膨《ふく》れ上がったのには原因がある。

今になって思い返してみれば、国境警備の軍人が『帝都には北の迂回《うかい》路を』と叫《さけ》んでいた。それはトリアが進んだ街道に、盗賊が絶賛出没《しゅつぼつ》中だったためだろう。

忠告を聞かずに進んだ結果、例にもれずトリアもまた盗賊団に襲《おそ》われた。

（ちゃんと話を聞かなくてごめんなさい、国境警備をしていた軍人さん）

その場は撃退《げきたい》し、特に被害《ひがい》もなかった。だが、なし崩《くず》し的にエジンティア辺境伯《はく》に助力を求められ、彼の私兵と協力することに。さらわれた辺境伯の娘《むすめ》の救出、及《およ》び盗賊団の捕縛にがっつりと携《たずさ》わってしまった。

あれやこれやともてなそうとするエジンティア辺境領の人々に別れを告げ、全速力で帝都に向かう。その途中《とちゅう》、今度はユニメル領で少女が怪《あや》しい男たちに誘拐《ゆうかい》されそうになっている現場に遭遇《そうぐう》。言うまでもなく、反射的に少女を助けていた。

腕《うで》を見込まれ、ユニメル領主の依頼《いらい》の下《もと》、不自然な失踪《しっそう》と誘拐の多発を調べてみれば、大規模な人身売買組織にぶち当たった。結果、壊滅《かいめつ》まで手を貸すことになった。

（国に助けを求めるとか、帝国軍人を頼《たよ》るとか、色々やりようはあったんだろうけど、どちらも緊急《きんきゅう》を要する事態だったから、ついつい手を出しちゃったのよね）

前を歩いていたギルバートは足を止めて振り返ると、申し訳なさそうに眉尻《まゆじり》を下げて謝罪の言葉を口にする。

「トリア様の身を危険に晒《さら》し、かつ、解決までさせてしまったこと、国を代表して私から深くお詫びいたします」

「いえ、どちらもわたしがやりたくてやったことですから」

偶然関《ぐうぜんかか》わり、成り行きで解決することになった。それでも関わることを決めたのは他《ほか》でもないトリア自身だ。

「わたしの方こそ、国内の事情に勝手に首を突《つ》っ込んでしまい申し訳ございませんでした」

「陛下を始め、みなトリア様に感謝こそすれ、怒《いか》りなど抱《いだ》くはずがありません。むしろ訪問していただいて早々、我が国の汚点《おてん》をお見せすることになり大変遺憾《いかん》に思います」

「キールストラ帝国は、治安があまり良くないのでしょうか？」

「陛下が即位《そくい》してからかなり良くなっておりますが、何分帝国は夜が長く、闇《やみ》に乗じて悪事を働く者も少なくなく……。ですが、帝城付近は安全ですのでご安心ください。それから、謁見《えっけん》の際はそちらの姿のままで構いません」

「あの、ですが、さすがにこの汚《よご》れた姿では礼を失するのではないかと」

トリアは気にしない。だが、トリア以外は気にするだろう。

「大丈夫《だいじょうぶ》ですよ。我が国を助けていただいた結果、そのようなお姿になったのですから。剣《けん》もそのまま、お持ちになった状態で問題ありません」

「皇帝陛下とお目にかかるのに、帯剣していてもいいんですか？」

「あなたは婚約者《こんやく》であると同時に、陛下の騎士《きし》だと聞いております。騎士から剣を取り上げるのは失礼でしょう」

まさかそんなところまで配慮《はいりょ》してくれているとは思ってもいなかった。トリアが礼を言うと、顔だけ振り返ったギルバートが目元を和《やわ》らげる。

「すべては陛下のご意向です。あなたが不自由なく生活できるよう最大限配慮しろ、と。陛下はあなたのことをとても大切に想《おも》っていらっしゃるようです」

微笑《ほほえ》ましそうなギルバートに対して、トリアは複雑な表情を浮《う》かべてしまう。

(大切も何も、そもそもどうして婚約する事態になったのか、全然わからない状態なのよね。わたしを選んだ理由を、今度こそちゃんと聞かせてもらわないと)

ギルバートは帝城の内部構造や各施設《しせつ》の案内に加えて、トリアが退屈《たいくつ》しないように雑談も交えて長い廊下を進む。謁見の間に到着するまで恐《おそ》らく十分以上かかったのだろうが、ギルバートのおかげで長いとは感じなかった。

「ここが陛下のいらっしゃる謁見の間です」

重厚《じゅうこう》な扉の両脇《りょうわき》には、屈強《くっきょう》な体軀《たいく》の軍人二人が警備に立っている。ギルバートを見ると、両者共に小さく頷《うなず》いて扉へと手をかけた。

「どうぞ。陛下が心よりあなたのことをお待ちになっております」

ギルバートの声に覆《おお》い被《かぶ》さる形で、両開きの分厚い扉がぎしりと大きな音を立て、ゆっくりと押し開かれていった。

トリアが室内に足を踏《ふ》み入れると、他より数段高い壇上《だんじょう》の椅子《いす》に座っていた皇帝《こうてい》、ラウがゆったりとした仕草で立ち上がった。鷹揚《おうよう》な足取りで近付いてくる。

「ようこそ、キールストラ帝国へ」

「お招きいただきありがとうございます、皇帝陛下」

「他の人間がいても私に敬語は使わなくていい。君が出した条件については城の人間に周知させている」

謁見の間はかなり広く、天井《てんじょう》も高い。大理石の床《ゆか》には真紅《しんく》の絨毯《じゅうたん》が敷《し》かれ、南側にバルコニーが設けられている。開け放たれた窓から爽《さわ》やかな風が吹《ふ》き込んでいる。

室内には臣下数名と、護衛を担《にな》っているだろう数人の軍人の姿がある。ギルバートはラウの斜《なな》め後ろの位置に控《ひか》えていた。

「君がなかなか帝城に到着しないから、すごく心配していた」

「ご心配をおかけして申し訳ご、いえ、心配をかけてごめんなさい」

「謝らなくていい。大切な婚約者を心配するのは当然のことだろう」

細められた紫《むらさき》の目に宿っているのは、砂糖のような甘さだけではない。そこには間違いなく甘さ以上の苦味と酸味が隠《かく》されている。

「キールストラ帝国では皇帝でも一夫一妻制が基本。一人の妻をずっと大事にする」

王国でも一般《いっぱん》人は一夫一妻性が基本だ。ただし、王族や貴族となれば話が違う。

跡継《あとつ》ぎを残すため、地位が高い人間ほど側室や愛人を作る。

「だから、妻がいるのに外で愛人を作ったり、隠し子を作ったりは絶対にしない」

父やララサバル夫人に関する情報はすべて帝国側には筒抜《つつぬ》けらしい。

現在のララサバル夫人は、父の長年の愛人だった。最低なことに、二人の関係はトリアの実母と結婚する前からのもので、結婚した後もずっと続いていた。

二つ年の離れたクローディアは、いわゆる隠し子というやつだ。再婚する際に存在が明らかとなり、長年続けられていた不貞《ふてい》に祖父と叔父《おじ》は激怒《げきど》し、兄たちは絶句し、トリアは嫌悪《けんお》した。

正直、大好きだった母の遺言《ゆいごん》がなければ、八歳にして家出していただろう。

(敵を知る上で、情報収集は基本中の基本だものね)

埃《ほこり》が完全に出尽《つ》くすぐらい調査されているのだろう。何せ皇帝の婚約者だ。

「私は君だけを愛するつもりだ。安心して欲しい」

見惚《みと》れてしまうほど完璧《かんぺき》な微笑《びしょう》と、蜜《みつ》のごとき甘美な音色《ねいろ》。

間違いなく、普通《ふつう》のご令嬢《れいじょう》ならば胸をときめかせて恋《こい》に落ちる場面だ。十人中九人は、今すぐに「結婚します！」と答えるかもしれない。

しかし、トリアは例外、十人中の一人だった。

「あー、ええと、その……どうもありがとう？」

言うべきことが見つからず、とりあえず礼を言ってみた。

(いや、だって、正直なところ、出会って換算《かんさん》一日も一緒《いっしょ》に過ごしていない相手から愛を囁《ささや》かれても、わたしとしてはただただ反応に困るんだもの)

非の打ち所のない笑《え》みが若干陰《じゃっかんかげ》る。周囲の温度も幾分《いくぶん》下がった気がした。

場の空気を変えるように、ごほんとわざとらしい咳払《せきばら》いが一つ放たれる。

「ところで、君が城に来るまでの経緯《いきさつ》は聞いている。謝罪と礼を兼《か》ねて、何か私にできることがあればと思うんだが」

「それでは、お言葉に甘えて一つお願いしても？」

「欲しいものがあるのならば、何でも遠慮《えんりょ》なく言ってくれ」

「今からわたしがすることに、ただ一言『許す』と言ってもらえれば大丈夫よ」

不思議そうな顔のラウが頷くのを見て、トリアは表情を引き締《し》める。

腰《こし》に帯びていた剣を鞘《さや》ごと抜《ぬ》くと、左膝《ひだりひざ》を立てた状態で床に跪《ひざまず》く。息を吞《の》む周囲を気にせず、目線を下にして両手で剣を持ち、ラウへと捧《ささ》げる形で差し出す。

「わたし、トリアはこの場にて、我が剣を陛下に捧げることを誓《ちか》います」

謁見の間がしんと静まり返る。

「この身を盾《たて》に、この身を刃《やいば》に、命をかけて忠誠を誓い、御身《おんみ》を必ずお守りすることをお約束いたします」

俯《うつむ》いていても注がれる数々の視線を感じることができる。そこに含《ふく》まれているのは好意か、奇異《きい》か。あるいは警戒《けいかい》かもしれない。トリアはぴくりとも動かず、ただ剣を捧げた格好で言葉を待つ。

数秒か、もしくは数分か。長い沈黙《ちんもく》を打ち破ったのは、苦笑を伴《ともな》った嘆息《たんそく》だった。

「……許す」

張《は》り詰《つ》めていた空気がふっと和らいでいく。

正式な騎士の叙任《じょにん》式はもっと事細かく段取りがあり、決められた動作や口上がたくさん存在している。だが、帝国で王国と同じように執《と》り行うのは不可能だろう。

それに、これはあくまでも『仮』の宣誓《せんせい》だ。

トリアは床から立ち上がり、剣を腰へと戻《もど》す。

「水をさすようで申し訳ないが、騎士の誓いまで立てる必要はないんじゃないか？　私としては君にずっと帝国にいて欲しいと思っている。だが、君はこの先帝国を出て行く可能性がある。むしろそうするつもりだろう？」

「正直に言うと、わたしはまだ今後のことは全然決められていないの。だから、正式な騎士の誓いはできない。仰々《ぎょうぎょう》しくやってみせたけど、あくまでも仮の誓いだと思って。でも、仮とはいえ、わたしは帝国にいる限りはあなたの騎士として行動する。わたしなりの決意、誠意を示したと思って欲しい」

騎士《きし》として人生のすべてを捧げる相手に、ラウを選んだわけではない。そんなに簡単にただ一人の主人は選べない。

だが、どんな形であれ、ラウはトリアに『騎士として生きる道』という選択肢《せんたくし》を最初に与《あた》えてくれた。そのことには心から感謝している。だから、それに見合うだけの働きはしていきたい。

「助けが必要なときは迷わず呼んで。あなたのことを必ず守るから」

「……守る？　君が、私を？」

「ええ、わたしはあなたの騎士だもの」

「君が騎士として振《ふ》る舞《ま》うことを止めるつもりはない。だが、私のことは守らなくていい」

「それは、騎士としてのわたしは必要ないってこと？」

「違《ちが》う、そういう意味ではない」

ラウはゆっくりと首を横に振る。

窓から一際《ひときわ》強い風が吹き込んで、美しい黒髪《くろかみ》を乱していく。

トリアは自らの頬《ほお》も乱暴に撫《な》でていく風に目を細め、吹き込んでくる先、バルコニーを横目に一瞥《いちべつ》する。

「私の命は君の命よりもずっと軽い」

「逆じゃないの？　皇帝であるあなたの命の方が重いでしょ」

「いいや、君の命の方が大切だ。だから、私を守る必要はない」

「本当に？」

「ああ」

「あなたを守る必要はない？」

「そうだ」

「……これでも？」

トリアの言葉に呼応して、ラウの頭へと一直線に飛来してくるものがあった。

──矢だ。

バルコニーから飛んできた矢が、ラウのこめかみへと真っ直《す》ぐに迫《せま》っていく。

「ラウ！」

ギルバートの悲鳴にも似た大声が響《ひび》き渡《わた》る。あともう少しで矢が突《つ》き刺《さ》さる──その直前で、トリアは右手で矢を摑《つか》み取る。ぱしっと、矢を捕獲《ほかく》した音が発せられる。

ラウか、もしくは他《ほか》の誰《だれ》かが、「は？」と間の抜けた声をもらした。

「このナイフ、ちょっと貸して」

トリアは空いている左手で、近くにいた軍人が腰に付けていたナイフを取ると、バルコニーの方角に向かって思い切り投げる。窓を飛び出したナイフはバルコニーにいた相手、黒いローブを被《かぶ》り、手に弓を持った人物へと向かっていく。

まさか矢を摑まれた挙げ句、ナイフを投げ返されるとは微塵《みじん》も考えていなかったのだろう。慌《あわ》てた様子で踵《きびす》を返した人物の左肩《ひだりかた》をナイフがかすめる。

肩に怪我《けが》を負ったと思われる襲撃者《しゅうげきしゃ》は、バルコニー近くに生えた大木に飛び移り、あっという間に逃《に》げ去っていく。

(逃げる判断が早い。土地勘《とちかん》のないわたしが追いかけようとしても無駄《むだ》ね)

脇目《わきめ》も振らずに木を下りていく姿から、事前に逃走《とうそう》経路を確保していたことがわかる。

「すぐに追いかけて捕獲を！　警備人数を増やし、出入り口の監視《かんし》を強化するように！」

ギルバートの指示を受け、軍人たちが緊迫《きんぱく》した様子で動き始める。

先ほどナイフを借りた軍人に「これ、お願いしてもいい？」と摑んでいた矢を手渡《てわた》すと、その顔は明らかに引きつっていた。瞳《ひとみ》には畏怖《いふ》がありありと浮《う》かんでいる。

途端《とたん》に周囲がばたばたと騒《さわ》がしくなっていく。

呆《あき》れと驚愕《きょうがく》の表情を半々に浮かべたラウが、信じられないといった口調で尋《たず》ねてくる。

「……トリア、君は飛んできた矢を取れる、のか？」

「うーん、時と場合によるかしら」

今回は風に含まれるかすかな気配と殺気を感じ取り、矢が飛んでくることが予測できていた。完全に無防備で何の準備もない状態だったら、取れる確率は八割ぐらいか。

「普通、時と場合によっても素手《すで》で矢は取れない。取れたらおかしい、あり得ない」

「え？　わたしの周りの人たちは矢ぐらい簡単に取れるよ」

叔父《おじ》や兄たちは百発百中で取る。

「祖父なら目をつぶった状態でも取れるしね」

目の前からだけでなく、あちこちからいくつものため息が吐《は》き出される。感心や驚嘆《きょうたん》、そして畏敬《いけい》が入り交じっている。

変わった様相をした王国の小娘《こむすめ》、といった風に見ていた目が明らかに変化した。

「き、君の家、ララサバル男爵《だんしゃく》家は超人《ちょうじん》の集まりか？」

「少し運動神経が良い程度で、別に超人ではないよ」

魔術《まじゅつ》を使える方がよほど超人に思える。

「いやいや、少し運動神経が良い程度で矢が取れるはずがないだろう、絶対におかしい」

「きちんと鍛《きた》えれば、別にララサバル男爵家の人間じゃなくても取れるでしょ。実際、王国の騎士は取れる人間が多かったもの。普通《ふつう》よ、普通」

「普通……普通って、一体何だろう。だが、最強と名高い王立騎士団を支えるには、そのぐらいの芸当ができないとダメなのか、そうなのか……」

ぶつぶつと呟《つぶや》く様子は、余裕綽々《よゆうしゃくしゃく》な皇帝《こうてい》の姿とはほど遠い。

(危うく頭に矢が突き刺さるところだったから、さすがの皇帝も動揺《どうよう》しているのかしら)

声にも態度にも余裕があり、表面上は感情を見せても内面は凪《な》いだ湖面のごとく揺《ゆ》るがない。そんな人物だと思っていた。が、皇帝も血の通った人間だということだろうか。

「と、とにかく、君に怪我は？」

「飛んできた矢を取ったぐらいで怪我はしないよ」

「……そ、そうか。いや、でも、鏃《やじり》に毒が塗《ぬ》られていたかもしれない！」

ラウは否定するトリアの両手を取ると、怪我がないか注意深く確認《かくにん》する。今日は手袋《てぶくろ》を着用していないらしい。触《ふ》れられるとやはり一瞬《いっしゅん》不思議な感覚に包まれるが、それよりもラウに対する違和感《いわかん》の方が勝《まさ》った。

（……あれ？　右手が……）

ある程度の毒には耐性《たいせい》があるから大丈夫《だいじょうぶ》、という言葉を飲み込んだトリアの耳に、ギルバートの落ち着いた声音《こわね》が入り込んでくる。

「ラウ、落ち着いて。ここは『皇帝』のいるところだよ」

「！　ああ。すまない、ギル」

ラウの表情が瞬時にきりっとしたものへと戻る。握《にぎ》っていたトリアの手を素早く離《はな》す。

一分の隙《すき》もない皇帝の姿へと早変わりしていた。

「ギル、ここの処理は任せてもいいか？　私は彼女を部屋まで案内してくる」

「はい、お任せください。侍女《じじょ》を呼んで案内させましょうか？」

「今後の話を彼女としたいから大丈夫だ」

「かしこまりました、皇帝陛下」

ラウはトリアを促《うなが》して歩き始めた。護衛の軍人が前と後ろに二人ずつ付いてくる。

凛《りん》と伸《の》びた背中を追いかけながら、あえて明るい調子で呼びかける。

「これからよろしく、わたしのご主人様」

一度ぴたりと止まった足が、一拍《いっぱく》の間を置いて再度動き出す。

「それとも、わたしも皇帝陛下と呼ぶべきかしら？」

あの晩餐《ばんさん》会で「私のお嫁《よめ》さん」とか「未来の妻」とか呼ばれた意趣返《いしゅがえ》しだった。

「……私のことはラウと呼んでくれ」

「わかった。よろしくね、ラウ」

困ったように息を吐《つ》く後ろ姿からは、どこか人間味を感じさせる雰囲気《ふんいき》が漂《ただよ》っていた。


案内されたのは帝城の最上階、五階の南向きに位置する部屋だ。

城の五階は丸々皇帝の私室として使用されているらしい。五階に通じる階段では数人の軍人が隙のない警備を行っていた。高階層なので外からの侵入《しんにゅう》の可能性もほぼない。

（うん、警備は完璧《かんぺき》ね）

部屋の内装よりも、つい警備の方が気になってしまう。

南向きに位置する部屋には、ソファーやテーブルが並べられ、数は少ないが高価そうな絵画や壺《つぼ》といった調度品が置かれている。居間として使用している場所なのだろう。

「では、我々は戻《もど》ります。何かあればお呼びください」

護衛に付いてきてくれた軍人たちは、きびきびとした動きで去っていった。

二人だけになると、室内が静寂《せいじゃく》で満たされていく。

(何か話しかけた方がいいかな)

聞きたいことなら山ほどある。どうしようか考えていると、ラウがぎくしゃくとした様子で動き出す。

「お、お茶を用意するから、君はそこのソファーで座っていてくれ」

「それなら、わたしが用意するよ」

「い、いや、大丈夫！　ぼ……ごほん、私はお茶を淹《い》れるのは得意なんだ」

得意と言う割には、茶器を扱《あつか》う手つきはかなり危《あや》うい。がちゃがちゃと食器同士がぶつかり合う音が、静かなせいで異様に大きく聞こえた。

何故《なぜ》かがちがちに緊張《きんちょう》している様子のラウを不思議に思いながら、トリアは隣《となり》に並ぶ。

「やっぱりわたしが用意するから、あなたは座って待っていて」

あちこちこぼしながら茶葉を入れている手に触れて止めると、びくりとラウの全身が揺れる。激しい反応にびっくりして、思わず一歩後ろに後退してしまった。

後ろに下げた右靴《くつ》のかかとが、なめらかな絨毯《じゅうたん》の毛で滑《すべ》る。

（まずい、靴が！）

トリアの体は後方へと傾《かたむ》いていく。

「――危ないっ！」

トリアの右腕《みぎうで》をラウがとっさに掴む。強い力で引っ張られ、後ろに倒《たお》れることは避《さ》けられたのだが、今度は前のめりに大きく傾いていく。

（このままだと床《ゆか》に……！）

なす術《すべ》もなく前方から頽《くずお》れた体は、しかし、想像していたような痛みは一切《いっさい》ない。柔《やわ》らかな感触《かんしょく》に包まれる。ふわりと、穏《おだ》やかな夜を思わせる香《かお》りが鼻に届いた。

自らの下にいる相手を見る。どうやらラウが下敷《したじ》きになってくれたらしい。

「……怪我はない、かな？」

「ええ、大丈夫よ。ありがとう。あなたは平気？」

「ぜ、全然問題ない。けど、ええと、その」

しどろもどろな口調で視線を彷徨《さまよ》わせる。口にしないだけで本当はどこか痛めたのかもしれない。急いでラウの様子を観察する。

胸の辺りに馬乗りになっている状態のため、トリアの左右の手のひらはちょうどラウの大胸筋に触れている。洋服越《ご》しでもかなり鍛えていることがわかる。その胸の下で心臓が大きく拍動《はくどう》しているのが伝わってくる。

明らかに速い心臓の動きに顔を上げると、頬《ほお》を赤く染めた相手と視線が重なる。

恥《は》ずかしそうに口元に手を当て、白い頬を紅潮させる姿は、まるで――。

「……照れている？」

トリアの指摘《してき》に、宝石のごとき目がこぼれんばかりに開かれる。

「！　て、照れているって、まさか、いや……！」

「じゃあ、どうしてそんなに顔が赤いの？」

「そ、それは、その、ええと」

頬に手を伸ばすと、想像通りの熱が伝わってくる。トリアの手が触れると、ますますラウの顔が赤みを帯びていく。

一瞬で惹《ひ》きつけられる美しさの代わりに、愛らしさがこれでもかと増量されていた。

箱入りのご令嬢《れいじょう》なら、今の状況《じょうきょう》ではラウのような反応をするのが正しい。だが、トリアは体術の訓練で異性との組み手には慣れっこだ。今さら男に馬乗りになった程度では何の感情も湧《わ》いてこない。

こういう部分が、いつまで経《た》っても深窓の令嬢になれない理由だったのだろう。

「ひょっとすると、本来のあなたはこっち？」

「違《ちが》う！　そんなことは、僕は……あ！」

「……僕？」

ラウの一人称《いちにんしょう》は『私』だったはずだ。

手を引き戻したトリアが復唱すると、ラウの顔から急速に熱が失われていった。

うろうろと紫《むらさき》の瞳《ひとみ》が落ち着きなく動く。凜とした皇帝の雰囲気は一切ない。むしろ今のラウはどこか頼《たよ》りなげに見えた。

無言でじっと見つめるトリアに、ラウの口から重くて長いため息が吐《は》き出される。

「……とりあえず、その、ええと、離れてもらえるかな？」

「あなたには聞きたいことがたくさんあるの。答えてもらえる？」

鍛《きた》えているトリアは一般《いっぱん》的な女性よりも体重が重い。下敷きにされればかなり苦しいはずだ。申し訳ないと思うが、うんと頷《うなず》いてくれるまでは上から退《ど》くつもりはなかった。

（ルシアンのときみたいに当たり障《さわ》りなく角を立てず、ただ無意味に過ごすんじゃなくて、対等な立場でお互《たが》いのことを知る努力をしてみたい）

ここに、恋《こい》や愛はない。この先も芽生えるとは到底《とうてい》思えない。

でも、いつか婚約破棄《こんやくはき》をする、されるときが来ても、無意味な時間を過ごしていたとは思いたくなかった。

ただ流され続け、惰性《だせい》で生きていくことはもうしたくない。

（それに、わたしはこの人の騎士《きし》になるって決めたんだもの）

婚約者としても、そして騎士としても、ちゃんと相手と向き合ってみたい。

「……わかった」

ラウが頷くのを確認《かくにん》し、トリアは彼の上から離れる。慌《あわ》てた様子で上半身を起こした相手に手を貸そうとしたが、ラウは素早《すばや》く立ち上がると後ろに大きく飛び退《の》いてしまう。

トリアとラウの間には、不自然なほど広すぎる空間が作られる。

ラウは乱れた髪《かみ》やマントを整え、自身を落ち着かせるように深呼吸をする。その顔には神妙《しんみょう》な表情が浮《う》かんでいる。

「もし君の聞きたいことが国に関することならば、申し訳ないが僕には答えられない」

「国のことなんて聞かないよ。わたしが知りたいのはあなたのこと」

「……僕の、こと？」

「ええ。だって、あなたはわたしのことを色々調査して知っているかもしれない。でも、わたしはあなたのことをほとんど何も知らない。不公平じゃない？」

不公平、と目を丸くしたラウがぽつりと呟《つぶや》く。

「まず、わたしを婚約者に選んだ本当の理由を教えてくれない？」

「そ、それは、あのとき言ったように、君が必要だからで」

「ええ、わたしが必要な理由があるんでしょ？　あなたは馬鹿《ばか》じゃない。恋で頭がお花畑になっているとも思えない。ということは、ちゃんとした理由があるってこと」

「……君はやはりすごく聡明《そうめい》だな。そういうところは本当に好ましいと思うよ」

「ありがとう。それで、理由を教えてくれるの？」

ラウは肩《かた》の力を抜《ぬ》き、観念したといった表情で口を開く。

「これから話すことは、決して外部にもらさないと約束してもらえるかな？」

もちろんだと答えると、ラウはソファーに座るよう促《うなが》し、自身も目の前に腰《こし》を下ろす。

「君を婚約者に選んだ理由を話すには、最初に僕自身のことを話す必要がある。君の想像通り、本来の僕は普段《ふだん》の皇帝《こうてい》の姿とはほど遠い。気が弱くて優柔不断《ゆうじゅうふだん》、人前だとどうしてもおどおどしてしまう部分があるんだ」

細く整った眉《まゆ》が下がると、皇帝としての威厳《いげん》は欠片《かけら》もなくなる。十九歳という年相応の青年の顔になる。

烈火《れっか》のごとき美貌《びぼう》が、一転して儚《はかな》げな美貌へと変化していく。

「だが、それでは到底《とうてい》皇帝にはなれない。国民や臣下たちだけでなく、他国の人間にも下に見られてしまう」

王国は彼の即位《そくい》直後、ただ若いというだけで侮《あなど》っていた。あのとき王国側がラウの本質を知っていたら、恐《おそ》らくもっと苛烈《かれつ》な行動を起こしていただろう。

「ギルや親しい貴族、重鎮《じゅうちん》は本来の僕を知っている。皇帝であり続けるためには、皇帝として相応《ふさわ》しい言動を演じ続けるべき。そう彼らに助言されたんだ」

皇帝は国そのものだ。弱々しい人間だったら、それは国にとって最大の弱点となる。ノエリッシュ王国だけでなく、他国はその弱点を絶対に見逃《みのが》さない。

戦争の引き金になる可能性すらある。

「外では完璧《かんぺき》に演じられていると思う。でも、信頼《しんらい》できる身内の中だと気が緩《ゆる》んでしまうのと、ええと、正直に言うと僕は女性と接するのに慣れていなくて、二人きりだと緊張してしまって……。どうにか皇帝の姿を演じようとした。が、結果はご覧の通りだ」

「あなたの立場的に、女性と二人きりになる機会なんていっぱいあったんじゃないの？」

「そこは、その……後からちゃんと話すが、それが君を選んだ理由に関《かか》わってくる」

トリアの視線の先で苦笑《くしょう》がこぼれ落ちる。

「本来、皇帝の座は兄が引き継《つ》ぐはずだったんだ。僕は皇帝に相応しくない。だから、一部の貴族や臣下たちからは嫌《きら》われている」

「あなたが度々《たびたび》命を狙《ねら》われているのは、そのせい？」

「ああ。特に前皇帝、父を慕《した》っていた臣下たちには憎《にく》まれているんだろうな」

父親殺しの冷酷無慈悲《れいこくむじひ》な皇帝。その噂《うわさ》が関係しているのかもしれない。

「確かにエジンティア辺境領とユニメル領の領主たちは、あなたのことをあまり、いえ、大分好いてはいなかったかもね」

「彼らは父の腹心だった。だから、それぞれの領地で起きている騒動《そうどう》解決のために軍の派《は》遣《けん》を打診《だしん》したんだが断られ、君を巻き込む事態にまで発展してしまった。すべて僕自身が至らないせいだ」

　ラウはトリアに向けていた顔を逸《そ》らす。紫の瞳がどこか遠くを見つめる。

「王国の晩餐会《ばんさんかい》で捕《と》らえた襲撃者《しゅうげきしゃ》たちからは、何か情報は得られなかったの？」

「あれはただ金で雇《やと》われただけの人間で、雇い主に関する情報など持っていなかった」

　命を狙われる機会が多い割には、単独で晩餐会に参加していたり、先ほどの謁見《えっけん》の間での警備が少なかったりと、気になる部分もある。

（本人が魔術師《まじゅつし》だから、危険は自分で回避《かいひ》できるってことなのかな。あの矢も、わたしが取らなくても魔術でどうにかできたのかしら）

　目の前にいる相手を上から下までじっと眺《なが》めてみる。背筋は若干《じゃっかん》丸まり、眉尻《まゆじり》は下がり、目は落ち着きなく動いている。

　皇帝としての威厳が皆無《かいむ》となっている今の姿は、もはや侮いを通り越《こ》して――。

（……正直言って、ものすごく弱々しいなあ）

　この状態では、間違いなく帝国にとっての弱点にしかならない。

（どう考えても、父親を殺せるような人間には思えない）

　諸々《もろもろ》の噂、父親殺しだとか鉄仮面だとかは、恐らく他国へ冷酷な皇帝としてのラウを印象づけるために流された嘘《うそ》だろう。国を挙げての印象操作だ。

「父のことがなかったとしても、僕は多くの人から嫌われているんだ。大抵《たいてい》の人は僕がすぐ傍《そば》にいるだけで気分が悪くなる」

「それは、あなたが皇帝だから傍にいると心が休まらない、っていう意味？」

「違う。そのままの意味だ」

理解できずにいるトリアへ、さらに意味不明な言葉の数々が投げられる。

「君を婚約者に選んだのは、君は僕が近付いても叫《さけ》んだり失神したりせず、かつ手を触《ふ》れても吐いたり痙攣《けいれん》したりしなかったからだ」

微妙《びみょう》な沈黙《ちんもく》がトリアたちの間を流れる。

「……ん？」

眉を寄せると、ラウは慌てて説明を付け加えてくる。

「僕は魔術を使えるが強い魔術師ではない。ただし僕の魔力は生まれ持って闇《やみ》の属性に大きく偏《かたよ》っている。夜の長いこの国で生活する内に偏りは大きくなり、傍に近付くだけで影《えい》響《きょう》を与《あた》えてしまうほどになった。大半の人は僕の傍に近寄ると気分が悪くなるようだ」

他国では皇帝であるラウの圧倒《あっとう》的な威圧感《いあっかん》を受けて体調を崩《くず》してしまう、という話になっているらしいが、実際のところは根本的な体質の問題らしい。

これまで幾度《いくど》となく帝国内で婚約の話が出たものの、どの家の令嬢《れいじょう》もラウに近付くと具合が悪くなってしまう。気絶するだけならまだましだ。最悪の場合痙攣し病院に担《かつ》ぎ込まれる事態に陥《おちい》っていた、とラウは自嘲《じちよう》の笑《え》みと共に話す。

以上のことから、帝国内でラウの妻に相応しい家柄《いえがら》、年齢《ねんれい》の女性は皆無となった。

「でも、ギルバートさんや、さっきの軍人の人たちは問題なさそうに見えたけど」

「ある程度鍛《きた》えている人間、元々魔力に耐性《たいせい》のある人間ならば、傍にいる程度は問題ない。見合いをした令嬢の中にも、傍で話す程度ならば大丈夫《だいじょうぶ》な女性は何人かいたんだが」

皇帝の妻となれば、傍にいられるだけでは不可能。身体的な接触《せっしょく》は避《さ》けられない。

「王国の人間は耐性を持つ者が多い。その中でも、君には強い魔術耐性がある。君個人のものなのか、君の家特有なのかはわからない。でも、君しかいないと思ったんだ」

ララサバル男爵《だんしゃく》家の人間は、ずっと騎士として最前線で戦ってきた。無論帝国とも、そして魔術師とも。

長い年月の中、戦いを重ねる内に自然と耐性が付いたのかもしれない。

トリアはソファーから少し腰を浮かせ、ラウに向かって手を伸ばす。驚《おどろ》いたラウは立ち上がって距離《きょり》を取ろうとするが、右手を摑《つか》むことで強制的に止めた。

「……うん、確かに違和感《いわかん》はある。ただずっと触れていると気にならなくなる程度ね」

繋《つな》がった手からむず痒《がゆ》いような、静電気が生じたような、ほんのわずかな居心地《いごこち》の悪さを感じる。ただ、数十秒経《た》てば違和感は溶《と》けて消えていく。何度もラウに触れていれば慣れて、いずれ何も感じなくなる気がした。

「わ、わざわざ手を握《にぎ》って確かめなくても、いいんじゃないかと、思うんだが……！」

「不快にさせたのならごめんなさい」

「いや、その、嫌《いや》なわけではない！　が、手を離《はな》してもらえると助かる、というか」

言い淀《よど》むラウの右手から重ねていた己《おのれ》の手を離す。トリアがソファーに座り直すと、ラウはほっとした様子でややのけ反《ぞ》っていた姿勢を元に戻した。

（……間違いない。あるはずのものがなくなっている）

こほんと、気を取り直すようにラウから空咳《からぜき》が一つ放たれる。

「僕はこの国にとって相応しい皇帝になりたい。皆《みな》が望む皇帝として生きていきたい。そのためにも、僕を支えてくれる伴侶《はんりょ》が必要だと思った」

落ち着きなく動いていた視線が、刺《さ》すような強さを伴《ともな》ってトリアを見つめてくる。

「君ならば、僕の隣《となり》に立ってくれると思ったんだ」

真っ直《す》ぐに注がれるその目には、トリアが映っている。

男爵家の娘《むすめ》でも、深窓の令嬢でもない。紫《むらさき》の瞳《ひとみ》に映るのはトリア自身だ。

――ラウはただのトリアとして見てくれている。

ふうと、トリアは長い息を一つ吐《は》く。

「今のところわたしはあなたと結婚《けっこん》するつもりはまったくない」

「わかっている。無理強《むりじ》いをするつもりはないから安心して欲しい」

「でも、わたしはあなたの騎士《きし》になった。だから、まずは騎士として守りたいと思う」

ラウがぱちりと目を瞬《まばた》く。

「婚約者としてどうするかは、あなたやこの国を知っていく中で答えを出したい。それでもいい？」

「あ、ああ、もちろん！　ありがとう、トリア」

「あと一つ。わたしの前では無理に皇帝《こうてい》を演じなくていいよ。二人きりのときはあなたが過ごしやすい姿で構わない」

「え？　いや、でも、それは」

「自分が望んでもいない姿を演じるのは辛《つら》いこと、わたしもよく知っているもの」

本当の自分を隠《かく》し、誰《だれ》かの理想の姿を演じ続ける。

（それがどれほど辛く苦しいのか、わたしは誰よりも理解している）

ラウは少し考える間を置いてから、静かに頷《うなず》く。その顔には安堵《あんど》の色が広がっている。

「……よかった。妻になる女性に、嘘を吐《つ》き続けるのは心苦しかったんだ」

眉尻を下げた姿は氷のような美貌《びぼう》が完全に溶けて消え、親しみやすい雰囲気《ふんいき》がある。

（ひとまず、今日話すのはこのぐらいかな）

知りたいことはまだ数多くあるが、すべてをいっぺんに教えてもらうのは無理だろう。

トリアはソファーから立ち上がる。

「そろそろこの汚《よご》れた服から着替《きが》えてもいいかしら？」

「す、すまない、気が利《き》かなくて。主寝室《しゅしんしつ》はこっちで、他《ほか》に客室が五つほどある。鍵《かぎ》もかかるようになっているから、好きな部屋で過ごしてもらって構わない」

「わたしは今後、あなたと一緒《いっしょ》にこの階で過ごすってこと？」

「警備の関係上、ここにいてもらうのが一番安全なんだ。気が詰まるかもしれないが、君を守るためだと理解して欲しい」

トリアを守るため。それも嘘ではないだろう。

でも、きっとそれだけではない。

(多分、わたしを監視《かんし》する意味合いも含《ふく》まれているんだろうな)

いずれにせよ、同じ空間にいることはトリアにとっても利がある。

「わかった。できれば寝《ね》るのはあなたと同じ部屋でもいい？」

「……え!?」

ぎょっと瞠目《どうもく》した後、ラウの頬《ほお》が一気に赤く染まる。

「あ、あの、でも、それは、ちょっと、いや、かなり問題があると……！」

「寝る場所は別々ね。でも、同じ部屋ならばあなたが襲《おそ》われた際に対処できるでしょ？」

「あ、ああ、まあ、そう、かも……」

赤くなった頬が今度は一気に元の色へと戻《もど》っていく。皇帝のときはあまり表情に変化がなかったが、本来のラウは表情が豊からしい。

「謁見《えっけん》の間でも言ったように、僕のことを守ろうとしなくていい。君は君自身のことを一番に考えてくれないか」

「あなたが相応《ふさわ》しい皇帝になりたいと願うように、わたしも理想とする騎士になりたいの」

覚悟《かくご》が伝わるようにラウの目を見据《みす》え、一言一言、気持ちを込めて紡《つむ》ぐ。

「だから、傍にいる限りはあなたのことを守る。それだけは譲《ゆず》れない」

「……わかった。ただ、僕が君を守ろうとすることも、否定しないで欲しい」

「ええ。だけど、知っての通り飛んでくる矢を摑めるような女よ。普通《ふつう》のご令嬢のように守るつもりならば必要ない」

たくさんの護衛を付けられても逆に困ると伝えれば、案の定、そうするつもりだったらしいラウの顔に苦々しい表情が浮《う》かぶ。

「護衛は付けない。だが、しばらくの間は帝城内で過ごすようにしてもらいたい。民《たみ》の中には王国の人間に対して良くない感情を抱《いだ》く者もいるから」

「了解《りょうかい》。落ち着くまでは城から出ないようにする」

「何か必要なものがあれば、ギル、ギルバートに伝えてくれ。僕は一度謁見の間に戻るから、君はここでゆっくりしていて構わない」

立ち去ろうとしたラウは、何か思い出したかのように足を止める。

「言うのが遅《おそ》くなってしまったが、その格好、君によく似合っている」

「ありがとう、大分汚れているけどね」

「その汚れは勲章《くんしょう》のようなものだろう。恥《は》じるものじゃない」

「……あなたはわたしがこの靴《くつ》、ヒールの高い靴を履《は》くのは嫌じゃないの？」

「何故《なぜ》だ？」

「わたしの身長がより一層高くなることを、ルシアンはすごく嫌がっていたから」

クローディア同様、ルシアンも現在謹慎《きんしん》処分中らしい。

国王は溺愛《できあい》する息子《むすこ》ゆえ、穏便《おんびん》に収めたいと考えていたようだ。だが騒《さわ》ぎの中心人物であり、なおかつ王太子の強い意向もあって処分を決定したと伝え聞いている。

ラウは長靴《ちょうか》で身長が高くなったトリアを見て、微笑《びしょう》の混じった吐息《といき》をこぼす。

「身長の高低など僕にはどうでもいいことだ。君が好きで身に着け、そして似合っているのだから最高じゃないか」

再び歩き出したラウは、肩越《かたご》しにトリアを見ながら続ける。

「私的には最初に出会ったときのドレス姿よりも、君に似合っていると思う」

何気ない口調で告げられた言葉に、トリアは一瞬《いっしゅん》反応に詰まる。

ぐっと、喉《のど》の奥で変な音が鳴る。心臓が一度大きく拍動《はくどう》した。

（ゆ、油断した！　もう、皇帝に戻るときは戻るって言ってくれないかしら）

恥ずかしさを誤魔化《ごまか》すため、突然《とつぜん》皇帝の姿へと戻った挙げ句に歯が浮くような台詞《せりふ》を吐《は》かないでよね、と立ち去る背中へと小声で悪態を吐く。

数秒とはいえ胸が高鳴ってしまったのは、完全な不意打ちだったからだ。

(きれいなドレスよりも、汚れた姿の方が似合っている、なんて)

普通の令嬢《れいじょう》ならば、間違《まちが》いなく侮辱《ぶじょく》だと怒《おこ》るだろう。だが、トリアは違う。

(嬉《うれ》しい、とか、そんなことを思うはずない、絶対に)

演じていた部分があるとはいえ、初対面で子作りの話をする人間だ。

ときめくなんてあり得ない。

頬の熱を消し去るため軽く頭を振《ふ》ると、トリアは握ったラウの右手を思い出す。

「……あのときクローディアが付けた手の傷、一体どこに消えたの?」

謁見の間で手を握られた際、そしてつい先ほども確認《かくにん》した。傷痕《きずあと》すらなく、傷そのものが明らかに消えていた。まるで最初から何事もなかったかのように。

二週間程度で完治する傷ではない。もしかしたら、魔術《まじゅつ》の中に傷を一瞬で治癒《ちゆ》する類《たぐ》いのものがあるのかもしれないが。

「不老不死の死に戻り皇帝、か。まさか……ねえ」

ぽつりと呟《つぶや》いた声は、誰にも届かないまま消えていく。

トリアの中で言いようのない疑惑《ぎわく》だけが徐々《じょじょ》に、大きく膨《ふく》らんでいくのだった。

第三章　こんにちは、波乱の日々よ

口の中で砕《くだ》けた瞬間、バターの芳醇《ほうじゅん》な香《かお》りと砂糖の甘さが広がっていく。さっくりとした生地《きじ》を食べ進めていくと、ほどよい塩気が甘味と混じり合って絶妙《ぜつみょう》な調和を生み出す。甘すぎない後味はさらに一枚、もう一枚と、どんどん口へと運んでしまう魅力《みりょく》がある。

帝城に滞在《たいざい》し始めておよそ二週間。

トリアは帝城の中庭に設けられたガゼボで、セシリナとのお茶会を楽しんでいた。

「……あなたはいつもいつも、美味《おい》しそうに食べますわね」

「実際すごく美味しいですから。あ、こちらの焼き菓子《がし》もいただいても？」

「ええ、好きなだけお食べなさいな」

「ありがとうございます！」

皿に盛られていたもう一種類の焼き菓子にも手を伸《の》ばす。

先ほどのホロホロした食感とは違い、今度は噛《か》んだ瞬間かりっと小気味良い音が鳴る。しょうがとシナモンによる香《こう》ばしい味わいを、蜂蜜《はちみつ》の柔《やわ》らかな甘さが包み込んでくれている。刺激《しげき》的な風味には癖《くせ》になる美味しさがあった。

音を立てて焼き菓子を頬張《ほおば》るトリアを、テーブル越しに座ったセシリナ、そして彼女の侍女《じじょ》たちが見守っている。最初は呆《あき》れが感じられたものの、五回目となるとどこか和《なご》やかな空気が漂《ただよ》っている。

「王国でも似たような焼き菓子などたくさんあったでしょう」

「もちろんありました。ですが、食べる機会がほとんどなかったんですよね」

三食の食事はきちんともらえていた。ただし、甘やかされていたクローディアとは違い、トリアがケーキや焼き菓子といった嗜好《しこう》品を口にすることはほぼなかった。

ごくまれに晩餐《ばんさん》会や舞踏《ぶとう》会に参加したとき、美味しそうな料理やデザートを食べる絶好の機会はあった。しかし。

(大きな大きな弊害《へいがい》……そう、コルセットよ！　あれのせいで、毎回食事を楽しむ余裕《よゆう》なんてなかった)

ルシアンと同じくらいコルセットは大嫌《だいきら》いだ。

「あなたの家は男爵《だんしやく》家ですもの、贅沢《ぜいたく》ができなくても仕方がありませんわ」

優雅《ゆうが》な仕草で紅茶を一口飲んだセシリナは、傍《そば》に控《ひか》えている侍女に声をかける。

「確か帝都《ていと》で評判になっている菓子店のケーキがあったでしょう。すぐにこちらへ」

「先日セシリナ様のご指示を受け、トリア様のために買い求めた品ですね」

ぱっとセシリナの顔が真っ赤に染まる。年かさの侍女はしまったという顔をした。

「わ、わたくしがそのようなことを言うわけがないでしょう！　たまたま知り合いの貴族からいただいた品ですわ！」

「た、大変失礼いたしました！　すぐに持って参ります！」

慌《あわ》てて走り去る侍女をしかめっ面《つら》で見送ったセシリナは、取り繕《つくろ》うようにもう一人の侍女へと指示を出す。

「わたくしと彼女に紅茶のおかわりを」

「はい、すぐに新しい茶葉でご用意いたします」

黒髪《くろかみ》に黒い瞳《ひとみ》の小柄《こがら》な侍女は、無表情のまま一礼して茶器に手を伸ばす。

最初は、

「助けてもらったお礼ですわ。わたくし、借りはすぐに返す性分《しょうぶん》ですの」

ということで、渋々《しぶしぶ》といった様子で誘《さそ》われたお茶会だが、五回目の今では、

「珍《めずら》しいお茶菓子をいただいたから、あなたにも分けて差し上げますわ」

と笑顔《えがお》で誘ってもらえるようになった。

（セシリナ様は表向き厳しく見えるけど、内面は面倒見《めんどうみ》が良くて世話焼きな方よね）

帝国に詳《くわ》しくないトリアに「面倒ですわ」とか「そんなことも知りませんの」と文句や苦言を口にしながらも、丁寧《ていねい》にあれこれ教えてくれている。

「どうぞ、新しい紅茶でございます」

侍女がソーサーに載《の》ったカップをテーブルの上に置く。その際、がちゃっとカップが音を立てて大きく揺《ゆ》れる。ソーサーに紅茶が少しだけこぼれてしまった。

「も、申し訳ございません！　すぐに淹《い》れ直しますので」

「ちょっとこぼれただけですから、これで大丈夫《だいじょうぶ》ですよ」

右手を伸ばしかけた侍女を制し、トリアは紅茶を口にする。

「すごく美味しいです。ありがとうございます」

侍女は深く頭を下げ、急いで後退する。

「わたくしの侍女が粗相《そそう》をしてごめんなさいね。最近入ったばかりの新しい侍女ですの。まだ仕事に慣れていないこともあって、先日も庭の掃除《そうじ》中に転んで左肩に怪我《けが》をしてしまったんですのよ」

細心の注意を払《はら》って主人の前にも紅茶を置いた侍女は、恐縮《きょうしゅく》した様子で「失礼いたします」とテーブルから離《はな》れていく。よくよく観察すると、左腕《ひだりうで》を庇《かば》っているようだ。

（恐《おそ》らく彼女の利《き》き手は左手。怪我をした左肩を庇い、慣れない右手で作業をしているみたい。だから、余計手際《てぎわ》が悪くなってしまっているのね）

左肩、と頭の中で呟きつつ、トリアは紅茶を喉の奥に流し込む。

「回復魔術で多少良くはなったようですけれど、まだ痛みが残っているみたいですわ」

「もしかしてセシリナ様も魔術師ですか？」

「ええ、皇族はみな大なり小なり魔力を持っております。わたくしは回復系の魔術を少しだけ使えますわ」

「気になっていたんですが、回復魔術は病気や大怪我も治せるんですか？」

「そこまで便利なものじゃありません。自己治癒能力を多少高める程度ですわね」

セシリナの答えにトリアは唇《くちびる》を固く結ぶ。どれほど自己治癒能力が高くなったとしても、あそこまで深く切られた傷が跡形《あとかた》もなく消え失《う》せるとは考えられない。

（……ラウの傷は魔術で治したわけじゃない？）

それならば傷は何故《なぜ》消えてしまったのか。疑問の答えは出ないままだ。

皇帝の騎士《きし》になったとはいえ、常にラウの傍にいるわけではない。王国出身という立場上、公務や謁見《えっけん》に立ち会うことはない。無論、視察にも付いていけず、就寝《しゅうしん》時間程度しか一緒《いっしょ》にいない状況《じょうきょう》だ。

政務や軍事に関《かか》われない状態では、結局一人で訓練でもしているしかない。

（嫌いじゃないとはいえ、日がな一日ずっと訓練しているのもなあ）

意外にも帝国内でのトリアへの風当たりは強くない。腫《は》れ物扱《ものあつか》いされている部分も確かにあるにはあるが。

城に来た翌日、トリアのお披露目《ひろめ》会が開かれた。貴族や重鎮《じゅうちん》などに紹介《しょうかい》されたのだが、大抵《たいてい》の人は好意的だった。形だけかもしれないが、祝福を述べてくれる者が大半で、特に同じ年代の女性、ラウの結婚《けっこん》相手として選ばれそうな女性たちからは「頑張《がんば》ってくださいませ！」と謎《なぞ》の応援《おうえん》をたくさんもらってしまった。

相手が誰《だれ》であれ、とりあえず皇帝に結婚相手が見つかった、ということで多くの人々がほっとしているのかもしれない。

また、良い意味でも悪い意味でも、初日に素手《すで》で矢を摑《つか》み取った件で、重鎮や軍人からは一目置かれるようになった。特に軍の中では、ララサバル男爵家といえば化け物の集まり、という認識《にんしき》を元々されていたようなので、ある種畏怖《いふ》すらされている状況だ。

(叔父《おじ》さんたちなら化け物って言われるのも納得《なっとく》ね。ただしわたしに対しては過大評価だな。まだまだ騎士として力不足だもの)

王国出身のトリアをよく思っていない人間もいるだろう。だが、今のところはラウが危《き》惧《ぐ》する事態にはならないように感じられた。

(できればもっと騎士として行動したい。でも、まだ信用がないから難しいか。せめて少し外に出られないか、ラウに相談してみようかしら)

ついつい考え込んでしまっていたトリアへと、落ち着いた声音《こわね》がかけられる。

「その様子から察しますと、陛下とはうまくいっておりませんのね。まあ、当然といえば当然ですわね。あなただけでなく、あちらにも問題が大ありですものね」

問題、というのはラウの本来の姿のことだろうか。恐らく身内であるセシリナは、ラウが普段《ふだん》皇帝の姿を演じていることも知っているのだろう。

「セシリナ様はラウ、皇帝陛下のことがお好きじゃないんですか？」

「大嫌いですわ。わたくしの弟、自らの父親を手にかけた疑いがあるんですもの」

「皇帝の座をお父上から簒奪《さんだつ》した、という噂《うわさ》は王国でも耳にしています。でも、噂はあくまでも噂ですよね。実際、確たる証拠《しょうこ》は何もないようですし」

あのラウが、父親を殺せるとは到底《とうてい》思えない。

「さあ、どうでしょうね。何を聞いても本人が否定しませんもの」

「……亡《な》くなったお父上以外に、陛下のご家族はいらっしゃらないんでしょうか？」

「母親や妹、弟たちは十年以上前に亡くなっております。次期皇帝になる予定でした四歳上の兄は五年前に……呪《のろ》われているんですのよ、あの男は。あなたがしているその腕輪《うでわ》、本来であればあれの兄が受け取るはずのものでしたのに」

呪い、とトリアは声にはせず口中で繰《く》り返す。

（うーん、呪いか。魔術を否定する王国では、呪いなんて考えは皆無《かいむ》だったからな）

紅茶を飲み干したセシリナは、自らの内心を示すかのごとく、乱暴な仕草でカップをソーサーに置く。がちゃんと、陶器《とうき》のぶつかり合う甲高《かんだか》い音が響《ひび》く。

「ギルバートの方がよほど皇帝に相応《ふさわ》しいですわ。あの子も回復魔術が使えますが、わたくしよりもずっと優秀《ゆうしゅう》です。優《やさ》しく人当たりもよく、なおかつ人望もありますもの」

「ギルバートさんにはわたしも本当にお世話になっています。ここでの生活が快適なのはギルバートさんのおかげですから」

自分も仕事で忙《いそが》しいはずなのに、頻繁《ひんぱん》にトリアの様子を見に来てくれている。困っていることはないかと、毎日気を遣《つか》ってくれていた。正直なところ、ラウよりもギルバートと一緒にいる時間の方が長い気がする。

「ええ、ええ、そうでしょう。あの子ほど皇帝に相応しい人間はいないと思いますわ」

セシリナは自慢《じまん》の息子《むすこ》を皇帝にしたいと願っている。もしかしたら——現在の皇帝に害をなしてでも。

「あんな男、皇帝になる資格などありませんわ」

「あんな男、というのは私のことでしょうか？　伯母上《おばうえ》」

突如《とつじょ》入り込んできた第三者の声。セシリナや侍女《じじょ》がびくりと体を震《ふる》わせる。トリアは大きな反応はしなかったものの、直前まで気配に気付かなかったため、反射的に剣《けん》の柄《つか》に手を伸《の》ばしてしまう。

視線の先にいる相手、ラウを認識した瞬間《しゅんかん》、肩《かた》から力が抜《ぬ》けていく。

（……あー、だめだ。長年の令嬢《れいじょう》生活で、あちこちまだ鈍《にぶ》っているみたい）

令嬢をやめてから、毎日欠かさず基礎《きそ》訓練を続けてきた。ここ最近、ようやく体の動きや感覚が良くなってきた気がしていたのだが、まだまだ訓練が足りないようだ。

柄に伸ばしていた手を静かに引き戻《もど》す。

(それにしても、普段《ふだん》の姿を見ていると『よわよわ皇帝』には到底見えないのよね)

ラウの本来の姿を知っている貴族や重鎮は、密《ひそ》かに彼のことをそう呼んでいるらしい。

悪意からではなく「仕方がないなあ」といった心情が込められているのだろう。

その呼び名を聞いてからは、トリアも時々心の中だけでラウのことをそう呼んでいた。

「あら、誰かと思いましたら、皇帝陛下ではありませんか。女同士の語らいの場に許可なく足を踏《ふ》み入れるとは、無粋《ぶすい》な人ですわねえ。ましてや盗《ぬす》み聞きなんて、皇帝のやることではありませんわよ」

「申し訳ございません。彼女に用があり、失礼ながら邪魔《じゃま》をさせてもらいました」

「わたしに用？」

わざわざラウ自ら足を運ぶということは、緊急《きんきゅう》の用件なのか。身構えるトリアへと、予想の斜《なな》め上を行く言葉が降り注いでくる。

「新婚旅行に行くことに決めた」

「……は？」

「日程は三日後、場所はここから北にあるカーキベリル領だ」

「……ええ？」

トリアは突然《とつぜん》の提案、いや、確定事項《じこう》に混乱してしまう。対して、セシリナは鋭《するど》い眼差《まなざ》してラウを見やる。

「カーキベリル領？　何故あそこに……」

「何か気になることでも？　ああ、そういえば、伯母上はカーキベリル侯爵《こうしゃく》と非常に仲が良かったですね。彼の動向に気になる点でもありましたか？」

「……いいえ、ありませんわ。用が済んだのならば早く去りなさい。邪魔ですわ」

皇帝に対して邪魔だと言い放つセシリナに侍女たちがやきもきしているが、言われた本人は特に気にした様子もない。二人は常にこんな関係なのだろう。

ラウは現れたとき同様、あっという間に去っていく。

「新婚旅行、ねえ」

結婚していないから新婚旅行ではない。正確に言えば、婚約旅行か。

それにしても、何故こんな急に旅行などする気になったのか。あまりにも急すぎる。どうしても裏を探《さぐ》ってしまう。

ラウの真意を考えるトリアの耳に、いつもよりも低いセシリナの声が届けられる。

「……くれぐれも気を付けなさい、トリア」

「え？」

気を付ける？　何に？　と首を傾《かし》げると、セシリナは慌《あわ》てて言葉を付け加える。

「いえ、その……あなたを歓迎《かんげい》しない人間も多いんですのよ。淑女《しゅくじょ》らしからぬあなたの姿を見れば、ますます敬遠されるかもしれませんでしょう。せいぜい気を付けることですわ」

「ご忠告ありがとうございます。ですが、帝国《ていこく》内のことを知る良い機会です。領地の方々にご迷惑《めいわく》をかけない程度に、勉強させてもらおうと思います」

セシリナはトリアをどこか不安そうな、奥歯に物が挟《はさ》まったような表情で見てくる。彼女の態度は気になる。だが、新婚旅行とかいう理由は抜きにして、久しぶりに帝城から出られることが嬉《うれ》しくて、疑問はすぐに消えてしまう。

こうして新婚旅行、否《いな》、婚約旅行に行くことが決まったのだった。


帝都から馬車で半日。

自然に溢《あふ》れたカーキベリル領は、皇族や貴族の保養地として重宝されている。帝都から近いこともあって、別荘《べっそう》を保有している者も多いらしい。

領主のベラルガ・カーキベリル侯爵は、五十半ばほどの小太りの男だ。突然訪《おとず》れたトリアたちに驚愕《きょうがく》しつつも、満面の笑《え》みをこぼしながら歓迎してくれた。

一見すると腰《こし》が低く、態度の柔《やわ》らかな好人物に感じられる。しかし、眼鏡越《ご》しに向けられる視線、トリアを女だと見下している姿を見れば、内心は容易に察することができた。

表向きはラウに対しても従順で友好的だが、自分よりも遥《はる》かに若い皇帝をよく思っていないことも一目瞭然《いちもくりようぜん》だ。魔術耐性《まじゆつたいせい》がないのか、ラウと話すときの笑顔には青白さがにじんでいる。額に浮《う》かぶ脂汗《あぶらあせ》を頻繁にハンカチで拭《ぬぐ》っていた。

ぜひ我が別邸《べつてい》に滞在《たいざい》してくださいと、カーキベリル侯爵に案内されたのは三階建ての立派な屋敷《やしき》だった。トリアの実家よりも一回り以上大きい。川沿いに建てられており、周囲を草原に囲まれた静かな立地が印象的だ。

別邸には季節の樹木で整備された広い中庭がある。特に圧巻なのが中庭の半分近くを占《し》める噴水《ふんすい》だろう。もはや噴水というよりは大きな泉といった様相である。軽く見ただけだが、水深もかなりあるようだった。

客室のいくつかが改装中ということで、トリアは三階の南側、ラウは同じく三階の北側の部屋に案内された。

警備の面を考えて、

「狭《せま》くても同じ部屋の方がいい」

と主張するトリアだったが、

「だ、大丈夫《だいじようぶ》だ！　ぼ……いや、私は一人で問題ない！」

とすぐさま拒否《きよひ》されてしまった。

帝城では一応同じ部屋で就寝《しゆうしん》してはいる。が、お互《たが》いの寝《ね》る場所は壁《かべ》の端《はし》と端で、間には木製の衝立《ついたて》がどんと置かれている。衝立のこちら側には絶対に入らないようにと、何度も何度も釘《くぎ》を刺《さ》された。

普通《ふつう》それを言うのは自分の方じゃないのか、とちょっと思ったものの、まあ、いいか、とトリアは流すことにした。

屋敷に着いて早々、

「君は何かやりたいことはあるか?」

と問われたトリアは迷うことなく、

「釣《つ》りがしたい」

と答えた。予想していた答えの中には存在していなかったのか、ラウはやや面食《めんく》らった顔をしたが、すぐにカーキベリル侯爵に頼《たの》んで釣り道具を用意してくれた。

澄《す》んだ水がゆっくりと流れていく川縁《かわべり》に並んで座る。別邸近くを流れる川は川幅《かわはば》が広くはないが、それなりに深さがあり、底を見通すことはできない。時折魚と思われる黒い影《かげ》が移動していく様が確認《かくにん》できた。

「君は釣りが好きなのか?」

「ええ、好きよ。家族には内緒《ないしょ》でよくやっていたの」

「そうか、意外だな」

「その意外って言葉は、のんびり釣り竿《ざお》を振《ふ》る人間には見えない、ってことかしら?」

「あ! いや、その、悪い意味じゃないんだ、本当に!」

慌てて否定する声が、水の流れる音と混じり合う。

トリアたちの周囲には人気《ひとけ》がない。警護をしている軍人はかなり離《はな》れた場所にいる。

「婚約者と二人きりで静かに過ごしたい」

だから、護衛は離れた場所にいてくれ、と続けたラウに、襲《おそ》われる危険性を考えて軍人たちは渋《しぶ》い顔をしていた。とはいえ、そこは軍人。皇帝の命令に背《そむ》くことはなかった。

正直なところ、ラウの警備に関してはトリアも思うところがある。

トリアが帝城に来てから、知っているだけでラウは三回も命を狙《ねら》われている。一回は言わずもがな、初日に矢で狙われたことだ。後の二回は食事に毒が入れられたり、頭目掛《めが》けて上から大きな壺《つぼ》を落とされたりした。どちらもトリアが防いだものの、恐《おそ》らく知らないだけでもっと命を狙われている気がする。

(三回とも犯人を捕《と》らえられなかった。警備を厳重にするのが一番なのに)

だが、いくら進言してもラウが自らの警備を増やす気配はない。今回の旅行もそうだ。

護衛が明らかに少なすぎる。しかも訪問先の領主にすらお忍《しの》びだった。

帝城の留守を任せてきたギルバートにも、自分の行き先は相手が誰《だれ》であろうと絶対に明かすな、と厳命していた。ラウの旅行先を知るのは一緒《いっしょ》に来た軍人や使用人。あとは重鎮《じゅうちん》を除けばセシリナぐらいだろう。

「……あ！」

竿に当たりが来る。急いで力一杯《ちからいっぱい》引き上げると、そこには――。

「……はあ。また靴《くつ》か」

釣り糸の先に引っかかっていたのは茶色の靴だ。トリアの横には、同じような片方の靴が何足も転がっている。

「あ」

ラウの竿にも当たりが来たらしい。あまりやる気のなさそうな動作で引き上げると、その先には大きな魚が元気よく飛び跳《は》ねている。彼の横には同じような魚が何匹《びき》も入れられた水桶《みずおけ》が置かれている。

トリアが大量の靴を釣り上げる一方、釣りが初めてのラウは大量の魚を釣り上げていた。

「君は釣りが得意なんじゃないのか？」

「好きと得意は違《ちが》うでしょ。わたしはいつも魚以外のものしか釣れないの」

「……それは、釣りをする意味があるのか？」

「わたしが釣りをするのは魚のためじゃなくて、自分自身と向き合うためよ」

無心になりたいときは体を動かすが、考え事をしたいときには釣りをするようにしていた。ロイクに誘《さそ》われて始めた釣りは、いつの間にか数少ない趣味《しゅみ》の一つとなっている。

川縁には涼《すず》しい風が吹《ふ》いている。トリアは降り注ぐ太陽の光を見上げた。時刻はお昼過ぎ。しかし、青空に浮かぶ太陽はすでに西へと傾《かたむ》きつつある。

（話に聞いていた通り、帝国《ていこく》って本当に昼の時間が短いのね）

朝日が昇《のぼ》るのは遅《おそ》く、夕日が沈《しず》むのは早い。太陽の出ている時間がかなり短い。

最初は日の短さに驚《おどろ》き、どうにも体の調子が整わなかったりもした。最近になってようやく夜の長さに慣れつつある。

（この国への侵攻《しんこう》を考えた場合、夜の時間が長いことは攻《せ》める側にとって不利となる。この国の人間は他国の人間より圧倒《あっとう》的に夜に強い）

夜目が利《き》き、夜間の活動に慣れている。暗闇《くらやみ》での戦闘《せんとう》になった場合、土地《とち》勘《かん》があり、なおかつ少ない灯《あか》りで活動できる方が有利なのは自明のことだ。

（王国が攻め入るとすれば、西の国境。でも、十中八九砦《とりで》を落とすのに時間がかかる。その間に帝国は防衛を固めてしまう。多数を囮《おとり》にし、少数精鋭《せいえい》で攻め込むのが得策かしら）

だが、キールストラ帝国は広大だ。もし帝都まで密《ひそ》かに侵入《しんにゅう》する場合、ほぼ夜間での活動になる。夜は距離《きょり》を稼《かせ》げず、時間がかかれば囮にした方が壊滅《かいめつ》してしまう。

日照時間が短いことには欠点もある。作物が育ちにくく、人も日差しを浴びる時間が少ないため体調を崩《くず》すこともあるかもしれない。だが、国を守るという点から考えると、利点も数多くあるのだろう。

ぼんやりと凪《な》いだ川面《かわも》を見つめていると、隣《となり》から静かな声音《こわね》が聞こえてくる。

「……君はすごいな」

「え？　まさか靴が大量に釣れることに対しての称賛《しょうさん》？」

「そ、そうじゃなくて、君は帝国に来て間もないのに、城の人間から好かれている」

「親切な人が多いから、他国から来たわたしのことを気にかけてくれているんでしょう」

「いや、気にかけてもらえることを君がしているからだろう」

「時間を持て余した結果、色々手伝わせてもらったのがよかったのかもね」

侍女《じじょ》や使用人にあれこれ手伝いを申し出たり、しつこい貴族の男に声をかけ続けられて困っている令嬢《れいじょう》を助けたり。最初は警戒《けいかい》されていたが、頻繁《ひんぱん》に話すようになれば誰もがとても友好的で親切だった。

「あー、その、ここでの生活はどう、かな？」

「すごく快適よ。周囲の目を気にせず訓練ができるし、食事もすごく美味《おい》しいし……あ、でも、一つだけ不満があるな」

「何だろう？　僕にできることなら、すぐに対処するが」

「あなたと一緒にいられる時間が少ないこと」

長い沈黙《ちんもく》が続く。

数十秒の静寂《せいじゃく》をかき消すように、隣から裏返った声が戻《もど》って来る。

「え!?」

「ちょっと声が大きい。魚が逃《に》げちゃうでしょ」

「す、すまない……その、ええと、さっきのはどういう……？」

「わたしはあなたの騎士《きし》よ。傍《そば》にいなければ守れないもの」

「あ、ああ、なるほど、そういう……」

ぎょっと目をむいて赤くなった顔が、肩《かた》を落とすのに合わせて元の色に戻っていく。

「すまない。君を疑っているわけではないんだが、国政に関《かか》わるような場面に立ち会わせるわけにはいかないのが現状で」

「わたしの立場も、あなたが忙《いそが》しいこともわかっている。ただ本音を言わせてもらうと、こういう風に話せる時間が欲しかったから、今回旅行に誘ってもらえて嬉《うれ》しかった」

顔だけ横に向けて笑いかける。ラウは一瞬《いっしゅん》息を呑《の》み、すぐさま視線を逸《そ》らしてしまった。

その頰《ほお》は赤く見えた。

「君は本当に変わっているな」

「自分自身でもそう思うよ。だけど、わたしは今の自分が好き」

父の顔色を窺《うかが》って、深窓の令嬢を演じていた自分は大嫌《だいきら》いだった。

「……自分が好き、か」

消え入りそうなほど弱々しい声には、どこか暗鬱《あんうつ》さが込められているように感じられた。

しかし、問い返す暇《ひま》はなかった。

再び当たりを感じて竿を振り上げれば、またしても靴が釣れる。赤いハイヒールだ。

(ここの川おかしくない？　こんなにきれいなのに、何で靴ばっかり釣《つ》れるのかしら)

おかしいのは果たして川なのか、靴ばかり釣り上げるトリアなのか。うーんと唸《うな》り声をもらしていると、もう一匹釣り上げたラウが針から魚を外しながら話しかけてくる。

「ところで、君はどうして騎士を目指そうと思ったんだ？」

「それ、大分今さらな質問じゃない？　あの晩餐《ばんさん》会で聞くべきことでしょ」

「いや、ええと、あのときはとにかく君に帝国に来てもらうのに必死で、正直そこまで気が回らなかったというか、気にしていなかったというか……」

「今は興味があるってこと？」

「当然だ。君に関わることならば何でも教えて欲しい」

「何でも、は難しいかも。でも、騎士を目指した理由なら答えられる。わたしが本気で騎士を目指し始めたのは七歳の頃《ころ》、叔父《おじ》が遠征《えんせい》に行くのに隠《かく》れて付いて行ったときね」

「隠れて遠征に付いて行く……幼い頃から大分行動的だな」

「まあ、到着《とうちゃく》直後に見付かって、叔父から大目玉を食らったけど」

トリアは何年経《た》っても色褪《いろあ》せることのない記憶《きおく》を、ラウに語る。

東の国境付近で魔獣《まじゅう》が発生し、王立騎士団に討伐《とうばつ》任務が出た。トリアは補給品に隠れて遠征隊にまぎれ込み、初めて叔父が、騎士たちが前線で戦う姿を目の当《ま》たりにした。

国民を守り戦うその姿が、ただただ眩《まぶ》しかった。叔父ももちろんだが、共に戦っていた騎士はみな輝《かがや》いて見えた。

「そのとき、わたしも誰かを守れる騎士になりたいと強く思ったの」

与《あた》えられた力は誰かを守るために。そうやって戦う騎士たちに羨望《せんぼう》を抱《いだ》いた。

「まあ、形ばかりは騎士になったものの、理想とする姿にはほど遠いかな。未熟も未熟、もっと訓練をしていかないとね。カーキベリル領は自然が豊かで気候も穏《おだ》やかだから、いつもより訓練がはかどりそう。その点でも今回の旅行に誘ってもらえてよかった」

「……ここに来た理由を聞かないのか？」

「新婚《しんこん》旅行、いえ、婚約旅行でしょ」

「本当の理由だ。聡《さと》い君のことだから、おかしいと感じているんじゃないか？」

「まあねえ。じゃあ、聞いたら答えてくれるの？」

沈黙が答えだった。ぱしゃんと、どこかで魚が飛び跳ねた音が響《ひび》く。

突然《とつぜん》の旅行、セシリナのあの様子、そして、圧倒的に護衛が少ない、お忍《しの》びでの行動。何かがあるのだろうが、まだお互《たが》いに信用も信頼《しんらい》もできていない状態では、尋《たず》ねたところで答えてはもらえないだろうと思っていた。

(わたしにも明かせないことがある。隠し事があるのはお互い様だしなあ)

靴《くつ》ばかり釣れる状況《じょうきょう》にちょっと疲《つか》れてしまった。釣り竿《ざお》を一度地面に置いたトリアは、「あ」と横に座るラウへと向き直る。

「そういえば一つ聞きたいことがあった。あなたは何か好きなことはないの？」

突拍子《とっぴょうし》もない質問に、紫《むらさき》の瞳《ひとみ》がきょとんと丸くなる。

「どうして突然そんな質問を？」

「前に言ったでしょう、わたしはあなたのことを知りたいって。わたしは釣りが好き。あなたは何が好き？」

「僕の、好きなこと……」

深く考え込むような沈黙の後、ぽつりとラウの声が放たれる。

「母や妹たちがまだ生きていた頃は、星を見るのが好きだったな」

「その言い方だと、今は好きじゃないってこと？」

「ああ。今は夜が大嫌いなんだ。だから、星も見たくない。夜の精霊《せいれい》の国、なんて呼ばれている場所の皇帝失格だろう？」

「わたしはコルセットが大嫌い。あれを着けていると、苦しくて気が変になりそう。令嬢失格でしょ？　というか、もう令嬢ではないし、コルセットを着けるぐらいなら令嬢失格でも全然構わない。あ、加えて化粧《けしょう》も大嫌いね」

ただし訓練での生傷や痣《あざ》を隠すため、大嫌いでも化粧は得意になってしまった。

「前に訓練中受け身を取り損ねて、顔に大きな青痣《そこ》を作ったことがあったの。しばらくの間、起きてから寝《ね》るまでばっちりと厚化粧をする羽目になって最悪だった。この先はそういうことも気にしなくていいと思うとすごく嬉しい」

軽い調子で言えば、隣からふっと息がもれる音がする。そこには穏やかな微笑《びしょう》の気配が含《ふく》まれている。視線の先で薄《うす》い唇《くちびる》がかすかに弧《こ》を描《えが》く。

「化粧はしなくてもいいが、怪我《けが》は極力しないようにしてほしいな」

不思議と、ラウが笑ってくれるとトリアも嬉しくなる。作り笑いではなく、ラウ自身の本当の笑顔《えがお》をもっと見てみたいと思う。

理由はきっとラウが守るべき相手だから、だけではない。

「また君と一緒《いっしょ》に釣りをしても？」

「いつでもどうぞ。あなたがいれば、魚料理をたくさん食べられそうだから大歓迎《だいかんげい》よ」

帰ったら屋敷《やしき》の料理人に調理してもらおう、と意気込むトリアの横で、ラウは小さな笑い声を吐《は》き出す。その笑い声に合わせて、トリアもまた笑っていた。


カーキベリル領の滞在《たいざい》は一週間の予定だ。

トリアとラウは釣りをしたり、乗馬をしたり、身分を隠して近くの町や村を散策したりと、穏やかな時間を過ごしていた。帝国《ていこく》のことをもっと知りたいと言えば、ラウは歴史や文化などをわかりやすく、懇切丁寧《こんせつていねい》に教えてくれた。

幸運なことに、三日の間でラウが暗殺者に襲《おそ》われることは一度もなかった。

四日目の夜。トリアは単身、カーキベリル侯爵《こうしゃく》の本邸《ほんてい》に招待されていた。

「私の娘《むすめ》がぜひ陛下の婚約者、トリア様とお話ししたいと申しておりまして、もしよろしければ今夜女同士で夕食などいかがでしょうか？」

招待を受けること自体は特に問題なかった。だが、皇帝であるラウを差し置いて自分一人が行ってもいいのだろうかと考えていると、

「行ってくるといい。私は公務に関わる書類をいくつか確認《かくにん》しておきたい」

とラウが背中を押してくれたため、夕食に呼ばれることにしたのだった。

ドレスに着替《きが》えることなくいつも通りの服装で、剣《けん》だけ軍人に預けてカーキベリル侯爵の屋敷を訪《おとず》れる。何故《なぜ》か出迎《でむか》えたのは侯爵の娘ではなく息子《むすこ》の方だった。

今年二十歳《はたち》になる息子はトリアの姿を見て一瞬眉《まゆ》をひそめたものの、すぐに爽《さわ》やかな笑みを浮《う》かべる。その目が顔、胸、腰回《こしまわ》りを舐《な》めるように観察したのを見た瞬間。

（うん、わたしの大嫌いな性質の人間ね！）

トリアの中で侯爵家の息子への第一印象は、最底辺となった。

「お会いできて光栄です。皇帝陛下の婚約者の方が、まさかこのように凜々《りり》しい佳人《かじん》とは思ってもおりませんでした」

にこにこと笑う青年の背後には、にやにやと笑うカーキベリル侯爵の姿がある。

「お招きいただきありがとうございます。侯爵のご息女はまだ来られないのですか？」

「ああ、申し訳ございません。娘は体調を崩《くず》しておりまして、代わりに息子を、と。食事はただいま準備しております。しばらく息子と話でもしていていただければ」

明らかに裏のある笑顔で酒やつまみを勧《すす》めてくる相手に、表面上はにこやかにしつつも内心では警戒心《けいかいしん》を強くする。ララサバル男爵家では酒類がきつく禁止されていたので、とさらっと嘘《うそ》を言いながら、強引《ごういん》に押し付けられた果実酒を押し返す。

（わたしを介《かい》してラウに取り入ろう、ってこと？　いえ、それとももっと他《ほか》の意味が？）

促《うなが》されてソファーに腰を下ろすと、すぐ真横に青年が腰かけてくる。トリアはさりげなく相手と距離《きょり》を取った。

「トリア様はノエリッシュ王国のご出身でしたね。僕は王国に非常に興味がありまして、近い内に訪問する予定なんです」

「そうですか。王国への入国許可を取るのは大変だったんじゃありませんか？」

王国の人間が帝国に入るのが大変なように、逆もまたしかり。特に貴族や軍人ともなれば、そうそう許可は下りない。無論王国の安全を守るための措置《そち》だ。

青年の胸元《むなもと》で金色の光が煌《きら》めく。タイピンに付けられた大きな宝石が、照明を浴びてきらきらと金の輝きを発している。

「ええ、ええ、トリア様の仰《おつしや》る通り、入国許可を取るのはとても大変でしたね」

傍《そば》でこちらの様子を窺《うかが》っていた侯爵が、鼻息荒《あら》く大声で割り込んでくる。

「実は私には王国内で懇意《こんい》にしている方がおりましてね。その方のご尽力《じんりょく》で、今回息子の訪問が決まったんですよ」

「……カーキベリル侯爵は素晴《すば》らしいご人脈をお持ちのようですね」

「滅相《めっそう》もないことでございます。私の人脈などまだまだ……」

「もしかして、わたしも知っている方でしょうか？」

「ええ、まあ、トリア様もよくご存じでしょうが、名前はご勘弁《かんべん》いただけますと」

相手の方に迷惑《めいわく》がかかると大変困りますので、と続けたカーキベリル侯爵は意気《いき》揚々《ようよう》とした顔をしている。それほどまで彼にとって重要な人物、ということだろう。

「実はぜひともララサバル男爵家の方とお知り合いになれればと思っておりまして、この度《たび》トリア様を夕食に招待させてもらいました」

「ララサバル家といえば、帝国内でも非常に有名ですからね」

父親から言葉を引き取った息子は、再び爽やかすぎる笑顔で話し始める。

（……わたしはもう、ララサバル男爵家とは縁《えん》を切っているのに）

王国のことから始まり、次は自分のこと、運動が得意だとか今後軍に入って幹部候補になるんだとか、いわゆる自慢《じまん》話が続いていく。ぐいぐいと自分を売り込もうとしてくる相手に、ようやくトリアにもカーキベリル侯爵の真意が見えてきた。

（ラウは関係なく、わたしに取り入ろうとしているってことか）

今はまだ婚約者とはいえ、今後皇妃《こうひ》になるかもしれない人間に対して自分の息子を差し向けるとは、なかなか大胆《だいたん》なことをする。

（皇妃の愛人にさせよう、とか？　でも、そんな感じには思えないな）

こういう貴族同士のやりとりも嫌《いや》で家と絶縁《ぜつえん》したのに、結局のところまた愛想笑《あいそわら》いを浮かべて腹の探《さぐ》り合いをしている。トリアはげんなりとしてしまった。

お約束と違《ちが》いますので帰ります、と席を立ってもいいのだが、一応身分上は皇帝の婚約者だ。自分勝手な行動をするのは気が咎《とが》める。

（騎士《きし》としても、主人であるよわよわ皇帝の胃に穴が開くような事態は避《さ》けたいし、ね）

いかに早くこの場を切り上げるか、と大真面目《おおまじめ》にトリアが考えていると、若干《じゃっかん》距離を詰《つ》めてきた青年がにこりと微笑みかけてくる。幸か不幸か、息子は父親には外見は似ていならしい。中身は不明だが。

「そもそも陛下にはノエリッシュ王国第一王女との縁談が持ち上がっておりましたのに、何故トリア様を選んだのでしょうね。トリア様がお美しかったから一目惚《ひとめぼ》れなさったのでしょうか。お気持ちは僕もよくわかります」

「……あの、すみません。第一王女との縁談とは、どういうことか伺《うかが》っても？」

「ああ、ご存じなかったのですね。二月《ふたつき》ほど前に第一王女との婚姻の話が王国側から提案されまして、顔合わせのため陛下は王国を訪問していたんですよ。帝国にお戻《もど》りになり、てっきり王女と婚姻を結ぶことにしたと発表するのかと思っておりましたら、晩餐《ばんさん》会で見《み》初《そ》めたあなたを婚約者にすると仰ってみな驚《おどろ》きました」

ラウがあの日王国を訪問していたのは外遊ではなく、第一王女との婚姻の話が出ていたからなのか。第一王女との結婚ならばラウにも利益は大きい。いまだ溝《みぞ》の存在している二国間の友好を手っ取り早く深めるためには、最善の方法かもしれない。

トリアなんかよりも、ずっとラウに相応《ふさわ》しい相手だ。

ぺらぺらと喋《しゃべ》り続ける青年の声を聞いていると、もやもやした感情が湧《わ》き出てくる。

(何だろう、このもやっとした気持ち……ああ、わかった。目の前の相手に苛々《いらいら》しているからね。どこかルシアンにも似ているし)

自分の中に生まれた言いようのない感情は、苛立《いらだ》ちが原因なのだろうと結論付ける。

「下世話な話かと思いますが、トリア様は陛下とはどこまでのご関係でしょうか？」

「……本当に随分《ずいぶん》と俗《ぞく》な話題ですね」

突然《とつぜん》振られた最悪な質問に、口の端《はし》がぴくりと痙攣《けいれん》する。隠《かく》しきれなかったトリアの苛立ちを察したのだろう。青年が慌《あわ》てた様子で釈明《しゃくめい》する。

「申し訳ございません、不愉快《ふゆかい》な思いをさせてしまい……。その、トリア様がもし陛下との婚約を解消された場合、王国へと戻るつもりなのかが知りたかったものでして」

「先のことはまだ考えておりません。ですが、そのときは他国をあちこち見て回りたいと考えています」

引きつりそうな頬《ほお》を懸命《けんめい》に緩《ゆる》め、本心である「あなたに答える義務はない」という言葉を飲み込む。令嬢《れいじょう》を辞《や》めたとはいえ、一般《いっぱん》常識ぐらいは弁《わきま》えている。

トリアだけならば悪口を言われようが、後ろ指を差されようが全然構わない。だが、ラウに迷惑はかけられない。彼に恥《はじ》をかかせるなど論外だ。

「それは素晴らしい！　トリア様と僕は相性《あいしょう》が良さそうですね」

どこがどう相性がいいのか不明だが、トリアはとりあえず浮かべている笑《え》みを崩さないように努めた。一度顔面が崩壊《ほうかい》したら最後だ。

これはもう、具合が悪くなったから帰ります、とでも言うべきだろうか。どんな食事が用意されているのか気にはなる。しかし、到底美味《とうていおい》しく食べられる状況《じょうきょう》ではない。

トリアがソファーから立ち上がろうとした瞬間、バタバタと走る足音が廊下《ろうか》から聞こえてくる。音を立てて扉《とびら》が開け放たれた。

飛び込んできたのはカーキベリル侯爵《こうしゃく》の私兵の一人だった。

「た、大変です、カーキベリル侯爵！　皇帝《こうてい》陛下のいらっしゃる別邸《べってい》が火事に！」

「な、何だと!?　ど、どういうことだ!?」

侯爵は挙動不審《ふしん》かつ大袈裟《おおげさ》すぎる様子で大声を上げた。どこかぎくしゃくとした動きで立ち上がる。

(別邸が火事……え、待って、ラウは⁉)

反応が遅《おく》れてしまったトリアも、急いでソファーから腰を上げる。すぐに部屋から出ようとしたものの、隣《となり》にいた青年が腕《うで》を掴《つか》んで止める。

「あ、危ないので、トリア様は安全なこちらにいてください!」

「……手を放してもらえますか?」

「大丈夫《だいじょうぶ》です、落ち着いてください! すぐに自分たちが確認《かくにん》して参りますので」

「わたしはちゃんと頼《たの》みました。だから、これは手を放さなかったあなた自身のせい」

トリアは「え?」と青年が間の抜《ぬ》けた声をもらすのを聞きながら、掴まれた腕を逆に捻《ねじ》り上げ、背をかがめて懐《ふところ》に入り込む。そして、青年の体を床《ゆか》に向かって背負い投げした。

どんっと、床にぶつかる大きな音が響《ひび》き渡《わた》る。

投げられた本人だけでなく、侯爵や私兵、その場に控《ひか》えていた侍女《じじょ》や使用人が呆気《あっけ》に取られている。トリアは今度こそ屋敷《やしき》の外へと走り出す。

外に繋《つな》がれていた馬を勝手に拝借し、別邸へと全力で駆《か》け出した。屋敷が近付くにつれ、風に乗って焦《こ》げくさい臭《にお》いが漂《ただよ》ってくる。暗い空へと立ち昇《のぼ》る煙《けむり》、ちらちらと光を放つ炎《ほのお》の気配が、どんどん大きくなっていく。

トリアが別邸の前に着いた頃《ころ》には、屋敷全体が橙色《だいだいいろ》の炎によって包まれている状態だった。別邸の一角が燃えている程度ではなく、すべてが完全に燃えている。

馬から飛び降り、おろおろとした様子で屋敷を眺《なが》めている軍人の一人に声をかける。

「ラウは!? 外に逃《に》げたの!?」

「い、いえ、あの、陛下はまだ中にいらっしゃると……！」

助けに行こうにも火の回りが早すぎて、と途切《とぎ》れ途切れの言葉が続く。軍人や使用人たちが燃え盛《さか》る屋敷を呆然《ぼうぜん》と見上げている中、トリアは噴水《ふんすい》へと走る。

途中《とちゅう》で見付けた水桶《みずおけ》で噴水の水をなみなみと掬《すく》い、躊躇《ちゅうちょ》なく頭の天辺《てっぺん》から水を浴びる。

慌てて追いかけてきたらしい軍人が驚愕《きょうがく》の表情を浮《う》かべている。トリアは気にせずもう一回頭から水を被《かぶ》り、全身びしょ濡《ぬ》れの状態にする。

(大きな布を水で濡らして被ってきたいところだけど、探している時間がもったいない！)

トリアは別邸の正面玄関《げんかん》へと再び全速力で戻る。深呼吸を数回繰《く》り返す。

屋敷内のあちこちが炎に囲まれている。ばちばちと燃える音、肌《はだ》を焼く熱風。焼《や》け焦げた臭いが火事の勢いを如実《にょじつ》に示している。

トリアの横に軍人が駆け寄ってくる。

「な、何をするつもりですか!?」

「ラウを助けに行くのよ」

「助けにって、そんな、無茶です！ トリア様にも危険が……！」

「わたしはラウの騎士で、加えて婚約者よ。主人を助けに行くのは当たり前でしょ」

騎士としての主人を、そして——もしかしたら、万が一の可能性だが、未来の主人になるかもしれない人を。

はっとして目を見開く軍人を横目に、全身ずぶ濡れの格好で走り出す。ごうごうと燃え続ける屋敷に向かって。

背後にいくつもの叫《さけ》び声を聞きながら、トリアは炎の中へと迷うことなく飛び込んだ。

屋敷の内部は想像以上にひどい、まさに炎の海といった表現がぴったりの状態だった。まるで生き物のごとく至るところで炎が暴れ回り、大量の火の粉と煤《すす》を撒《ま》き散らし、煙と悪臭《あくしゅう》を放っている。

濡れていた全身が一気に乾《かわ》いていくほど、周囲は高熱で包まれている。肌を焼く炎の熱を感じる。だが、トリアは臆《おく》することなく前へ、ラウのいる場所へと進んでいく。

燃え盛る炎の隙間《すきま》をかい潜《くぐ》り、どうにか三階まで階段を駆け上る。ばちばちと、物が焼かれていく凶悪《きょうあく》な音が響き渡っていた。

（まずい、屋敷全体が焼け落ちるまであまり時間がない！）

三階の廊下へと一歩踏《ふ》み出したところで、背後から轟音《ごうおん》が発せられる。振《ふ》り返れば階段の天井《てんじょう》部分が焼け落ちていた。階下へと続く道が、完全に塞《ふさ》がれてしまった。

（……脱出《だっしゅつ》には別の道を探さないとダメね）

高温と共に酸素が薄《うす》くなっているせいか、一歩進む毎《ごと》に意識がぼんやりとしてくる。

（しっかりしろ！　ここでラウを守れなかったら、わたしは騎士失格だ！）

弱気になりそうな自身を鼓舞《こぶ》し、ラウの滞在《たいざい》している部屋へと一直線に駆ける。

三階は特に炎の勢いが強い。

ラウは無事だろうか。もしかしたらもう、とちらりと浮かんだ考えはすぐに打ち消す。

（あなたはこんなところで死ぬ男じゃないでしょ、ラウ・ランメルト・キールストラ！）

――この国にとって相応しい皇帝になりたい。そう強い眼差《まなざ》しで言った男が、易々《やすやす》と死ぬはずがない。

熱を含《ふく》んだ煙が目と鼻、喉《のど》を容赦《ようしゃ》なく襲《おそ》ってくる。トリアはかすむ目を右手で乱暴にこすり、三階の廊下を必死に進み続けた。

ラウの部屋の扉はすでに焼け落ちている。トリアは足元でくすぶっている火を気にすることなく、室内へと勢いよく飛び込んだ。

「――ラウ！」

部屋の中央付近、椅子《いす》に座るラウを見た途端《とたん》、トリアは心臓が止まりそうなほどの衝撃《しょうげき》を受ける。ぐったりとした姿に血の気が引いていく。しかし、わずかに身じろぎするのに気付き、心の底から湧《わ》き出た安堵感《あんどかん》が全身へと広がっていった。

（大丈夫、まだ守れる。守ってみせる、必ず）

騎士《きし》としての役目だからではなく、トリア自身がラウを守りたいから。その想《おも》いの先に繋がる感情が何なのか、このときのトリアが気付くことはなかった。

一目彼女を見た瞬間《しゅんかん》、炎のようだと思った。

自らを縛《しば》りつける鎖《くさり》を焼き切る澄《す》んだ声音《こわね》、強い意志の熱を宿した黄色の瞳《ひとみ》、腰《こし》まで伸《の》びた髪《かみ》は燃え盛る炎そのものの鮮《あざ》やかな赤で、裸足《はだし》で凛《りん》と立つ姿はただただ眩《まぶ》しかった。

暗闇《くらやみ》の中で光り輝《かがや》く炎のようだと、そう感じたときには声をかけていた。

ノエリッシュ王国第一王女との婚姻《こんいん》の話が、二月《ふたつき》ほど前に急に持ち上がった。そこに王国側の意図、婚姻により両国間の結び付きを強くし、帝国側を少しずつ、徐々《じょじょ》に王国へと取り込んでいこう、という画策が秘密裏《ひみつり》に練られていることはすぐにわかった。

そんな隠された意図を察知しても、ラウは表面上は友好的に振る舞い、王国の申し出を喜んで受け入れた。

外遊という名目で王国を訪《おとず》れ、互《たが》いの真意を隠《かく》したまま行われた顔合わせは、結局のところ失敗に終わった。理由は言わずもがな。

第一王女がラウを見初《みそ》め、彼女の強い希望で進められていた婚姻だが、彼女がラウの傍《そば》にいることに耐《た》えられなかった。王国の人間は誰《だれ》しも大なり小なり魔術耐性《まじゅつたいせい》がある。最初はごく普通《ふつう》の様子で話す彼女に期待を抱《いだ》いたものの、十分ほど経《た》てばたちまち顔を真っ青に染め、その場に頽《くずお》れてしまった。

何の成果もないまま帝国に戻《もど》るのも腹立たしく、興味本位で男爵《だんしやく》家主催《しゆさい》の晩餐《ばんさん》会に潜《もぐ》り込んだ。運良く王国の貴族連中に関する情報が手に入れば上々と、その程度の軽い気持ちで、男爵家の娘《むすめ》に求婚《きゆうこん》するつもりなど微塵《みじん》もなかった。

だが、真っ直《す》ぐに見つめてくる瞳や、物おじせず紡《つむ》がれる言葉、何よりもラウを守って戦う姿がまばゆいばかりの輝きを発していて、気付けば結婚を申し出ていた。

そこには打算があったのも事実だ。彼女ならば自分の傍にいても大丈夫。彼女ならば──巻き込んでもきっと自らの身を守れる、と。

（だが、そんなことはただの建前で、俺の本心は……）

彼女ならば『本当の自分』を支えてくれるかもしれないと、淡《あわ》い希望を抱いてしまったから。

本物の炎の中にいてもなお鮮烈《せんれつ》に輝く炎のごとき女性は、四方から容赦なく手を伸ばしてくる火をかい潜り、椅子に縛られたラウのもとへと走り寄ってくる。

髪はあちこち焼けて縮れ、煤《すす》で汚れた顔や手には火傷《やけど》をしたと思われる赤い痕《あと》が多々ある。水を被ってきたのか、全身に濡れた形跡《けいせき》があるものの、すでに乾いて服はじりじりと焦げ始めている。

「怪我《けが》は？　うん、なさそうね、よかった。それで、何で縛られて……ああ、この突然《とつぜん》の火事もあなたを狙《ねら》った犯行ってことね」

説明せずとも状況《じょうきょう》を素早《すばや》く把握《はあく》したトリアは腰に手を伸ばし、けれど、そこに本来あるべき剣《けん》がないことに気付いて眉《まゆ》を寄せる。

「あー、急いでいて剣を持ってくるのを忘れた。ちょっと待って、すぐに解《ほど》くから」

ラウの右足付近にしゃがみ込んだトリアは、きつく結ばれたロープを外そうとする。だが、かなり固く結ばれているのか、なかなか解けそうにはなかった。

その間にも、炎は確実に部屋を、屋敷を焼いていく。

トリアの登場にびっくりし、思わず固まってしまっていたラウは慌《あわ》てて口を開く。

「どうして君がこんなところにいるんだ⁉」

「どうしてって、あなたを助けに来た以外に理由があると思うの？」

「助けなど必要ない！　君は今すぐにここから出るんだ！」

「ええ、あなたと一緒《いっしょ》にすぐに脱出するつもりよ」

「だから、俺に助けは必要ない！　どうせ死んだところで生き返るんだ！」

右足のロープを解いたトリアが顔を上げる。黄色の瞳と視線が重なり、ラウは自分が失言をしたことに気が付いた。

「『俺』に『生き返る』、ね。聞きたいことがたくさんできた。でも、今は脱出が先ね」

炎《ほのお》が間近に迫《せま》っているというのに、トリアに焦《あせ》った様子は微塵もない。左足のロープへと手を伸ばす相手に、ラウは苛々《いらいら》とした口調をぶつける。

「俺はここで死んでも生き返る。これまで何度も死んで、その度《たび》に生き返っている。だから、君が俺を守る意味などない」

「生き返るって、魔術《まじゅつ》の一種？　そうだ、あなたの魔術でこのロープは切れないの？」

「夕食に痺《しび》れ薬と、一時的に魔術を使えなくする薬が盛られていた。大分体の調子は戻ってきているが、動くのも魔術を使うのも無理だ。だが、生き返るのに魔術は関係ない」

だから、君は一人で逃《に》げろと続けるが、トリアがそれに従う気配はない。

「すぐにロープを解いて、わたしがあなたを背負って脱出すればいいってことね」

「頼《たの》むからちゃんと話を聞いてくれ。俺は呪《のろ》われているんだ。ここで焼け死のうが、窒息《ちっそく》死《し》しようが、どうせ元通りになる」

「呪いって、誰の呪い？」

「……夜の精霊《せいれい》だ」

「え？　夜の精霊って本当にいるの？」

「ああ、いる。かなり魔力の強い人間でなければ姿は見えず、声も聞こえない。だが、昔からずっとこの国に存在し続けている」

苦々しい表情を浮《う》かべるラウの背後へとトリアが移動する。いつの間にか左足のロープが外れていた。後ろ手に縛られたロープが解ければ自由になる。

「あなたが生き返るってこと、他《ほか》の人は知っているの？」

「誰も知らない。知っていれば、暗殺などするはずもないだろう」

場合が場合なだけに明かしたが、本当はトリアにも言うつもりはなかった。

「秘密にしてくれ。他の人間は俺が魔術によって致命傷《ちめいしょう》を治したり、危険を上手《うま》く避《さ》けたりしていると考えている。真実が知られると困る」

もはや残された時間は少ない。すでに室内はかなりの高温となり、息をするのさえ苦しい状況になっている。恐《おそ》らく酸素も少なくなってきているのだろう。

すべてを飲み込み燃やし尽《つ》くす凶悪な炎が、すぐそこまで迫っている。

げほげほと、背後から咳《せ》き込む声が聞こえてきた。トリアの呼吸が荒《あら》くなっている。

「詳《くわ》しい説明は後でちゃんとする。今は君が逃げるのが優先だ。君の身体能力ならば、三階から飛び降りても大事はないだろう」

返事はない。荒《あ》れた呼吸音だけが戻ってくる。

(俺は死んでもいい。だが、彼女だけは絶対に死なせることはできない)

ラウとトリアは違《ちが》う。彼女の命はただ一つ。死ねば、次はない。

母や妹、弟たち、兄、そして父のように、死ねばもう二度と会うことができない。

——失ってしまえば、どんなに願ってももう取り戻せないのだから。

どうにかして説得しようとするラウの動きを、「よし！」という場違いなほど明るい声が遮《さえぎ》る。

「ロープは全部外れた。さあ、脱出《だっしゅつ》といきましょうか」

「もう無理だ。頼むから、君一人で――」

「嫌《いや》よ。たとえ生き返るとしても、わたしは誰かが死ぬのを見過ごすことはできない。それはわたしの騎士道《きしどう》に反するもの」

ラウの前に戻ってきたトリアは、荒い呼吸を隠すように笑《え》みを浮かべる。彼女の手がラウの冷えた手を包み込む。無理矢理《むりやり》ロープを外したせいで血がにじみ、皮膚《ひふ》がぼろぼろになってしまった手は、強く、そして優《やさ》しくラウの手を握《にぎ》りしめる。

手袋越《てぶくろご》しでも、その温《ぬく》もりをしっかりと感じることができる。

「わたしを信じて。あなたを必ず守るから」

こんな最悪の状況なのに、目の前の相手はこれまで見せた中でも一番の笑顔を向けてくる。煤《すす》と汗《あせ》で汚れ、髪の毛はぐちゃぐちゃで、服も焼け焦《こ》げた状態だ。嘘《うそ》でもきれいとは言いがたい姿なのに、誰よりも美しく、気高く、見惚《みと》れてしまうほどに輝いている。

その瞬間《しゅんかん》、嫌でも理解してしまう。

（俺は、彼女に惹《ひ》かれている。彼女の持つその輝《かがや》きに、手を伸《の》ばしたくなってしまう）

それは、暗い闇夜《やみよ》を照らす炎。周囲にあるすべてを燃やし尽くす炎ではなく、凍《こご》える人を温め、迷い人の道を照らす、優しい炎だ。

どうして、と声にならない言葉が口中で溶《と》けて消えていく。

きっと理由などない。助ける相手が誰であるかも関係ない。彼女が彼女だからこそ、この道を選ぶのだ。

トリアは反応できずにいるラウの両腕《りょううで》を掴《つか》むと、力の入らない体を背中に乗せて歩き出す。半ば引きずるような形ではあったが、ラウを背負って窓へと近付いていく。

女性の中では背が高く、鍛《きた》えているため体格もしっかりしているものの、ラウよりもずっと細くて小さな背中だ。

それなのに、とても大きくしなやかで――とても温かい。

「ねえ、高いところから落ちるのは好き？」

「……大嫌《だいきら》いだな。三度、高所から落とされて殺されている」

「そっか。まあ、今度は死なないから大目に見てよ」

トリアはふっと短い息を吐《は》く。右足を思い切り蹴《け》り上げて窓硝子《まどガラス》を叩《たた》き割る。新鮮《しんせん》な空気が入ってきたことにより、炎が急激に勢いを増す。

ほとんど爆発《ばくはつ》に近い衝撃《しょうげき》を背に感じるよりも早く、トリアはラウを背負ったまま躊躇《ちゅうちょ》なく窓の外へ、三階の窓の外へと身を投げ出した。

宙に浮かんだ感覚はほんの数秒だった。

ラウを背負ったトリアの体はすぐさま地面、否《いな》、噴水《ふんすい》の水の中へと落ちていく。想像通りかなりの水深があったようで、三階から落ちても水底にぶつかることはなかった。

まだ薬の影響《えいきょう》が完全には抜《ぬ》けていない体を引っ張り、水面へと泳いでいく。服が水を含《ふく》んで重りとなっている上、細身とはいえ自分よりも体の大きな相手を引きずり上げるのはかなりの重労働だ。気を抜けばどんどん沈《しず》んでいく。

（……く、苦しい、体力が……っ！　でも、ここで諦《あきら》めることはできない！）

全力を出し切って水面に浮上《ふじょう》し、荒い息を整える間もなく噴水の外に向かって泳ぐ。

どうにかこうにかラウと共に地面に転がったときには、さすがのトリアの息もかなり激しく乱れていた。崩《くず》れるように地面に倒《たお》れ込んでしまう。

「……君は無茶苦茶だな」

「はあ、はあ……ほ、褒《ほ》め言葉として、受け取っておく……」

「褒めていない、むしろ呆《あき》れている。行き当たりばったりで計画性がなさすぎるだろう」

「し、失礼な……はあ、噴水に飛び込むことは、ちゃんと、あらかじめ考えていた、もの」

荒れた呼吸の合間に答えるトリアへと、盛大なため息が吐き出される。言うまでもなくその主はラウだ。トリア同様、ラウもまた力なく地面に横たわっている。

呼吸が幾分《いくぶん》落ち着いてくると、全身のあちこちから鈍痛《どんつう》を感じる。火傷《やけど》をしたのか、頬《ほお》や手がピリピリと痛む。視界の端《はし》に見える髪《かみ》はあちこち焼け焦げていた。

(まあ、あの炎の中に入ってこの程度で済んだんだから、幸運よね)

全力疾走《しっそう》した後のごとき疲労《ひろう》が全身を襲《おそ》う。それでもいつまでもここで転がっているわけにはいかない。

屋敷《やしき》はまだ燃えている。この勢いだと遅《おそ》かれ早かれすべて焼けて崩れ落ちるだろう。トリアは休憩《きゅうけい》を欲《ほっ》する全身を叱咤《しった》激励《げきれい》し、地面からゆっくりと立ち上がる。

「さてと、このままカーキベリル侯爵《こうしゃく》のところに殴《なぐ》り込みね」

「……君は彼が関《かか》わっていると思っているのか?」

「あなただってわかっているでしょ。あ、むしろ、こうなることを見越《みこ》してここに旅行に来たってこと?」

無言を貫《つらぬ》くラウの様子を見れば、答えは一目瞭然《いちもくりょうぜん》だ。

「あなたが本来の姿だとして弱々しい姿、みんなが陰《かげ》でよわよわ皇帝《こうてい》と呼んでいるあの姿を演じていたのは撒《ま》き餌《え》でしょ。自分に害なす相手を手っ取り早く釣《つ》り上げるための」

「君は恐ろしいほどに察しがいいな」

「こういうことだけね。貴族同士の腹の探《さぐ》り合いとかは大の苦手よ」

戦闘《せんとう》や、それに類するような知略だけは優《すぐ》れているのもララサバル家の特徴《とくちょう》だった。猪《ちょ》突猛進《とつもうしん》に見えつつも、戦闘に関するひらめきと予測が抜群《ばつぐん》なことが、長年最前線で戦いながら生きてこられた要因なのだろう。

（わたしにすぐよわよわ皇帝の姿を見せたのも、警戒心《けいかいしん》を和《やわ》らげると同時に、少しでも長く帝国に留《とど》めるための撒き餌だった、というのは考えすぎかしら？）

帝国内であれこれ手を出していたトリアの性根《しょうね》を見越して、わざと弱い姿を見せた。トリアが弱いラウを見捨てられないと予測した上で、というのは深読みしすぎだろうか。だが、本来の彼ならば、そこまでの狡猾《こうかつ》さも持っていそうだ。

「正直、生き返るとかはわたしの理解の範囲外《はんいがい》。そもそも生き返るってどういう意味？　時間が巻き戻《もど》るとか？」

「理屈《りくつ》は俺自身にもわからない。死ねば元の状態、健康体に戻っている」

「ということは、死ぬときに負っていた怪我《けが》は全部治るの？」

首を縦に動かすラウに、トリアの中にあった疑問の答えがようやく出る。

「クローディアが付けた傷がなくなっていたのは、あの後死んだってことかしら？」

「そうだ、斧《おの》で脳天を叩き割られた。俺の手の傷がないことに気付いていたんだな」

「さっき言った通り、そういうことだけは鋭《するど》いの。気配や殺気、とかにもね」

ラウが訝《いぶか》しげな様子で口を開くよりも早く、彼を背に庇《かば》う位置へと移動する。

「不意打ちを狙《ねら》っているんだとしたら、もう無理だから諦めた方がいい」

燃え盛《さか》る炎《ほのお》の熱が空気中を漂《ただよ》い、鼻を突《つ》く焦げた臭《にお》いが充満《じゅうまん》している。ばちばちと凶悪《きょうあく》な音が鳴り響《ひび》いている場には、トリアたち以外の人気《ひとけ》はない。軍人や使用人たちはみな屋敷の正面玄関《げんかん》へと集まっているのだろう。

静寂《せいじゃく》を打ち破ったのは複数人の足音だ。顔半分を布で覆《おお》い隠《かく》した男たちが、各々《おのおの》抜き身の剣《けん》を手にトリアたちへと近付いてくる。

（三人、いえ、四人ね。一人は大分距離《きょり》がある。監視《かんし》役かしら。気配から察するに、全員わたしよりも実力は下。ただし万全《ばんぜん》の状態なら、ね）

しかも、今のトリアには愛用の剣もない。武器を持つ相手に素手《すで》は圧倒《あっとう》的に不利だ。一人ならば逃《に》げることも考える状況《じょうきょう》だろう。が、その選択肢《せんたくし》は最初からない。

「……狙いは俺だ。時間を稼《かせ》ぐから、君は一人で警護の軍人たちがいる場所まで逃げろ」

どうにか上半身を起《お》こしたものの、ラウが動ける様子はない。

徐々《じょじょ》に間合いを詰《つ》めてくる襲撃《しゅうげき》者たちを油断なく見据《みす》えながら、視線だけ動かして周囲を窺《うかが》う。と、ちょうどいいものが足元に落ちているのに気が付いた。

庭師の仕舞《しま》い忘れか、あるいは火事による爆風《ばくふう》で飛ばされてきたのかもしれない。トリアは少し前方に落ちているもの、箒《ほうき》を右足の爪先《つまさき》で蹴り上げて両手で掴み取る。

「何度も言っているように、わたしがあなたを置いて逃げるはずがないでしょ」

「どうしてそこまでして助けようとするんだ？　俺は別に死んでもいいんだ」

「わたしが助けたいから助ける、守りたいから守るのよ」

はっと息を呑《の》む音が背後から聞こえてくる。

トリアは邪魔《じゃま》な穂先《ほさき》を太腿《ふともも》部分に当てて折る。そして、左肩《ひだりかた》を前にして横向きの姿勢となり、左手で箒の中央部分を、右手で穂先と逆側の端を持って構える。

「ちなみにわたし、実は剣よりも槍《やり》の方が得意なの」

持ち運びに適しているので普段《ふだん》は剣を使用しているが、トリアの得意武器は槍だ。リーチが長いため腕力《わんりょく》や体格で劣《おと》っていても、槍ならば立ち回り次第《しだい》では大男でも叩きのめすことができる。複数人が相手のときも便利だった。

（まあ、襲撃者たちに圧力をかけるため自信満々に宣言した反面、実のところ帝国に来てから槍は一度も手にしていないのよね）

長く訓練をしていない状態で、なおかつ体の調子も良くない。だが。

（わたしは負けない、絶対に）

最後の最後に勝敗を決するのは、意志の強さだとロイクは教えてくれた。意志が折れたら、いくら強くても勝つことはできない。逆に、意志が折れない限りは戦える。

襲撃者たちが一斉《いっせい》に走ってくる。トリアは槍に見立てた箒を構えたまま、男たちが近付いてくるのをじっと待つ。

剣を振《ふ》りかざした男が攻撃圏内《こうげきけんない》に入ってきたと同時に、構えた箒を男に向かって大振りな動作で突き出す。男が左に避《よ》けることを想定していたトリアは、素早く重心を落として男の足を箒でなぎ払《はら》い、体勢を崩した相手の横っ面《つら》を殴る。気絶させる程度に威力《いりょく》は抑《おさ》えている。

「後ろに一人！」

ラウの言葉に従い、箒を後ろに突き出す。振り返らずとも気配と音で男の位置はわかっていた。腹を箒で思い切り突かれた相手は、ぐえっと声を出して倒れていく。

残りの一人は、トリアの攻撃範囲《はんい》から逃《のが》れるために背後へと下がっていく。男の挙動を隙《すき》なく観察しつつ攻《せ》め込む機会を狙っていると、周囲の空気が変化したような気がした。

「右に避けろ！」

ラウの指示通り、考えるよりも先に危険を察知した体が動いていた。右横に飛び退《の》く。直後、何かがつい先ほどまでトリアがいた場所を通り抜けていく。

気付けば結んでいた髪の毛の先が、すぱっと切り裂《さ》かれていた。ぱらぱらと地面へ舞《ま》い散っていく。刃《やいば》のような鋭いもので切り裂かれた形跡《けいせき》があった。

「……魔術《まじゅつ》ね」

国境から帝城に到着《とうちゃく》するまでの間、実際に魔術を目にする機会はあった。魔術は多種多様で有効な攻略方法を探るのが難しい、というのがトリアの結論だ。

攻撃範囲内まで近付ければ、男が魔術を発動する前に倒《たお》せる自信がある。しかし、近付いている間に魔術を使われてしまえば、トリアの方が危険になる。

一定の距離を保ったまま睨《にら》み合いが続く。相手がすぐに魔術を使ってくる気配はない。連発できるほどの腕《うで》がないのか、あるいはこちらの油断を誘《さそ》っているのか。

睨み合いの途中《とちゅう》で、突然《とつぜん》男が苦しみ出した。喉元《のどもと》を両手で押さえ、その場に膝《ひざ》から頽《くずお》れる。まるで見えない何かに首を絞《し》められているかのように。

（え？　何？　一体どうなって……あ、これも魔術ね！）

すぐ背後から、先ほど男が魔術を使ったときとは比べものにならないほどの威圧感《いあっかん》が漂っている。周囲を包む闇《やみ》の気配が数倍濃《こ》くなり、炎の中にいたときよりも息苦しくなる。

知らずトリアの全身に鳥肌《とりはだ》が立っていた。

「――今だ」

強張《こわば》っていた体を気合いで動かす。一気に間合いを詰め、苦しんでいる男の背後に回る。箒で背中を打ち付けた後、倒れ込んでいく男の首を腕で絞め上げる。相手が完全に気を失ったことを確認《かくにん》してから、トリアは大きなため息と共に地面から立ち上がった。

背筋が凍《こお》るほど強烈《きょうれつ》な威圧感は、いつの間にか消えている。

「助力をありがとう」

「君には必要なかっただろうが、な。しかもまだ魔術が完全には使えない状況で、あんな中途半端《ちゅうとはんぱ》なことしかできなかった」

「もしかして強い魔術師ではない、って言っていたのも嘘《うそ》？」

「ああ、嘘を言ってすまない。それなりに魔術は使える。恐《おそ》らく攻撃系の魔術に限定すれば、俺がこの国で一番だろう」

「落ち着いたらきちんと説明してもらうからね。それで、これもカーキベリル侯爵《こうしゃく》の手の者だと思う？」

「どうだろうな。雇《やと》い主が誰《だれ》であれ、全員金で雇われただけだろう」

気付けば遠くにあったもう一人の気配は消えている。襲撃は失敗と判断し、この場から離《り》脱《だつ》したのだろう。

立ち上がれる程度まで回復したらしいラウが、トリアの隣《となり》に並んで男たちを一瞥《いちべつ》する。

「殴《なぐ》り込み、行く？」

「魅力的《みりょく》ではあるがやめておこう。私刑《しけい》ではなく法で裁く必要がある」

「それを聞いて安心した」

秘密裏《ひみつり》に邪魔な人間を葬《ほうむ》るような人物ならば、傍《そば》にはいられない。

「次の旅行はもう少し穏《おだ》やかな場所だとありがたいかな」

「俺の傍にいれば、またこんなことに巻き込まれる。大体俺は偽《いつわ》りの姿を演じ、君のことを騙《だま》していたんだ。それなのに君はまだ帝国に、俺の近くにいるつもりか？」

「騎士《きし》になろうと思った時点で危険に巻き込まれるのは承知のこと。それに、あなたの本質をどうこう言えるほど、わたしたちはお互《たが》いのことを知らないでしょ。あ、でも、あなたの方からわたしと婚約破棄《こんやくはき》をしたい、ってことなら考えるけど」

「……すぐに帝城に戻《もど》る手配をする。ギルの回復魔術ならば、君の傷や火傷《やけど》も早く治るはずだ。とりあえず、すぐに応急処置をしておかないと」

まだ完全には薬の効果が抜《ぬ》けていないのだろう。ふらふらとした足取りで進もうとするラウの手を摑《つか》んで止める。

「わたしは心配しなくても平気よ。むしろ一刻も早く手当てが必要なのは、あなたの方でしょ。ここに座って待っていて、使用人を呼んでくるから」

トリアも多少火傷や擦《す》り傷はあるが、ラウはもっとひどい。火傷や縛《しば》られていた手足の擦過傷《さっかしょう》、薬の影響《えいきょう》もある。きちんと医師に診察《しんさつ》してもらわなければならない。

使用人たちがいる場所へと向かおうとしたトリアの腕を、今度はラウが摑んだ。そして、繊細《せんさい》な硝子《ガラス》細工を触《さわ》るかのごとき仕草で、目を瞬《まばた》いているトリアの頰《ほお》へそっと手を伸《の》ばす。

濡《ぬ》れた手袋《てぶくろ》が優《やさ》しく頰を撫《な》でる感触《かんしょく》に、トリアの鼓動《こどう》が速くなっていく。こんな風に、まるで宝物を扱《あつか》うような手つきで他人に触れられたことなどほぼないので、すごく落ち着かない気持ちになる。火傷とは違《ちが》う熱で、頰が熱を持っていく気がした。

「君に傷が残る方が俺は嫌《いや》だ。せっかくのきれいな髪《かみ》も、俺のせいでぼろぼろに……」

「わ、わたしは全然大丈夫《だいじょうぶ》、まったく問題ないから、あの、手を放してもらえる？」

「俺の怪我《けが》はどうせ死ねば消える。君の場合はそうはいかないだろう」

耳に入ってきた言葉に、自然とトリアの両手はラウの両頬を挟《はさ》んでいた。びっくりして手を放す相手の顔を真っ直《す》ぐに見つめる。

「その言い方、やめて。死ねば元に戻るとか、生き返るからいいとか、そういう言い方、わたしは好きじゃない」

至近距離《きょり》にあるラウの顔には、動揺《どうよう》と同時に戸惑《とまど》いがにじんでいる。

「何度も死ぬなんて絶対におかしい。死んで生き返るなんて、普通《ふつう》じゃないでしょ。それに生き返るって簡単に言うけど、あなた自身に何か支障はないの？」

「……いや、特にない」

「本当に？　呪《のろ》いって言うからには、何かあるんじゃないの？」

トリアの質問に対する答えはない。頬を挟む手に力を込め、逸《そ》らされそうになった視線を無理矢理《むりやり》合わせる。

「とにかく、死ぬなんて簡単に言わないで。今ここいるあなたは生きていて、わたしはたとえどんな理由があってもあなたに死んで欲しくない。生きていて欲しい」

にっこりと笑えば、紫《むらさき》の目が大きく開かれ、信じられないといった様相で凝視《ぎょうし》してくる。

これまで何度も視線が合っているはずなのに、このとき初めてトリアはラウと目が合ったような気がした。初めて、本当の意味で向き合えたように思える。

騎士として自分が守るから、と続けようとした言葉は音にはならなかった。不意に伸ばされた手がトリアの肩《かた》を強く摑み、ぐいと引っ張ってくる。

気付いたときには——トリアの唇《くちびる》にラウの唇が重ねられていた。

（…………え？）

見開いた目に映るのは、至近距離で見つめてくる紫の瞳《ひとみ》だ。長いまつげの一本一本まではっきりと見て取れるほどに近い。否《いな》、もはや距離はないに等しい。

口付けをしたまま、探《さぐ》るように眺《なが》めてくる瞳が妙《みょう》に色っぽく、艶《なま》めかしい。トリアは頭が真っ白になって固まってしまう。対照的に、ラウには余裕《よゆう》すら感じられた。

トリアの言動で顔色を赤や青に変え、恥《は》ずかしがっていた姿が嘘のようだ。

突然触《ふ》れた唇は、あっという間に離れていく。一瞬《いっしゅん》夢かと思った。けれど、離れる間際《まぎわ》に感じた吐息《といき》が、わずかに残る焦《こ》げた煤《すす》の味が、そして冷えた手とは裏腹に温かな唇の感触が、現実であったと訴《うった》えてくる。鼓動が自然と早鐘《はやがね》を打ち始める。

無意識だったのか、逃《に》がさないとばかりに強く摑まれていた肩が痛い。その痛みが、より一層先ほどの行為《こうい》、口付けの名残《なごり》を強く感じさせる。

「使用人たちを呼んでくるから、その男たちを見ていてくれ」

直前の出来事などすでに忘れたとばかりに、ラウはいつも通りの様子で歩き出す。背筋を伸ばして歩く後ろ姿からは、もう薬の影響は感じられない。

何で、どうしてと、湧《わ》き上がってくる疑問は言葉にならない。頭の中が混乱状態だ。そのため、火傷や傷の痛みが多少和《やわ》らいでいることに気付くことはできなかった。

遠ざかっていく後ろ姿をただ見送ることしかできない。そんなトリアの耳元で、くすくすと笑う幼子の声が聞こえてくる。すぐ傍、耳に直接吹《ふ》き込まれたかのようだ。

はっとして周囲を見回すが、子どもの姿などどこにもない。いるはずがなかった。

「……気のせい、だった？」

明るく無邪気《むじゃき》で、けれど、幼子特有の残酷《ざんこく》さも感じさせる笑い声。気のせいと思うには、あまりにもはっきりと耳に残っていた。ひやりとしたものが背中を流れ落ちていく。

燃え続けていた屋敷《やしき》がゆっくりと、轟音《ごうおん》を立てて崩れていく。その光景を眺めながら、トリアは激しい動悸《どうき》を抱《かか》え、ただ一人混乱の真っ只中《ただなか》へと置き去りにされていた。

第四章　二度目ましての婚約破棄

　カーキベリル領から帝城《ていじょう》に戻って早四日。

　トリアはここ数日の日課、ギルバートの回復魔術《まじゅつ》による治療《ちりょう》を中庭で受けていた。いつもは城の五階にある自室か居間で行っているのだが、

「本日はいい天気でとても暖かいですし、少し中庭に出てみましょうか」

　とギルバートが誘《さそ》ってくれたからだ。ずっと部屋の中に閉じ込められて体が鈍《なま》っていたトリアは、その提案を二つ返事で承諾《しょうだく》した。

　中庭の南側に設けられた池の近く、木の陰《かげ》になっていて直射日光の当たらない場所にギルバートが椅子《いす》を運んできてくれた。ぽかぽかとした陽気の中で木漏《こも》れ日を浴びていると、沈《しず》んでいた気持ちが瞬《またた》く間に晴れていく。やはりトリアは室内に閉じこもるよりも外で過ごす方が好きだ。

　時折甘い花の香《かお》りをまとった柔《やわ》らかな風が吹き抜けていく。兵舎のある方角から吹いてくるそよ風には、訓練に勤《いそ》しむ軍人たちの声が混じっていた。暑すぎることなく、体を動かすにはちょうどいい陽気だ。

「……この中で訓練したら、さぞ気持ちがいいだろうなあ」

思わずもれてしまった呟《つぶや》きに、苦笑《くしょう》交じりの返事が戻ってくる。

「火傷がきちんと治るまで、訓練の一切《いっさい》が禁止されております」

「う、わかっていますよ。だけど、訓練だけじゃなく部屋から出るのも禁止って、ちょっと過保護すぎると思いませんか？」

「それだけ陛下はトリア様のことを心配なさっている、ということでしょう」

「気持ちはとてもありがたいですが、腕《うで》や足を切られたとか骨が折れたとかじゃなく、手や顔を少し火傷した程度なんですよ。この程度なら放《ほう》っておいてもいずれ治ります」

「火傷を甘く見てはいけません。肌《はだ》に傷痕《きずあと》などの後遺症《こういしょう》が残る可能性もあります」

「うーん、でも、わたしの場合は皮膚《ひふ》の表面が赤くなっているだけで、本当に軽いものですし、水疱《すいほう》もできていませんし。ほら、炎症《えんしょう》も治まってきていますよね」

むき出しだった頬や手にできた火傷は派手に赤くなっているが、痛みはもう全然ない。

ギルバートの回復魔術の効果が出ているのだろう。

「回復魔術ってすごいですね。この調子なら一月《ひとつき》もせずにきれいに完治しそうです」

「いえ、傷の治りが早いとすれば、それはトリア様自身の自己治癒《ちゆ》能力が高いからだと思います。どうやら魔術耐性《たいせい》が高いトリア様には回復魔術も効きにくいようでして、本来の効果の一割程度しか出ていない状態です」

「わたしには一割でも十分すぎる効果が出ていますよ。ギルバートさんが毎日丁寧《ていねい》に魔術をかけてくださっているからですね」

かなり忙《いそが》しい中でトリアのために時間を割《さ》いてくれている。そのことだけでも感謝してもしきれないと続ければ、まさかお礼を言われるとは微塵《みじん》も考えていなかったのだろう。ギルバートは虚《きょ》を衝《つ》かれてきょとんとした表情を浮《う》かべていた。

数秒の沈黙《ちんもく》の後、穏《おだ》やかな微笑《びしょう》が優《やさ》しい顔立ちに刻まれる。

「非常に恐縮《きょうしゅく》ではありますが、ここは素直《すなお》に感謝の言葉を受け取らせていただきます」

「そうしてください。むしろ返却《へんきゃく》されるようでしたら、ギルバートさんが吹き飛ぶくらい全力で投げ返しますよ」

「ふふ、それは困りますね。私は回復魔術以外の魔術は使えません。大して運動神経も良くないので、トリア様には絶対に敵《かな》わないですから」

吹き抜《ぬ》けていく暖かい風も合わさって、柔らかな空気が周囲を包み込んでいく。

ここ最近ずっと訓練ができず、加えて部屋に閉じ込められていたこともあり、知らず苛々《いらいら》が募《つの》っていたらしい。トリアは椅子に座った状態で深呼吸を数回繰《く》り返す。爽《さわ》やかな空気を肺いっぱい取り込むと、溜《た》まっていた苛立ちや不満が消えていく。

「現時点でもかなり快方に向かっているようでしたので、回復魔術の回数は減らしてもいいかもしれませんね。トリア様ご自身の治癒能力が高かったこと、何より火傷《やけど》を負ってすぐに陛下が回復魔術を使ったのが良かったのでしょう。今後は火傷に効く薬を用意いたしますので、そちらで治療していきましょうか」

「……薬、ですか」

「苦い飲み薬などではありません。塗《ぬ》り薬と、あとは風呂《ふろ》に入れる薬剤《やくざい》の二種類ですね」

薬が苦手なわけではない。苦手と感じる以前に、薬を飲む機会がトリアにはほとんどなかった。

ララサバル男爵《だんしやく》家の人間は身体能力に優《すぐ》れているだけでなく、体も丈夫《じょうぶ》で病気になる機会もほぼない。ついでに生まれ持って毒物に対する耐性も高い。多少の毒ならば摂取《せっしゅ》しても問題なかった。

「どのぐらいで訓練をしても大丈夫になりそうですか？」

「訓練……ええと、トリア様は本当に体を動かしたくて仕方がないのですね」

「はい、ものすごく！」

トリア自身としては、今すぐに激しい訓練をしても全然問題ないと思っている。むしろこの瞬間に中庭を全力疾走《しっそう》したいぐらいだ。加えて素振《すぶ》りを三百回くらいしたい。可能ならば剣《けん》か槍《やり》で思い切り打ち合いもしたい。

勢いよく首を縦に動かせば、ギルバートは微苦笑《びくしょう》をこぼす。

「私からも陛下に訓練や外出について進言してみます。ただし最終的な判断は陛下がいたしますので、正確にいつとは申し上げにくいのですが」

ラウとはカーキベリル領で顔を合わせたのを最後に、一度も対面できていない。

火事の一件の後、トリアは一足先に数人の軍人と共に帝城まで戻《もど》された。一方でラウは火事の後処理やらカーキベリル侯爵《こうしゃく》の身柄《みがら》の確保やらを行っていたらしく、昨夜ようやく城まで帰ってきたところだった。

(訓練と外出禁止についてとか、不死と夜の精霊《せいれい》についてとか、話したいことがたくさんあるんだけどなあ。でも、昨夜は寝室《しんしつ》に戻ってこなかった。今日も朝からカーキベリル侯爵の処遇《しょぐう》に関する話し合いで忙しいみたいだし)

話したいこと、聞きたいことが山ほどある。が、肝心《かんじん》の当人に会えないのではどうしようもない。

しかも話したい、会いたいと思う一方で、話しにくい、会いにくいとも思ってしまう。

理由は無論『あれ』のせいだ。

(……どうしてラウは急にあんなことをしたのかしら)

訓練ができず、かつ、室内に閉じ込められているせいで余計なこと——あの口付けのことばかり無駄《むだ》に考えてしまう。

ラウがトリアに対して回復魔術を使ったのは、間違《まちが》いなくあのときだ。事実、あの後からピリピリとした火傷の痛みがかなり緩和《かんわ》されていた。

(口付けすることによって回復魔術の効果が高くなる、とかだったらまだ理解でき……いやいや、理解できるはずがない!)

トリアは髪《かみ》が乱れるのも構わず、ぶんぶんと頭を左右に動かす。

相手に触《ふ》れるなどの接触《せっしょく》により回復魔術の効果は大きくなるのか。帝城へと戻ってすぐ、火傷の治療をしてくれたギルバートに尋《たず》ねてみた。

『いえ、触れていても触れていなくても、特に効果に違いはありませんね』

何故《なぜ》そんな質問をするのか、と不思議そうな顔をする相手に、トリアは慌《あわ》てて「何でもありません!」と誤魔化《ごまか》した。

(無茶をしたわたしに対する嫌《いや》がらせ、とか? あるいは、その、百歩譲《ゆず》って、えーと、好意、からとか……いや、ないない、絶対あり得ない!)

頬《ほお》に集まった熱を吹《ふ》き飛ばすように、再びぶんぶんと首を横に動かす。

どう考えても愛情ゆえの行動ではない。それなら一体何故なのか。

(いっそのこと、された直後に平手打ちでも一発放っていればよかったのかも)

暴力に訴《うった》えるのは良くないと思うが、殴《なぐ》る権利が間違いなくあったはずだ。思い切り一発殴って、首根っこを摑《つか》んで理由を問い質《ただ》すべきだった。そうすればこんな風にいつまでもぐだぐだと悩《なや》んでいることもなかっただろう。

(……あのときはとにかくびっくりして、頭が真っ白になっていたからな)

まさかいきなり口付けされるなんて、予想だにしていなかった。結果、怒《おこ》ることなどできず、ただ呆然《ぼうぜん》とすることしかできなかった。

(今さら殴るのはどうかと思うし、かといってなかったことにするのも……)

自らの思考に没頭《ぼっとう》していたため、突然《とつぜん》頭を激しく振《ふ》り始めたトリアを心配そうな眼差《まなざ》しで見つめるギルバートには気付かなかった。

考えれば考えるほど唇《くちびる》に触れた感触《かんしょく》、口内に残った煤《すす》の味、ラウのまとう香《かお》りが鮮明《せんめい》に思い出され、トリアは急いで頭から追いやる。頬は確実に赤くなっていた。

(あー、もう、体を動かせればこんなもやもやすぐに吹き飛ばせるのに!)

何もかも、すべてじっとしているせいだ。

気まずいとかそんなことを考えている場合ではない。ラウに早めに会って直談判《じかだんぱん》する必要がある。

「可及的速《かきゅうてきすみ》やかにラウと話して、訓練できるように全力で頼《たの》み込んでみます!」

「ぜ、ぜひとも平和的に話し合ってくださいね」

「わかりました。これ以上ギルバートさんの回復魔術《まじゅつ》のお世話にならないよう、くれぐれも注意しますね」

「ほ、本当に穏便《おんびん》にお願いいたしますね。本来の陛下は性根《しょうね》の優しく、争いごとが苦手なお方です。トリア様が本気を出せば陛下が怪我《けが》をなさってしまいます」

「大丈夫ですよ、わたしは無駄な暴力は振るいません」

拳《こぶし》で語り合うのは最終手段だ。

（とはいえ、いずれラウとは手合わせしてみたいな。よわよわ皇帝《こうてい》はあくまでも演じていた姿。本来のラウは、魔術は言うまでもなく武術にも優れているはずだもの）

初対面でラウに対してかなり鍛《きた》えている、と感じたのはやはり気のせいではなかった。恐《おそ》らくトリアと同等、いや、もっと強いかもしれない。

（どうやらラウは親しい相手、ギルバートさんにすらあの姿は見せていないのね）

自分のことを「俺」と呼び、生死に頓着《とんちゃく》しない冷淡《れいたん》でどこか無気力ささえ宿すラウの姿を知るのは、現時点ではトリアだけということか。

不死であること、そして自らの本質を頑《かたく》なに隠《かく》しているのは理由があるのだろう。

「そういえば火事の一件以降、トリア様と訓練をしたいと申し出ている軍人が増えております。訓練ができるようになった際は、可能な範囲《はんい》で手合わせをしていただければ助かります。私もトリア様の槍さばきをぜひ間近で見学させてもらえたら嬉《うれ》しいですね」

ラウを助けるため、恐れず火事に飛び込んだことでトリアへの信用度は大分上がったらしい。無論意図した行動ではないが、周囲の人たちに信じてもらえるのはとても嬉しい。

最初はただ王国から出て自由になるための手段だった。しかし、ここ最近は純粋《じゅんすい》にキールストラ帝国《ていこく》に興味を抱《いだ》き始めている。婚約《こんやく》者という立場がなくなったとしても、帝国に住んで様々なことを学んでみたい、と思うほどに。

「手合わせする相手ができるのは非常に助かります。ただし見学してもらうほどの腕前《うでまえ》ではありませんよ」

トリア程度の腕でひけらかしていたら、叔父《おじ》は元より祖父や兄たちにも怒られてしまう。王立騎士《きし》団に属する騎士たちの足元にも及《およ》ばない。

「ご謙遜《けんそん》を。武器を持った男三人を箒《ほうき》一本で叩《たた》きのめした、と聞いております」

「う、そんな尾《お》ひれの付いた話が広まっているんですか……」

「ええ、私は知り合いから聞きました。陛下を、いえ、ラウを守ってくださったこと、全身全霊《ぜんれい》でお礼を申し上げます」

「ラウを助けたのはわたしの意思ですから、お礼を言われることではありません」

「……トリア様は最初にお目にかかったときから、歪《ゆが》みのない真っ直《す》ぐな姿勢が変わりませんね。夜の長い帝国では眩《まぶ》しいぐらいです」

ギルバートの目が、言葉通り眩しいものを直視したときのごとく細められる。一瞬《いっしゅん》だけ紫《むらさき》の瞳《ひとみ》が陰《かげ》りを帯びていく。が、トリアが何か言うよりも早く、常の温厚《おんこう》な微笑《びしょう》が口元に浮《う》かべられた。

「実はトリア様に一つお願いしたいことがありまして」

否《いな》、いつもと同じように感じた笑《え》みは、どこか硬《かた》く強張《こわば》っている。

「あの……トリア様が母、セシリナと懇意《こんい》にしてくださっていることはとてもありがたく思っております。ですが、できれば今後は、その、距離《きょり》を置いていただければ、と」

何故と問いかける前に、ギルバートが疑問の答えを口にする。

「母はカーキベリル侯爵とは旧知の仲でして、父と結婚する前は彼との婚約話が持ち上がっておりました。ここ数年は疎遠《そえん》になってはいたようですが」

今回カーキベリル侯爵がどんな処遇を受けるのかはまだわからないが、皇帝の命を狙《ねら》った相手と親しくしていた、というのは印象としては良くない。

――セシリナがラウのことを嫌《きら》っているのは、もはや周知の事実だからこそ。

「私自身は母が今回の件に関《かか》わっているとは考えておりません。母は裏でこそこそと何事かを企《たくら》むような卑劣《ひれつ》な行為《こうい》が嫌いな人間ですから。ですが、万が一にもトリア様に不都合や危険があっては大変ですので、母とは――」

「この髪、セシリナ様に紹介《しょうかい》してもらった理容師に整えてもらったんです」

トリアはギルバートの言葉を遮《さえぎ》り、自らの髪に手を伸《の》ばす。腰《こし》まであった髪は肩口《かたぐち》辺りまでばっさりと切り落としていた。

突然話題を変えると、視線をやや足元に落としていたギルバートが顔を上げる。

「城に戻ってきてすぐ、セシリナ様がわざわざお見舞《みま》いに来てくださったんです。髪は自分で適当に切ろうと思っていましたが、ちゃんとした理容師に整えてもらうべきだって仰《おっしゃ》って、昨夜《ゆうべ》きれいに切ってもらいました」

特に思い入れがあって伸ばしていたわけではない。強《し》いて理由を挙げるとすれば、長い髪の方が深窓の令嬢《れいじょう》に相応《ふさわ》しいから、と父に口うるさく言われていたせいだ。

だからこそ、焼けてしまった部分をハサミで簡単に切ればいいか、程度に考えていた。その話をセシリナにすると、彼女は烈火《れっか》のごとく怒って理容師を手配してくれた。

帝国一の腕前と人気を有し、半年は都合がつかない理容師だが、知り合いの貴族に頭を下げて予約を譲《ゆず》っていただいたんですよ、と彼女の侍女《じじょ》がこっそり教えてくれた。

「他人のために真剣《しんけん》に怒ってくれる人が、暗殺を企《くわだ》てるような悪い人間だとは思えません」

「母は危険ではない、と？」

「はい。あくまでもわたし個人の考えですよ。何よりギルバートさんの言う通り、セシリナ様はやるときは真正面から自分でやると思います。もちろん本気でラウを狙った場合は、騎士としてわたしが止めますよ。ふふ、ないとは思いますけどね」

笑顔で答えれば、ふっとギルバートの唇から吐息《といき》がこぼれ落ちた。思い詰《つ》めていたような顔に落ち着きが戻《もど》っていく。

（それに、セシリナ様は二人だけになったとき、わたしに謝罪してくれた）

カーキベリル侯爵《こうしゃく》が皇帝に叛意《はんい》を抱いていると、そんな噂《うわさ》をセシリナは前から耳にしていたらしい。だが、余計なことを口にすれば逆に自分が疑われる立場になる。そう考え、ラウが新婚旅行を申し出たとき止めることができなかった、と。

セシリナに裏があるとは思えない。——疑うべきは、別にいる。

「その髪型《かみがた》、トリア様にとてもよく似合っています」

短く切り揃《そろ》えたトリアの横髪に、ギルバートの細い指が伸びてくる。その手がトリアの左肩付近の髪に触《ふ》れる直前で、重々しさを宿した低音がすぐ近くから発せられる。

「——ギル」

名を呼ばれたギルバートの手が空中でぴたりと止まる。

静かすぎる音色《ねいろ》に振り返れば、そこには数日振《ぶ》りに目にする人物、ラウの姿があった。


「怪我が治るまでの間、彼女を部屋から出さないようにと伝えていたはずだが」

浮かべている眼差し同様、薄《うす》い唇から放たれる声にも冷淡さがにじんでいる。

椅子《いす》から立ち上がったトリアは名を呼ぼうとして、けれど、こちらを見ようとしない相手に開いた口を閉じる。ラウの登場により、周囲はぴりぴりとした空気で満たされていく。

相変わらず見る者を一瞬で惹《ひ》き付ける美貌《びぼう》を有しているが、よくよく見れば常とは違《ちが》った。美しさに変化はないものの、明らかに湧《わ》き出る輝《かがや》きが損なわれている。

理由は明白だ。青みを帯びた黒髪は艶《つや》を失い、陶磁器《とうじき》を思わせる肌《はだ》にはあちこちトリアと同じ、否、さらにひどい火傷《やけど》が散在している。表から見える部分は赤くなっているだけだが、恐らく浮腫《ふしゅ》ができてしまっているところがいくつもあるだろう。

どう見てもちゃんと治療《ちりょう》をしていない。トリアの眉《まゆ》が深く寄っていく。自身のことをないがしろにし、トリアのことばかり心配されても嬉しいとは思えない。

「申し訳ございません、陛下。ずっと部屋の中では精神的に悪影響《あくえいきょう》があるかと思いまして、私の判断にてトリア様を中庭にお誘《さそ》いいたしました」

「どんなことであれ、勝手な判断は必要ない。すべては皇帝である私が決める」

「はい、陛下のご命令の通りに」

「カーキベリル侯爵と彼の親族、及び側近数名が間もなく帝城《ていじょう》まで移送される予定だ。準備を頼《たの》む」

「かしこまりました、すぐに」

トリアに軽く頭を下げてから、ギルバートは足早に城へと去っていく。

「部屋まで送ろう」

「……どうも」

半歩先を進む背中に続き、トリアも歩き出す。護衛の軍人たちがその後に続く。

(うーん、どうにも気軽に話しかけられない雰囲気《ふんいき》よね)

本当は口から出したい言葉は大量にある。だが、周囲に流れる重苦しい沈黙《ちんもく》が口を開くことを押し留《とど》める。

(それに、どうしてもあのことが頭をよぎってぎくしゃくするというか)

また鮮明《せんめい》に思い出してしまいそうになって、トリアは急いで記憶《きおく》に蓋《ふた》をする。

(と、とにかく、あのことは後回しにしよう。まずは訓練について話してみないと)

どう話しかけようか迷っていると、ラウが前を向いたまま声をかけてくる。

「……その髪、切ったんだな」

「え？　ええ、毛先が焼けていた上に、魔術《まじゅつ》で切られちゃった部分もあったから」

そうか、と続いた低くくぐもった声には覇気《はき》がない。どこか不満そうな、納得《なっとく》できないといった様子の後ろ姿に、トリアは首を傾《かたむ》ける。

「この髪型が似合っていない？」

「そういうわけじゃない。短い髪も君に似合っている、と思うが」

「じゃあ、髪の長い令嬢じゃないと婚約《こんやく》者として相応しくないとか？」

「そんなわけがないだろう」

ラウは足を止めて振《ふ》り返る。すまなそうに眉を落とす顔を見て、ようやくトリアはラウの心情を察することができた。

「もしかして、自分のせいでわたしの髪が短くなったとか考えている？　それで、わたしに対して顔向けできない、心苦しいと思っているとか？」

答えは戻ってこない。それでも、わずかに下がった視線を見れば一目瞭然《いちもくりょうぜん》だった。

(わたしの髪なんて、皇帝にとってはどうでもいい、些細《ささい》なことのはずなのに)

ラウがずっと気にかけてくれたことが、素直《すなお》に嬉《うれ》しいと思った。

トリアはラウの正面に歩み寄ると、にっと唇《くちびる》の端《はし》を吊《つ》り上げる。

「わたしはこの髪型、すごく気に入っているの。あなたを慰《なぐさ》めるため、この場を取り繕《つくろ》うための嘘《うそ》じゃないからね」

長い髪も嫌いではなかったが、今の方が断然頭が軽くて動きやすい。それに、ルシアンからことある毎《ごと》に「品のない髪だ」と言われていた最悪の記憶も切り落とせた気がする。

これから髪が伸びていく過程では、嫌《いや》な記憶ではなく楽しい記憶を、後悔《こうかい》のない道を進んだことをしっかりと刻んでいきたい。

「だが、せっかく炎《ほのお》のようにきれいだった髪が……」

「髪はまた伸びる。あなたを助ける代償《だいしょう》がこの程度なら、かなり安いものでしょ？」

「君は時々驚《おどろ》くほどに豪胆《ごうたん》だな。あれこれ思い悩《なや》んでいる私が脆弱《ぜいじゃく》に感じられるほどに」

小さく笑みを浮《う》かべたラウの雰囲気は、幾分柔《いくぶんやわ》らかなものになっている。

(色々聞きたいのはやまやまだけど、軍人がいる状況《じょうきょう》では聞ける内容に限りがある)

ラウの一人称《いちにんしょう》は「私」になっている。ここにいるのは皇帝の彼だ。

トリアが本当に話をしたいのは本来のラウ、「俺」と自分のことを呼んでいる彼だった。

歩みを再開したラウの隣《となり》に並び、軍人たちに聞かれても差し障《さわ》りのない質問をする。

「カーキベリル領での一件は片が付いたの？」

「大体は。爵位と土地は没収《ぼっしゅう》、ベラルガと息子及《およ》び側近数名には極刑《きょっけい》が言い渡《わた》される可能性が高い。他《ほか》の家族や、今回の件に関《かか》わっていない側近は国外追放の予定だ。しばらくは当人と周りの人間へ厳しい事情聴取《ちょうしゅ》が続けられることになっている」

「彼に協力していたかもしれない人物がいるってことね」

「恐《おそ》らく。まだそうと決まったわけではないが」

言葉を濁《にご》しているが、十中八九カーキベリル侯爵と共謀《きょうぼう》していた人間がいるのだろう。

(火事はあらかじめ計画していたものかもしれない。だけど、ラウが来ることは領主ですら知らなかったはず。いえ、実は知っていたのかも)

表向きは大袈裟《おおげさ》に驚いてみせていたが、カーキベリル侯爵はラウの訪問をあらかじめ周知していた。だからこそあの絶好の機会で火事を起こせたと考えるべきだろう。

(だとしたら、ラウがカーキベリル領に行くことを知っていた人間の中に、今回の件に協力した人間がいるってことね)

黙々《もくもく》と考えていたトリアの耳に、つんざくような悲鳴にも似た声が飛び込んでくる。

「──陛下！　お願いいたします、今一度お考え直しを！」

聞き覚えのある声だ。振り返れば、すこし離《はな》れた位置にカーキベリル侯爵の息子《むすこ》の姿があった。両脇《りょうわき》を二人の軍人に抑《おさ》えられながらも、必死の形相で話し続ける。恐らく帝城への移送途中《とちゅう》で、偶然《ぐうぜん》ラウの姿を見付けたのだろう。

「我らカーキベリル侯爵家《こうしゃくけ》は、代々の皇帝陛下にずっとお仕えしてまいりました。あなた様の父、前皇帝からも厚い信頼《しんらい》を寄せていただいていたことはご存じでしょう」

ちらりと見たラウの横顔は怒《いか》りも憎《にく》しみもない、感情の抜《ぬ》け落ちた無表情だった。紫《むらさき》の瞳《ひとみ》にはぞっとするほど冷えた光がにじんでいる。この姿だけ見れば、身内が死んでも涙《なみだ》一つ流さない冷静沈着《ちんちゃく》で冷酷《れいこく》な鉄仮面、という噂《うわさ》に同意してしまう。

「父が陛下を殺そうとするはずがありません！　長年皇族に尽《つ》くしてまいりました我が一族を信じてください！」

これは策略だ、誰《だれ》かが自分たちカーキベリル侯爵家を陥《おとしい》れようとしている、と悲愴《ひそう》感に満ちた声音が必死に無実を訴《うった》える。声音は興奮しているが、顔色は真っ青だ。父親同様、彼もまたラウの魔力に悪影響を受けているのだろう。

背後には二人の女性の姿がある。カーキベリル侯爵夫人と娘《むすめ》だろう。血の気の一切《いっさい》ない青白い顔からは生気が失われ、うつろな目がぼんやりとどこか遠くに向けられている。

夫人たちは拘束《こうそく》されていないが、する必要がないことは一目見ただけでわかる。彼女たちの体調が優《すぐ》れない理由は、ラウが傍《そば》にいるからではないだろう。

「ヴィンセント・ハイリッシュ」

ラウが突如誰《とつじょだれ》かの名前を口にすると、青年の顔が瞬時《しゅんじ》に強張《こわば》っていく。

「知っている名前だろう？」

「い、いいえ、聞いたこともございません」

「ヴィンセントはユニメル領に店を持つ薬師《くすし》だ。違法《いほう》ギリギリの薬を作ることで、裏の世界では有名らしい。そう、例えば一定時間魔術を使えなくさせる薬、とかな」

ラウが言葉を重ねる毎に、青年の顔には大粒《おおつぶ》の冷や汗《あせ》が浮かぶ。血走った目がぎょろぎょろと左右に揺《ゆ》れ動く。まるで目の前に隠《かく》された最善の逃《に》げ道を探すかのごとく。

「ユニメルの領主に協力してもらい、ヴィンセントの顧客《こきゃく》情報を調査してもらった。表向きのものだけでなく、懇切丁寧《こんせつていねい》に隠してあった裏の顧客も。そこにはカーキベリル侯爵の名が載《の》っていたらしい」

「馬鹿《ばか》な、あり得ない！　薬は足が付かないよう、ならず者に金を渡して準備させたんだ。カーキベリルの名があるはずが……っ⁉」

一気に血の気が引いていく。自分が墓穴を掘《ほ》ったことに気が付いたのだろう。

「ああ、確かにヴィンセントの顧客情報にカーキベリルの名はなかったな。だが、お前が薬を用意させた男はすでにユニメルの領主が身柄《みがら》を確保し、金で雇《やと》われていたことを聞き出してある」

「そ、それだけでは、確たる証拠《しょうこ》には……」

「私がカーキベリル領を訪問する一週間ほど前、ベラルガが使用人に命じて灯油を大量に買い込み、本邸《ほんてい》に運び込んでいたことが明らかになっている。こちらの販売元《はんばいもと》にはカーキベリル侯爵の名前がしっかりと残されていた。さて、一冬でも到底《とうてい》使い切れないほどの量の灯油は、一体どこに消えたんだ？　別邸《べってい》に運び込み、火事の数時間前に屋敷《やしき》全体にばらまいたんじゃないのか？」

青白く染まり、震《ふる》える唇からはすでに何の言い訳も出てこない。

忙《せわ》しなく揺れ動いていたカーキベリル侯爵の息子の目が、ふとトリアへと向けられる。

「トリア様！　あなた様からもどうか陛下へとお口添《くちぞ》えをお願いいたします！」

青年は深い水底に引きずり込まれる直前で、ただ一つ見付けた浮き具にすがりつくような声を絞《しぼ》り出す。

「僕とトリア様の仲ではありませんか、どうぞお慈悲《じひ》を！」

いや、あなたとわたしの間にはどんな仲もありませんけど、とトリアが冷静な突《つ》っ込みを返す前に、瞬時に横から移動したラウが青年の首を右手で絞《し》め上げていた。

「言葉にはくれぐれも注意しろ。ふざけたことを言うようならば、今この場でお前の首をへし折ってやってもいいんだぞ」

隠すことなく放たれる殺気に、向けられる張本人だけでなくトリアや軍人たちまでも固まってしまう。が、ぼんやりと見ている場合ではない。

トリアは慌《あわ》ててラウの横に並び、ぎりぎりと絞め上げている腕《うで》に手を伸《の》ばす。

「ラウ、それ以上やると本当に死んでしまう」

ふっとラウの腕から力が抜ける。首を解放され、青年が地面へと頽《くずお》れた。苦しげに何度も咳《せ》き込む相手を見下ろし、トリアはにこりと微笑《びしょう》をこぼす。

「わたし、あなたを見ていると世界中で一番嫌《きら》いな男のことを思い出すんです。もし次にお目にかかる機会がありましたら、その男と勘違《かんちが》いして背負い投げに加えて関節技《わざ》も決めた挙げ句、頸動脈《けいどうみゃく》に絞め技を食《く》らわせるかもしれないので注意してくださいね」

トリアにとって世界中で一番大嫌いな男は、言うまでもなくルシアンだ。冗談《じょうだん》ではなく本気の気配を感じ取ったのだろう。咳き込む相手の顔が強張っていく。顔色は紙のように、否《いな》、紙よりもさらに真っ白になっていた。

「あ、一つ伝え忘れていましたが、夕食に呼んでいただいた際にあなたが付けていたネクタイピン、とても素敵でした」

「……は？」

「では、もう二度とお目にかかることはありませんね。さようなら」

トリアは帝城《ていじょう》に向かって歩き出す。カーキベリル侯爵の息子たちを連れていくよう指示を出してから、ラウが足早にトリアの隣に並ぶ。

「君には礼を言わなければならない。ユニメルの領主が協力してくれたのは、君が今回の件に巻き込まれたと知ったからだ。君のためなら、と快く調査を引き受けてくれた」

ユニメル領で人身売買を解決したことが、今回良い方向に働いたのだろう。

「お礼を言われるようなことはしていないけど、あなたの役に立ったんだったらよかった。あの場にいたカーキベリル侯爵夫人と娘は、今回の一件に関わっているの？」

「二人は一切関与《かんよ》していないようだ。だが、無罪放免《ほうめん》というわけにはいかない。国外追放の処分でもかなり軽い方だろう」

ラウの表情が一瞬だけ曇《くも》るが、すぐに皇帝らしい顔に戻《もど》ってしまう。

カーキベリル侯爵と息子は厳罰《げんばつ》を与《あた》えられて当然だ。しかし、何も知らなかった二人にまで罪を問うのは厳しい気もする。知らないことも罪になる、家族だから連帯責任だ、と言われてしまえばそれまでだが。

うーんと小さく唸《うな》り声を上げながら歩いていると、ラウが突如《とつじょ》紙を差し出してくる。白い封筒《ふうとう》に入った手紙のようだ。

トリアが怪訝《けげん》な眼差《まなざ》しで足を止めると、ラウもまた歩みを止めて目の前に立つ。

「君宛《あ》ての手紙だ。城に届いたものを私が預かっていた」

「手紙？　誰から……あ、ロイク叔父《おじ》さん！」

見覚えのあるミミズ文字に、自然とトリアの口から明るい声が出る。凶悪犯《きょうあく》のごとき強面《こわもて》の顔がロイクにとって第一の短所だとしたら、第二はのたうち回るミミズのような文字しか書けないことだろう。お前の字は読みにくい、とよく祖父から叱咤《しった》されていた。

差し出された手紙を受け取り、しかし、封が切られていないことに首を傾《かし》げる。

「あれ？　中身を確認《かくにん》していないの？」

王国からの手紙だ。当然、検閲《けんえつ》されると思っていた。

「君を帝国に誘《さそ》ったのは私自身だ。個人的な領域に無闇《むやみ》に立ち入るつもりはない」

一見するとトリアを尊重してくれているようだ。反面、どこか線引きされている気配がある。自分はこれ以上踏《ふ》み込まない、だから、君も必要以上に踏み込むな、と。

トリアはビリビリと乱暴に封を破ると、一枚だけ入っていた便せんに目を通す。そして、十秒もしない間にラウへと便せんを差し出した。

「はい、読んでみて」

「は？　いや、私が読む意味はないかと」

「いいから、いいから。はい、声に出して読んでみて」

ラウは渋々《しぶしぶ》といった様子ながらも便せんを受け取る。目を通した直後に眉根《まゆね》を寄せたのは、間違いなく書かれている文字が汚《きたな》かったせいだ。

「元気か？　元気だ。またな……って、まさかこれだけか？」

「見ての通り、ロイク叔父さんは字が下手で手紙を書くのも苦手だから、必要最低限のことしか書かないのよね」

「必要最低限というか、これはもう必要最低限以下だろう」

「叔父さんは小難しいことが大嫌いなの。でも、おおらかで明るい人だから、ラウも会えば気に入ると思う」

「……それはどうだろうな」

内心を窺《うかが》わせない呟《つぶや》きを一つ放ち、ラウは城に向かって歩き出す。返された手紙を上着のポケットに仕舞《しま》い込んだトリアもまた歩みを再開させる。

「ねえ、それはそうと、ちゃんと火傷《やけど》とかの治療《ちりょう》はしているの？」

「ああ、問題ない。最低限の治療は受けている。それに、どうせ――」

トリアが無言で睨《にら》むと、ラウは続く言葉を飲み込んだ。

どうせいずれすべて治る。すなわち、どうせ次に死んで生き返れば元通りになる、と言おうとしたのだろう。

（自分自身の怪我《けが》や生死にまったく興味がない、って感じね）

死んでも生き返る。それがどんなものなのか、想像すらできない。

だが、死んで生き返ることを繰《く》り返していれば、ラウのように生死に頓着《とんちゃく》しないようになってしまうのかもしれない。死んだって問題ない。どうせ生き返るんだから、と。

（わたしはそういう考え方、すごく嫌《いや》。どうせ生き返るからいいだろう、なんて生き方は絶対に好きになれない。なりたくない）

騎士《きし》は相手の命を守るのが使命だ。大切な人を、愛する人を守るために戦う。

──生きていて欲しいから、笑っていて欲しいから、命懸《いのちが》けで相手を守る。それがトリアの目指す理想の騎士の姿だ。

七歳の頃《ころ》に見た光景を思い出す。民《たみ》を守るため懸命《けんめい》に戦っていた騎士たちの姿を思い浮《う》かべると、胸の中に温かな灯火《ともしび》が宿る気がした。

（そもそも死ぬときには痛みがあるはず。死に慣れるなんて、どう考えてもおかしい）

トリアはラウの目前に回り込み、彼の歩みを強制的に止める。

「ところで、火事のときわたしは騎士としてあなたのことを守ったでしょ？」

「ああ」

「自分で言うのもなんだけど、褒美《ほうび》を要求しても問題ないほどの働きをしたと思うの」

「その通りだ。遠慮《えんりょ》なく褒美を要求してもらって構わない。用意できる範囲《はんい》ならば、欲しいものを何でも頼《たの》んでくれ」

「大丈夫《だいじょうぶ》。わたしが欲しい褒美にはお金は一切《いっさい》かからないよ」

明らかに何事かを企《たくら》んでにこにこと微笑むトリアの眼前で、ラウは不審《ふしん》そうな表情を浮かべていた。

ノエリッシュ王国にも風呂《ふろ》はあった。

各国の最先端《さいせんたん》の技術を取り入れ、できる限り手間を省いて湯浴みできるようにしていたが、それでもつど大量の水を運び、また、大量の薪《たきぎ》で火を起こす必要があった。湯浴みするだけで一仕事だ。

「帝国では浴場に魔術《まじゅつ》が用いられていて、大量の水も薪も必要としない構造になっているでしょ。もちろん労力もほぼいらない。わたしはものすごく感動したの」

「……ああ、そうか」

「この仕組みは王国でも広がるべきだと思う。いえ、むしろ広げるべき。王国側はもっと魔術を積極的に取り入れてもいいと思わない？」

「王国の人間は魔術に対して懐疑《かいぎ》的かつ嫌悪《けんお》感《かん》を抱《いだ》いている。加えて、帝国そのものを嫌っている人間も多い。たとえ便利でも、帝国の魔術を素直《すなお》に受け入れはしないだろう」

「便利なんだから、気にせず受け入れればいいのにね」

「誰《だれ》も彼もが君のように大雑把《おおざっぱ》、いや、失礼、おおらかにはなれないということだろう」

「今、すごく気になる言い間違いがあったような……」

「おおらかな君が気にすることじゃないさ」

無言で見つめ合うこと数秒。先に音を上げたのはラウの方だった。

「そもそも何故《なぜ》俺は君と一緒《いっしょ》に風呂に入っているんだろうな」

「わたしが一緒に入りたいって言ったからよ。安い褒美でしょ？」

「……俺には高い褒美よりも、色んな意味で痛手に感じられるが」

ラウが濡《ぬ》れた前髪《まえがみ》をかき上げる。はあと、重いため息の音が水音と混じり合い、室内に反響《はんきょう》して消えていく。

現在いる場所は帝城の五階にある浴場だ。皇帝が使用するためだけに作られた浴場は、滞在《たいざい》し始めてからはトリアも利用させてもらっている。

白い大理石で覆《おお》われた浴場は、寝室《しんしつ》の二倍ほどの広さがある。中央部分には複数人が余《よ》裕《ゆう》で浸《つ》かれる丸い浴槽《よくそう》が設置され、温かなお湯でなみなみと満たされていた。火傷や切り傷によく効くらしい薬剤《やくざい》が入れられた湯は、やや緑を帯びた白色に染まっている。

水の流れる音が絶えず浴場を包み込んでおり、立ち上る湯気によって視界は白くかすんでいる。魔術に疎《うと》いトリアには説明してもらっても理解できなかったのだが、適度に水を発生させながら循環《じゅんかん》する魔術と、水を温めて保温する魔術が使用されているらしい。魔《ま》霊《れい》石《せき》という特殊《とくしゅ》な石が原動力として使われているようだ。

（このお風呂があるだけで、帝国に住んでいる価値があるな）

薬剤に含《ふく》まれる薬草と石鹸《せっけん》の香《かお》りが鼻腔《びこう》を刺激《しげき》する。気分が良くなってきてついつい鼻歌が出てしまう。ふんふんと調子外れな鼻歌を刻んでいると、これみよがしに重苦しい長《ちょう》嘆息《たんそく》がラウの薄《うす》い唇《くちびる》から吐《は》き出された。

「君はこの状況《じょうきょう》に対して、本当に何も思わないのか？」

「え？　お互《たが》い服を着ているし、別に気にすることはないでしょ」

通常よりは薄手ではあるものの、トリアもラウもきっちりと服を着ている。濡れても透《す》けることのない素材で作られた湯浴み着だ。火事の際、服を着たまま噴水《ふんすい》の水に飛び込んだのと大して変わりはしない。

肩《かた》まで湯に浸かったトリアの前で、ラウは浴槽内に作られた段差に腰《こし》かけ、腹の辺りまで湯に入っている。

「いや、気にするべきだろう。むしろ頼むから気にしてくれ」

「大雑把でおおらかなわたしは、細かいことは気にしないの」

「……はあ。それで、わざわざ二人きりで湯浴みをする理由は？」

「薬湯に入ればあなたの火傷や傷の治療になるからね」

こうでもしないと治療をしないでしょ、と続ければラウが片眉《かたまゆ》を上げる。

「どうしてそんなに俺の傷を気にするんだ」

「気にして当然よ、むしろ気にしないあなたの方がおかしいの」

「君の気持ちはありがたいが、この程度の怪我はどうでもいい」

「あのね、少しでもありがたいと思うのなら今後はちゃんと治療して。わたしは誰かが、特に大切な相手が怪我をしているのは嫌なの」

「たい、せつ……俺が？」

「ええ、そうじゃなきゃあの火事の中に飛び込むはずがないでしょ」

主人として、友人として、あるいは他《ほか》にも大切の意味合いは色々ある。正直に言えば、トリア自身にもその大切に繋《つな》がる想《おも》いがどんなものなのかはまだわからない。

ラウの整った顔にかすかな狼狽《ろうばい》が浮かぶ。

「……大切だと、そんな言葉をもらえる人間じゃ、ない」

ぼそぼそと消え入りそうなか細い声が耳に届く。

皇帝《こうてい》の『私』でも、よわよわ皇帝の『僕』でも、そして『俺』でもない。

ラウという人間の本質がほんの一瞬《いっしゅん》だけ垣間《かいま》見えた気がした。

ごほんとわざとらしい咳払《せきばら》いをしたラウは、乱暴に元の話へと戻《もど》る。

「それで、他にも一緒に湯浴みする理由があるんだろう？」

「ここなら周囲に聞かれるとまずい話が遠慮なくできるから」

浴場は声が反響しやすいが、小声で話せば常に流れる水音にかき消される。外から聞き耳を立てられても詳細《しょうさい》は聞こえないはずだ。

「では、寝室でも良かったんじゃないか？」

「ええ。でも、忙《いそが》しい誰かさんは寝室に戻って来そうになかったでしょ」

「……はあ」

湯の中を移動してラウの隣《となり》に座ると、あからさまに距離《きょり》を取られる。一歩近付けば、同じく一歩離《はな》れていく。紫《むらさき》の瞳《ひとみ》は絶対にトリアの方を見ようとはしなかった。

このままではすぐに出て行ってしまいそうな気配を感じ取り、トリアは覚悟《かくご》を決めて『あれ』を話題に出すため重い口を開く。

「わたし、初めてだったの」

トリアが真剣《しんけん》な声を出せば、ようやくちらりとだがラウの視線が向けられる。しかし、トリアの顔以外は視界に入れないよう細心の注意が払《はら》われている。

「何が？」

「……口付け。あなたにされたのが初めて」

げほっと、ラウが大きく咳《せ》き込む。何度も咳き込みながら、視線を左右に忙《せわ》しなく動かしている。動揺《どうよう》していることは明らかだ。

じっと見つめるトリアに対して、ようやく咳《せき》が治まったらしいラウは口元を手で隠《かく》して横を向く。頬《ほお》が若干《じゃっかん》赤く見えるのは、湯浴みで体温が上がっているせいだろうか。

「あー、ええと、その……ルシアン王子とは？」

「ダンスで手を握《にぎ》った程度ね。というか、最低最悪な気分になるから、変な想像はしないでくれる？」

自分では見えないが、恐《おそ》らくものすごい形相をしていたのだろう。

「申し訳ございませんでした」

ラウが間髪《かんはつ》を容《い》れずに、平身低頭して謝った。

「それで、どうして突然《とつぜん》あんなことをしたの？」

「……回復魔術を効きやすくするために必要だった」

「はい、嘘《うそ》。接触《せっしょく》の有無《うむ》は関係ないって、そうギルバートさんが言っていたもの」

沈黙《ちんもく》が続く。湯船からもくもくと立ち上る湯気が静かな場に広がっていく。

「……わかった。ただ、したかったからしただけ、初心《うぶ》な女を弄《もてあそ》んでやろうってことね」

「違《ちが》う！　そうじゃなくて、ええと、その……」

否定するものの先は続かず、ラウは視線を逸《そ》らしたまま口を閉《と》ざしてしまう。

トリアは両手で湯をすくうと、黙《だま》り込んだ相手の顔に容赦《ようしゃ》なくお湯をぶっかけてやった。最初に出会ったとき、グラスの水を顔面にぶちまけてやったように。

トリアはびしょ濡れの顔で目を瞬《まばた》くラウに、にっこりと笑《え》みを返す。

「嫌《いや》がらせでしたんじゃないってことだけは何となくわかった。大雑把なわたしは、今回だけ水に流してあげる。でも、次に同じことをしたらピンヒールの靴《くつ》で頬を殴《なぐ》っちゃうかもしれないから、くれぐれも気をつけてね」

「ああ、わかった。次があれば許可を取る」

「殴った方がいい？」

「すまない、冗談《じょうだん》だ」

数秒顔を見合わせ、どちらからともなく笑みをこぼす。お互いの間にあったもやもやした空気がようやくなくなった気がした。

「一段落ついたところで真面目《まじめ》な話をしてもいい？　カーキベリル侯爵《こうしゃく》の裏にいる人間が誰なのか、大方の予想はついているの？　あ、首謀者《しゅぼうしゃ》がいることはわかっているからね」

「君に隠し事をするのは困難だな。いや、まだだ。数人に絞《しぼ》られてはいるが」

「首謀者は帝城《ていじょう》に常駐《じょうちゅう》し、かつ、あなたと親しい人間ね。そして恐らくカーキベリル侯爵に協力していたその人物が、これまで実行された暗殺未遂《みすい》をすべて裏で操《あやつ》っていた張本人」

「……どうしてそう思うんだ？」

「計画性が高すぎる。どの暗殺未遂も行き当たりばったりの犯行ではない」

例えば王国での晩餐会《ばんさんかい》。ラウは本来参加する予定はなく、気まぐれによってまぎれ込んでいた。だが、襲撃者《しゅうげきしゃ》たちは給仕《きゅうじ》の格好をし、あらかじめ晩餐会に侵入《しんにゅう》していた。ラウの行動を予測している。すなわち親しい人間が関与《かんよ》していると推測できる。

次に矢で狙《ねら》われた件。こちらも当日トリアが帝城に到着《とうちゃく》したのは偶然《ぐうぜん》だったが、完璧《かんぺき》な頃合《ころあ》いで襲撃された。しかも襲撃者は警備が厳重な謁見《えっけん》の間まで近付いた上、その後捕《つか》まることなく逃《に》げおおせている。詳細な警備体制を前もって知っていたとしか思えない。

加えてカーキベリル領での火事。一部の限られた人間しか、あの日あの場所にラウが滞《たい》在《ざい》していたことは知らない。しかも、あの炎《ほのお》の勢いから見て、いかに火の周りを早くするか計画した上で、綿密に準備されていたことは明白だった。

他にも、軍人たちからこれまで起きた暗殺未遂について話を聞いてみたが、すべてこと細かな計画の上で実行された犯行だと思われる。

（すべてに共通するのが、神経質すぎるほどの計画性の高さ。同一人物の気配を感じる）

──間違いなくラウの身近な人間、親族や重鎮《じゅうちん》、親しい人物の中に首謀者がいる。

トリアが持論を述べると、濡《ぬ》れた額に手を当てたラウが小さく頭を振《ふ》る。

「俺の最大の誤算は、君が想像の斜《なな》め上をいくほど男前で、加えて想像を遥《はる》かに超《こ》えて聡《そう》明《めい》だったことか」

称賛《しょうさん》されているのか非難されているのか、微妙《びみょう》な感じだ。

「君の予想は恐らく当たっている。だが、外では絶対に口にしないで欲しい。首謀者は狡《こう》猾《かつ》な上に警戒心《けいかいしん》が強いと考えられる。自分が疑われていると察すれば、恐らくすべての証《しょう》拠《こ》、ものも人も自らに不利となるものは全部隠滅《いんめつ》するだろう」

「わたしにも手伝えることはない？　あなたの騎士《きし》としてできることがあれば何でもする。火傷《やけど》ももう十分治ったと思うし」

「では、一つ君に頼《たの》んでも？」

「ええ、何でもどうぞ」

「最低でもあと三日は部屋で大人しく過ごしていて欲しい」

期待とは大きく反する答えに、思わず半目になってしまう。睨《にら》むトリアのことなど意に介《かい》さず、ラウは黒髪《くろかみ》から水を滴《したた》らせながら言葉を続ける。

「それ以降は部屋を出ても、訓練をしても構わない。どうやら体力が有り余っているようだから、一人でないのならば城の外に出てもいい」

「え⁉　城の外に出てもいいの？」

「ああ。遠出はやめて欲しいが、帝都を回るぐらいならばいいだろう」

「すごく嬉《うれ》しい！　ありがとう！」

ぱっと、満面の笑みがこぼれ落ちる。嬉しすぎて聞こうと思っていたことがすべて吹《ふ》き飛んでしまった。

トリアの顔を見たラウはふいっと視線を逸らしてしまう。耳の先がほんのり赤く見えたのは、長く湯に浸《つ》かっている影響《えいきょう》だろう。

「君の行動を制限したいわけではない。だが、くれぐれも身辺には注意してくれ。君に危険が及《およ》ぶと考えると、何をするにしても俺は落ち着かないんだ」

端整《たんせい》な横顔に浮《う》かぶ紫の瞳には、新月の夜よりも暗い、淀《よど》んだ光がにじんでいる。

「自分の命はどうでもいい。だが、君の命だけは絶対に失えない」

嬉しいと感じていた気持ちが一気にしぼんでいく。

自分の命よりもトリアの命の方が大切だ。聞く人間によってはうっとりするような甘美な言葉かもしれない。しかし、トリアにとってはまったく違う。その逆だ。

トリアはラウとの距離を詰《つ》めると、いつかのように濡れた手でラウの頬を挟《はさ》み、強制的に自分の方へと視線を向けさせる。

「その手の言葉に対して、わたしが前に何て言ったか覚えている？」

「……ああ、忘れるはずがない」

「それならよかった。じゃあ、次に同じようなことを言ったら、大雑把《おおざっぱ》なわたしはあなたの頬を思い切り左右に引っ張るつもりだから覚悟《かくご》しておいてね」

「君は俺の失言をずっと引っ張るな。わかった、注意しよう」

深く頷《うなず》く相手に満足し、トリアはラウの頬から手を離《はな》す。そのまま距離《きょり》を取ろうとしたのだが、今度はラウの手がトリアの頬に触《ふ》れてくる。

ゴツゴツと角張った手はトリアの頬をゆっくりと撫《な》で、徐々《じょじょ》に下がっていく。濡れた首筋を優《やさ》しく撫で下ろし、鎖骨《さこつ》、肩《かた》へと触れてくる。トリアの形を確かめるようなその動きに、ぞわっと、背筋から全身に言いようのない感覚が広がっていく。

「君と出会い、君を婚約者《こんやく》として選んだことが、俺に与《あた》えられた最大の幸運だった」

滴《しずく》を垂らす前髪の奥で、熱を帯びた瞳《ひとみ》が刺《さ》すような強さを伴《ともな》って向けられる。濡れた髪と肌《はだ》、ぴたりと貼《は》り付いた服、湯によって体温が上がり紅潮した頬など、ラウからものすごい色気が立ち上っていることに今さらになって気付く。

途端《とたん》、直視するのが急に恥《は》ずかしくなってしまった。

「わ、わたしちょっとのぼせてきたみたいだから、先に出る！」

トリアはどうにかこうにか平静を装《よそお》いつつ、しかし、かなり慌《あわ》てふためきながら早足で浴場の外へと飛び出した。

脱衣場《だついば》で一人になると、思わず頭を抱《かか》えてその場に座り込んでしまう。

ルシアンに触れられたときは、ただただ嫌悪感《けんおかん》しか抱《いだ》かなかった。訓練で異性に組み敷《し》かれるような場面があっても、特に何も感じなかった。

だが、ラウのあの目で見られると、あの手に触れられると、どうしてか不思議と羞恥心《しゅうちしん》と同時に別の感情も湧《わ》き上がってくる。体の奥底から高熱がにじみ出てくるようだ。

闇《やみ》の魔力《まりょく》の影響を受けているせい、ではないだろう。明らかに違う感覚だ。

「……わたし、もしかして、ラウのこと……いや、そんなはずない、ない！」

トリアは真っ赤に染まった頬《ほお》から完全に熱が失われるまで、しばらくの間床《ゆか》にうずくまっていることとしかできなかった。


皇帝のお膝元《ひざもと》である帝都バランジースは、日が沈《しず》んでも昼間と同様、いや、それ以上の

活気で包まれている。

　太陽が姿を消し闇で覆《おお》われる街は、しかし、多種多様な灯《あか》りによって眩《まぶ》しいぐらいに照らし出されている。炎の魔術が利用されている光は、橙《だいだい》から白、赤や青といった様々な色をまとい、歩くのにまったく困らないほどの輝《かがや》きをもたらしてくれている。

　帝都は一度通っている。だが、あのときは昼間だった。しかも城に早く到着せねばと焦《あせ》っていたため、街並みを眺《なが》めている余裕《よゆう》はまったくなかった。

　道の脇《わき》、足元に掘《ほ》られた四角い穴には手のひら大ほどの灯りが埋《う》め込まれ、硝子蓋《ガラスぶたご》越しに淡《あわ》い光を放っている。他《ほか》にも花や星といった形を模した灯りも至るところに設置され、明るさだけでなく華《はな》やかさも感じさせている。

　頭上には柱や壁《かべ》、屋根といった場所に照明が数多く設けられていた。上からも下からも十分すぎるほどの光がもたらされている。

　賑《にぎ》やかな笑い声が響《ひび》いてくる飲食店の前を通り過ぎ、トリアはきょろきょろと周囲を見回しながら隣《となり》を歩く人物へと声をかける。

「帝城でもいつも感じていることですが、帝国は夜でもすごく明るいですよね」

「人の住む場所はできる限り明るくする、というのが陛下のご意向です。暗闇は犯罪の温《おん》床《しょう》にも繋《つな》がります。魔術を積極的に用いて夜でも明るくすることで、近年は帝国全体の治安もかなり改善してきていますね」

「実はわたし、帝国では街行く人が普通《ふつう》に魔術を使っていると思っていたんです」

しかし、実際のところは生活に根ざした魔術を目にする機会は多いが、手から水を出したり空を飛んだりと、そんな風に魔術を使う人間は皆無《かいむ》だった。

魔術師としてこの国で一番だと言っていたラウ、皇帝自身も普段《ふだん》はほとんど魔術を使う気配がない。

魔術の有無《うむ》を除けば、王国と大きな違《ちが》いは感じられない。そこに住む民《たみ》にも。

「魔術師自体が少数ですからね。国として生活を豊かにするために利用することは推奨《すいしょう》していますが、軍や貴族の私兵に雇《やと》われた魔術師以外は魔術の行使が禁止されております」

「ということは、軍や私兵に入っていない魔術師はほぼいないってことですか？」

「魔力は親から子へと遺伝する場合がほとんどですので、魔術師の子は早くに学校などで魔術を学び、その後はほぼ全員が軍か私兵に所属します」

なるほど、と頷くトリアの横にはギルバートの姿がある。

ラウから許可をもらった四日後。トリアは早速《さっそく》街に出るための供を軍人に頼んでいた。するとそれならば自分が」とギルバートが同行を申し出てくれ、今に至る。

あちこちで足を止め、あれやこれやと聞くトリアに対して、ギルバートは嫌《いや》な顔一つしないで丁寧《ていねい》に説明を返してくれる。

「騎士としては魔術が気になりますか？」

「もちろんです。味方になれば最高ですが、逆の場合魔術師は難敵になりますからね」

「トリア様ならば大丈夫《だいじょうぶ》だと思いますよ。先日見せていただいた槍《やり》さばきは想像以上に素《す》晴《ば》らしいものでしたし、トリア様ほどの耐性《たいせい》があればある程度の魔術は武器で弾《はじ》き返せると思います」

「え、本当ですか？　今度挑戦《ちょうせん》してみます！」

ラウを確実に守るためには、魔術師への対処方法も訓練しておきたい。早速帝城に戻《もど》り次第《しだい》、軍に所属する魔術師に頼み込んで相手をしてもらおう。

「提案した人間が言うのもあれですが、無理をなさらない範囲《はんい》でお願いいたします」

何かあれば自分が陛下に怒《おこ》られます、とギルバートは眉《まゆ》を下げる。

「それにしても、街に出るのならば夜よりも昼間の方が良かったのでは？」

「帝国《ていこく》は夜の精霊《せいれい》の国、と呼ばれている場所ですから、まずは夜の姿をじっくりと見てみたかったんですよね。後日昼間の帝都も散策したいと考えています。あ、そうだ、一つ聞きたかったんですが、ギルバートさんは夜の精霊を見たことはありますか？」

「いいえ、まさか。夜の精霊の存在を感じ、なおかつ見ることができる人間は過去数百年で数える程度しかおりません」

「皇族が全員見える、ってわけではないんですね」

「……ラウ、いえ、陛下が見えると、そう仰《おっしゃ》ったのでしょうか？」

穏《おだ》やかな声音《こわね》に陰《かげ》が混じり込む。どこか緊張《きんちょう》した色がにじんでいる。

「ああ、いや、違います。ラウとは夜の精霊がいる、って話をしただけですよ」

「……そうですか。歴代の皇帝の中には夜の精霊から寵愛《ちょうあい》を受けた者がいる、と伝えられております。陛下も寵愛を受けられたとしたら、非常に喜ばしいことだと思ったのですが」

「寵愛されるのはいいことなんですか？」

「ええ、寵愛を受けたと伝わる皇帝はみな、後世に名を残す偉大《いだい》な皇帝になっております」

ある皇帝は侵略《しんりゃく》から国を守るため圧倒《あっとう》的な武力を、また別の皇帝は内乱を治めるため人の心を読む読心術を。夜の精霊から寵愛を受けた者は、様々な加護を与えられる。

ただし単純に加護が与えられるのではない。同時に使命を、いつまでに侵略や内乱を治めること、といった条件が課せられるらしい。

――もし破れば、その魂《たましい》は永遠に夜の精霊に囚《とら》われる。

らしいが、実際にはいまだ条件を破った皇帝はいないようだ。そのため実際にどんな罰《ばつ》が与えられるのかは不明ですね、とギルバートが続ける。

「無事に使命を果たせば、その皇帝の治世は栄華《えいが》を極《きわ》める、と伝えられています」

ギルバートの言い方から察するに、夜の精霊から寵愛を受けることは誇《ほこ》るべきことではあれ、呪《のろ》いだと吐《は》き捨てることでは決してないようだ。

（それなら、どうしてラウはあんな風に呪いだと口にしたのかしら）

ラウは自らの不死を夜の精霊からの呪いだと、心底忌々《いまいま》しそうな表情で言った。夜の精霊という存在を嫌《きら》っていることが、何も知らないトリアでさえ容易に理解できた。

「……申し訳ございません。恐《おそ》れ入りますが、少しあちらにいる警備の軍人たちと話してきても構いませんか？　お恥《は》ずかしながら警備経路の変更《へんこう》を伝え忘れておりましたことを、今思い出しまして」

「はい、どうぞ。わたしはこの辺りで待っていますね」

「遠くには行かないよう注意してください。裏路地に入れば、帝都とはいえ治安の悪い場所もありますので。何かあれば呼んでください」

失礼いたします、とギルバートは少し離《はな》れた路地前に集まっている軍人たちへと早足で近付いていく。

夜ということもあり、あちこちから賑やかな声が聞こえてくる。すでに大量の酒を飲んで酔《よ》っ払《ぱら》っている人間も多いようだが、警備に当たる軍人が数多くいるためか、想像よりもずっと治安はいい。明るい、という点も安全性に関係しているのだろう。

夜が長いと不便なことばかりじゃないのか。暗い時間が多くて嫌だ。帝国に実際に来るまでは、トリアも他の王国の人間同様そんな風に考えてしまっていた部分もある。

だが、今周囲に広がっている光景を見れば、事実は一目瞭然《いちもくりょうぜん》だ。

（王国も帝国もいい加減互《たが》いのことをきちんと認め、良いところはお互いに受け入れて、

前向きに国交を重ねていけばいいのに）

現状のままではいつまで経《た》っても両国間の溝《みぞ》は埋まらない。二国の関係を変化させるためには、何か大きく一転させる出来事が必要なのかもしれない。

（イデオン王太子が国王の座に就《つ》けば、もっと良い方向に変わっていくのかしら）

次期国王と目されているイデオン第一王子は革新派だ。良いものは積極的に取り入れ、逆に不要なものは改革していく。反発も多くあるが、国民からの人気は高い。

歩いていく人や周辺の店を眺《なが》めながらギルバートが戻ってくるのを待っていると、どこからかかすかに子どもの声が聞こえてきた気がした。

火事のときのことを思い出して無意識に身を硬《かた》くしたものの、今度は本物の子どもの声らしい。すぐ後ろの路地の奥から聞こえてくる。

何を話しているのかはわからない。だが、笑い声ではなかった。どこか嫌がるようなその声を聞いたトリアは、ギルバートに相談しようと一歩を踏《ふ》み出し、けれど、直後聞こえてきた明確な叫《さけ》び声、「誰《だれ》か助けて！」という声に路地へと向かって走り出す。

表の大通りから一本道を逸《そ》れると、一気に照明の数が少なくなる。いや、ほとんど灯りがない。暗さが増すと同時に雰囲気《ふんいき》も一変していく。無論悪い方向へ。

（王都でも一歩大通りを外れれば、いくら騎士《きし》が見回りを強化しても犯罪の温床になっていたからな。貧民街も存在していたし）

いくら祖父や叔父《おじ》が進言しても、現国王は犯罪を抑制《よくせい》するための施策《しさく》には乗り気ではなかった。貧民街の改善計画にも、一切《いっさい》資金を出そうとはしなかった。

一般人《いっぱんじん》ならば躊躇《ちゅうちょ》してしまいそうな薄暗《うすぐら》い道でも、トリアにとっては特段気にすることではない。今日はばっちり剣《けん》も持ってきている。何かあっても対処できる。

路地裏に足を踏み入れてからは、子どもの声は聞こえてこない。途中《とちゅう》で引き返そうかとも思ったものの、とりあえず先に進むことにした。確認《かくにん》だけはしておきたい。

五分ほど暗くて狭《せま》い道を走っていくと、幾分《いくぶん》開けた場所に出る。そこにいる人影《ひとかげ》を認識した瞬間《しゅんかん》、トリアの手は反射的に剣の柄《つか》へと伸《の》びる。が、抜《ぬ》くことはできなかった。

理由は簡単だ。ごろつきと思われる男が四人、その内の一人が年端《としは》もいかない幼い子どもの首にナイフを押し当てていたからだった。

「おっと、剣は抜くなよ。抜けばこのガキがどうなるか、わかっているよなあ」

下卑《げび》た笑い声と共に、耳にまとわりつくような濁声《だみごえ》が静かな場に響《ひび》き渡《わた》る。

トリアは柄に伸ばした右手を引き戻す。

「物分かりが良くて助かるな。で、こいつが皇帝の婚約《こんやく》者に間違いないか？」

「ああ、間違いない。長身に赤い髪《かみ》、加えてこの格好。聞いていた情報通りだ」

無言で男たちの様子を窺《うかが》う。暗い上に距離《きょり》があるため顔は判別できないが、声の具合からして年は三十から四十ぐらいだろうか。

気配から察するに、四人全員手練《てだ》れというほどではないが喧嘩慣《けんかな》れはしているようだ。人数的には不利ではあるものの、トリアならば全員を叩《たた》きのめすことも難しくない。

しかし、それは人質《ひとじち》がいない場合だ。ナイフを押し付けられている子どもは十歳前後、その顔は恐怖《きょうふ》で歪《ゆが》んでいる。泣き出してしまいそうなのを必死に我慢《がまん》している。

どうにか子どもを無事に逃《のが》すことができれば、勝機もある。状況《じょうきょう》を判断して最善の手段を探《さぐ》るトリアに、へらへらとした笑い声がぶつけられる。

「前もって忠告しておくが、少しでも変な動きをすればこのガキは殺す」

「……目的は何？」

「もちろんあんただよ。あんたの身柄《みがら》を確保しろって、金で頼《たの》まれたもんでなあ」

「その子をわたしへの人質にしているように、わたしを皇帝の人質にしようってこと？」

「さあなあ。俺たちはあんたを生かして捕《つか》まえろって、そう頼まれただけだからな」

男の内の一人がトリアへと近付いてくる。腰《こし》に帯びているトリアの剣を乱暴に奪《うば》い取ると、その場に跪《ひざまず》くように命令してくる。トリアは素直《すなお》に従って冷たい地面に膝頭《ひざがしら》をつけた。

「情報ではこの女はかなりの手練れらしい。後ろ手にきつく縛《しば》っておけ」

背中に回した両手が縄《なわ》で縛られる。容赦《ようしゃ》なく結ばれた縄が皮膚《ひふ》に食い込んでくる。すぐ傍《そば》には抜き身の剣を持つ男が立っており、トリアの動向を隙《すき》なく監視《かんし》していた。

剣がなく、両手が使えずとも反撃《はんげき》する術《すべ》はある。相手が一人か二人ならばどうにかできるかもしれない。が、四人と相対するのはどう考えても無謀《むぼう》だ。

「ねえ、その前に僕への報酬《ほうしゅう》は？　早く僕の分の金を寄こしてよ」

聞こえてきた幼い声は、ナイフを向けられていた子どものものだ。拘束《こうそく》していた男の手から離れると、舌っ足らずだが冷えた声音で金銭を要求する。

（なるほどね。あの子も仲間の一人だったってことか）

無関係な子どもが巻き込まれていなくてよかったと思うべきか。騙《だま》されていたことを怒るべきか。

（帯剣《たいけん》しているからって、ちょっと油断しすぎていたかも。反射的に動く前に、ギルバートさんに一言言ってくるべきだった。いえ、反省するよりもまず、どうやってこの場から逃《に》げ出すか考えないと）

子どもはお金を受け取ると、暗い道の奥へと走り去ってしまう。

逃げる機会を窺うものの、武器を手にした男が背後と目の前にいる。少しでも動けば切られるか刺《さ》されるか、どちらかがすぐさま実行されることは明白だ。

叫んでも表の大通りまで届くとは思えない。こうなれば、一か八かにかけるしかない。

（怪我《けが》の一つや二つは覚悟《かくご》して反撃するしかない。うまく手の拘束を外せれば勝機はある……かも。うーん、我ながらなかなか最悪な手段ね）

しかし、他《ほか》に有効な方法も見つからない。

「すぐに合流地点まで連れて行くか？」

「約束の時間はまだ先だ。ちょっと楽しんでからにしようぜ」

今にも舌なめずりでもしそうなにやけた笑《え》みを浮《う》かべ、男がトリアとの距離を詰《つ》めてくる。背筋に幾《いく》筋も冷や汗《あせ》が流れ、全身に鳥肌《とりはだ》が立つ。

（落ち着け、歯を食いしばれ。大丈夫《だいじょうぶ》、わたしならば激痛に耐《た》えて反撃できる）

騎士の道を選んだ以上、危険は避《さ》けて通れない。覚悟はできている。

震《ふる》えそうになる体を叱咤《しった》し、戦う意志をなくさないように注意する。心か体、どちらかが少しでも逃げ腰《ごし》になってしまえば、トリアの負けは確実だ。

（ごめんなさい、ラウ。どう転んでもあなたに迷惑《めいわく》をかけそう）

うまく逃げられても、失敗して人質になっても、あるいは最悪命を落としても。どれでもラウに迷惑をかけてしまうことが心苦しい。

（わたしがあなたを守るって、そう誓《ちか》ったのに）

――心から守りたいと、そう思える人を見付けられたのに。

弱音は短く吸い込んだ息で喉《のど》の奥に押し込む。奥歯を噛《か》んで気合いを入れ、近付いてきた男に素早く足払《あしばら》いをかける。体勢を崩《くず》した男の手から剣が滑《すべ》り落ちていく。

トリアは地面を一度前転し、急いで落ちた剣に手を伸ばす。縄を切ることができれば戦えるようになる。

だが、縛られた手が剣に触《ふ》れるよりも早く、トリアの体は吹《ふ》き飛んでいた。地面を転がって壁《かべ》にぶつかる。腹と背中を襲《おそ》った衝撃《しょうげき》と痛みに息が詰まり、激しく咳《せ》き込む。どうやら男の一人がトリアの横腹を蹴《け》り飛ばしたらしい。

「できる限り傷付けるな、って依頼《いらい》だったが仕方がない。反撃できないよう足の腱《けん》でも切っておくしかねえなあ」

げほげほと咳き込むトリアの目の前に立った男が、頭上へと剣を振《ふ》りかぶる。

今の状態では到底《とうてい》避けられない。身構える間もなく風を切る鈍《にぶ》い音が響き渡り、そして、トリアの右足へと刃《やいば》が無情にも振り下ろされた——と思ったのだが、実際はトリアの足に剣が突《つ》き刺されることはなかった。

到達する直前でまるで見えない壁に阻《はば》まれたかのごとく、きんと甲高《かんだか》い音を立てて剣が弾《はじ》け飛んでいたからだ。トリア本人も、そして男たちも同時に目を見開く。

右腕《みぎうで》に付けている腕輪が不思議と温かな熱を放っている。

(え？　何、剣が勝手に飛んでいった？)

混乱するトリアの目に、さらに混乱する事態が飛び込んでくる。

少し離《はな》れた位置に佇《たたず》むすらりとした美丈夫《びじょうふ》。闇《やみ》の中でも見間違うことはない。

「——ラウ⁉」

どうしてここにいるのか、どうやって突然《とつぜん》現れたのか、先ほど剣を弾いたのはラウの魔《ま》術《じゅつ》だったのか。聞きたいことは山ほどあるのに、すぐには声が出てこない。

驚愕《きょうがく》で固まったのは三秒ほど。急いでラウの傍に駆《か》け寄ろうとして、しかし、トリアの体が動くことはなかった。先ほどとは違《ちが》う意味で体が一気に強張《こわば》っていく。大粒《おおつぶ》の冷や汗が頬《ほお》を流れる。

ラウから放たれる圧倒《あっとう》的なまでの殺意。何よりも常にどこか冷めたその表情に浮かぶ激しい怒《いか》りの表情を目の当《ま》たりにして。


何故《なぜ》あのとき、彼女に口付けをしたのだろう。

確かに火傷《やけど》の応急処置をするため回復魔術をかける必要はあったが、そのために口付けをする必要などない。

ラウの魔力は闇の方向に偏《かたよ》ってはいるが、ありとあらゆる魔術を一通り使うことができる。回復魔術も使えるには使えるが、得意とするギルバートに比べれば威力《いりょく》は半分以下。せいぜい火傷の進行を多少抑《おさ》える程度だった。

しかも魔術耐性《たいせい》が圧倒的に高いトリアには、ラウの魔力の影響《えいきょう》を受けないという長所もあるが、逆に回復魔術の効果すら相殺《そうさい》してしまう短所もあった。

触れたところで効果が高くなるわけではない。何も言わずに魔術を使って、彼女を一刻も早く城に戻らせればそれでよかった。はずなのに。

（生きていて欲しいなんて、父や兄たちが亡《な》くなってからは、誰《だれ》にも言われたことがない）

あまりにも彼女が眩《まぶ》しくて、その言葉の一つ一つに自分にはない生命力の輝《かがや》きが宿っていて、無意識の内に触れたいと、そう思ってしまった。

皇帝として死なれては困る、と言われたことは何度もある。しかし、それは皇帝が死ぬと困るのであって、ラウが死んだところで誰も困りはしない。悲しみもしない。

ラウ自身に死んで欲しくない、生きて欲しいと声をかけてくれる相手は、父が亡くなった後は誰もいなかった。

（彼女だったら本当に俺の隣《となり》に並んで、妻として支えてくれるかもしれないなんて、そんな希望を抱《いだ》く権利など俺にはない）

トリアに惹《ひ》かれ始めていたとしても、ラウがやるべきことに変わりはない。彼女のことを自分の都合が良いように利用するだけだ。

たとえ彼女自身の命に危険が及《およ》んだとしても、それでもラウの計画に変更《へんこう》は一切《いっさい》ない。

優先すべきことは、他にある。

（俺はやるべきことをやるだけだ。残された時間はもうない。迷っている暇《ひま》などない）

何かあれば切り捨てる。その覚悟で進むつもりだった。進めると思った。

——迷いそうになるのは、彼女への情が日に日に増しているせいに他ならない。

（一緒《いっしょ》にいる時間が長すぎた。もっと距離《きょり》を保って接するべきだった）

今さらそんなことを思っても、ときすでに遅《おそ》し。生まれてしまったものをなかったことにするのは容易ではない。

謁見《えっけん》の間で椅子《いす》に深く腰かけたラウは、音のないため息を静かに吐《は》き出す。

ラウの側近や重鎮《じゅうちん》が集められた場では、カーキベリル侯爵《こうしゃく》、否《いな》、元侯爵に対する最終評議が行われている。ラウへの暗殺未遂《みすい》に関して確たる証拠《しょうこ》が出たことに加えて、領民から集めた税金を偽《いつわ》って国に報告して自らの懐《ふところ》に入れていたこと、帝国《ていこく》の情報を他国に流していた疑いが濃厚《のうこう》であることから、裁判は行われず処分が決定する。

「では、ベラルガ・カーキベリルの処遇《しょぐう》は前述した通りでよろしいでしょうか？」

「ああ、問題ない。息子《むすこ》もベラルガと同様の処分に」

「はい、かしこまりました。家族や数名の側近は国外追放の手配をいたします」

「今回の件に一切関与《かんよ》していない使用人に関しては、新しい職場を見つけてやってくれないか。できれば生活の目処《めど》が立つまでは、十分な補償《ほしょう》を行って欲しい」

「陛下はお優《やさ》しいですね。使用人のことまで気にかけられるとは」

重鎮の一人が笑みを浮かべる。亡くなった父よりも上の年齢《ねんれい》である相手には、ラウはまだ甘さを捨てられない幼い皇帝に感じられるのだろう。

それが偽りの姿だとは到底考えもしていない。この場にいるのは警備の軍人を含《ふく》め、ラウの魔力の影響を受けない信頼《しんらい》している臣下だけだ。それでも、ラウという人間の本質を見せるつもりはなかった。

幼い頃《ころ》から気弱で引っ込み思案、人見知りもあり、優しさを捨てられないよわよわ皇帝。敵を騙《だま》すためには、まずは味方から騙す必要がある。

(本来の俺は、どこまでも狡猾《こうかつ》で卑劣《ひれつ》な人間なのに、な)

よわよわ皇帝であるラウが撒《ま》き餌《え》であるように、トリアの存在もまた撒き餌だ。狙《ねら》う獲《え》物《もの》を確実に釣《つ》り上げるために準備した罠《わな》だった。

「す、すまない。手間だとは思う。だが、どうにか手配してもらえると助かる」

「謝る必要などございません。陛下の優しさは美徳でしょう」

眉尻《まゆじり》を下げて曖昧《あいまい》な笑みを返すラウに、周囲からは温かな眼差《まなざ》しが向けられる。

物事を円滑《えんかつ》に進めるために弱さを見せるのは悪いことではない。敵に見せる弱さは致命《ちめい》傷《しょう》に至る可能性があるが、味方に見せる弱さは相手からの信頼とやる気に繋《つな》がる。

完全無欠な皇帝など誰も親近感を抱かず、支えたいとも思わないだろう。

「ようやく陛下に相応《ふさわ》しい配偶者《はいぐうしゃ》が見付かったことですし、今後はトリア様が心身共に支えていってくださると思うと我らも一安心です」

「王国の第一王女ではなくララサバル男爵家の娘《むすめ》、しかも家と絶縁《ぜつえん》した娘と婚約《こんやく》すると仰《おっしゃ》ったときは非常に驚《おどろ》きましたが、蓋《ふた》を開けてみればとても素晴《すば》らしいお方でしたしね」

「ええ、後はお世継《よつ》ぎができれば帝国の未来も安泰《あんたい》ですな」

にこにこと楽しそうに話す臣下たちに、ぐっと息が詰《つ》まって変な声が出そうになる。まさかそんな話題になるとは思わず、どうにか平静を装《よそお》う。

「い、いや、あの、彼女はまだ婚約者で――」

「何を弱気なことを言っているんですか、陛下！　ここで彼女を逃《に》がしたら、もう二度と相応しい相手など見付からないかもしれないんですよ」

「陛下もトリア様のことを憎《にく》からず想《おも》っていらっしゃるのでしょう？　でしたら、何が何でも結婚するつもりで奮闘《ふんとう》していただかないと！」

「あ、あー、今は僕、いや、私の話などどうでもいいから、ほら、評議を進めてくれ。時間が押している。後の予定が滞《とどこお》るだろう」

ぐいぐいと迫《せま》ってくる臣下たちに評議へと戻るよう促《うなが》せば、みな不満そうな顔をしつつもすぐに己《おもれ》の役割へと戻っていく。

（し、親近感を抱いてくれるのはありがたいが、恋愛《れんあい》事にまで口を出さないでくれ）

皇帝の伴侶《はんりよ》が重大な問題であることはわかっている。が、一斉《いっせい》に結婚だ何だと言われると、演技ではなく素《す》でしどろもどろになってしまう。

（結婚、か。たとえしたところで、彼女がすぐに寡婦《かふ》になってしまうことを考えると、できるはずがない）

もうすでに散々利用してしまっている。これ以上は巻き込みたくない。

(……『大切な相手』と、俺のことをそんな風に言ってくれるのは、きっと彼女しかいない。だが、たとえ俺自身が彼女に傍《そば》にいて欲しいと、そう願ったとしても)

自らのわがままでトリアの人生を壊《こわ》してしまうことなどできない。

評議は滞りなく進んでいく。優秀《ゆうしゅう》な臣下たちはラウの意見を的確にくみ取り、最善の手段を次々に決定していく。ラウが流れを決める必要はない。

(俺がいなくなっても、彼らならば大丈夫《だいじょうぶ》だろう。国を正しく導いていける)

死期が間近に迫ってきたら、長年続いた君主制を廃止《はいし》し、多少強引《ごういん》にでも民主主義に変えるつもりだ。

(俺の後に続く人間は、必要ない)

この国は頂点に立つ皇帝のものでも、皇族のものでも貴族のものでもない。

言うまでもなく、夜の精霊《せいれい》のものでもない。

(全部断《た》ち切る、絶対に)

そうすれば安らかな死は訪《おとず》れずとも、死ぬことだけは許される。

『あーあ、あーあ、死んじゃいそう』

出し抜《ぬ》けに聞こえてきた声に、自然と体が硬直《こうちょく》していく。表面上は平静を装い、重鎮たちの意見に耳を傾《かたむ》けている様子を取り繕《つくろ》ってはいるが、怒《いか》りと恐怖《きょうふ》がない交ぜになって全身が小刻みに震《ふる》える。

顔は決して動かさない。視線だけ右斜《なな》め上にゆっくりと移動すれば、想像した通りの存在が空中にふわふわと浮《う》かんでいる。

『脆《もろ》いな、脆いな。人間はすぐに壊れて死んじゃうなあ』

遠目で軽く見た限りは、その姿は猫《ねこ》のように見える。ベルベットよりもさらに艶《つや》やかな黒い毛をまとい、三角の耳と四つ足の先だけが雪のごとき白い毛で覆《おお》われている。

猫のように見えるが、無論猫ではない。決定的に違《ちが》うのは真っ赤に染まった瞳《ひとみ》が四つあること、背中に半透明《はんとうめい》の羽が四つあることだろう。そもそも本当に猫ならば空中に浮くことなどあり得ない。

くるくるとラウの周囲を飛び回るのは、夜の精霊だ。三匹《びき》、いや、三体と呼ぶべきか。ラウ以外の誰《だれ》も彼らの姿は見えず、声も聞こえない。彼らの存在を正しく認識《にんしき》できるのは、現時点では恐《おそ》らくラウのみだろう。

（……こんなもの、認識できない方が幸せだな）

夜の精霊は帝国内のあちこち、どこにでも存在している。幼い子どもよりも気まぐれな精霊たちだ。気が向いたときに姿を見せ、飽《あ》きたらすぐに消えていく。正確な数は不明だが、もしかしたら帝国の民《たみ》よりも数が多いかもしれない。

彼ら曰《いわ》く、キールストラ帝国は夜の精霊のものらしい。

攻撃《こうげき》もできない、追い払《はら》うこともできない。となれば、無視する以外に方法はない。

ラウは視界に入り込んでくる夜の精霊に気付かない振《ふ》りをしていたものの、直後耳に吹《ふ》き込まれてきた声に思わず椅子から立ち上がってしまった。

『でも、でも、関係ない。だって、だって、皇妃《こうひ》は誰でもいいもん』

目下、皇妃に一番近い人間、皇妃になれるかもしれない人間は、たった一人しかいない。

死んじゃいそう、脆いという言葉はてっきりラウのことを指し示しているのかと思ったが、どうやら違うらしい。

「皇帝陛下？　いかがなさいましたか？」

「顔色が悪いようですが、具合でも？」

突然《とつぜん》立ち上がったラウに、臣下たちが心配そうに声をかけてくれる。だが、ラウには答える余裕《よゆう》がない。

(彼女に何かあった、ということか？　確か今日はバランジースに出ているはず……っ！)

考えている途中《とちゅう》で、パキンと、硝子《ガラス》が真っ二つに砕《くだ》け散る音が頭に直接響《ひび》いてくる。それは——魔力《まりょく》が発動した音だ。

瞬間《しゅんかん》、ラウのやるべきことは決まる。

「席を外す。後は任せた」

返事を聞くよりも早く、ラウは魔術を発動する。頭の中で複雑に組み上げられた魔法陣《まほうじん》を描《えが》き、同時に呪文《じゅもん》を唱えることで魔力は形をなす。

使ったのは転移魔術だ。その名の示す通り、望んだ場所へと一瞬で移動することができる。魔術の中でもかなり高度な種類に属し、使える人間は限られている。目的地は考える必要がない。すでに確たる目印が存在している。

ラウがある程度魔術を使えることは、臣下たちもみな知っている。しかし、高度な魔術まで使えることは知らなかった。本来であれば転移魔術を使えることは隠《かく》しておきたい。

(――いいや、そんな些細《ささい》なことを気にしている余裕などない)

後から誤魔化《ごまか》す方法はいくらでもある。この瞬間大切なのは彼女の方だ。

謁見《えっけん》の間から飛んだ先は、薄暗《うすぐら》い路地だった。明るかった室内から暗い場所に来たことで、目の焦点《しょうてん》がぼやける。しかし、二度ほど瞬《まばた》きをすればすぐに暗闇《くらやみ》へと目が慣れていく。夜目が利《き》くのは帝国《ていこく》民の特徴《とくちょう》の一つだが、皇族は群を抜いて闇に強い。

新月の夜でも、どこまでも遠くを見通すことができるほどに。

突然現れたラウに、その場にいた全員の目が一斉に向けられる。数は五人。

「――ラウ!?」

その内の一人、地面に倒《たお》れ込んだトリアの驚きに満ちた声が耳を打つ。無事を確認してほっと胸を撫《な》で下ろしたのも束の間、激しい怒りで目の前が真っ赤に染まっていく。

トリアには、明らかに攻撃された跡《あと》がある。

気付けば地面を蹴《け》り飛ばし、一気に前へと飛び出していた。

トリアが固まっている間に、腕《うで》を拘束《こうそく》していた縄《なわ》が突如《とつじょ》燃え上がる。熱は一切《いっさい》感じない。魔術によるものだろう。縄は燃えカスすら残さず跡形《あとかた》もなく燃え失《う》せていた。

腕が自由になったことで、幾分《いくぶん》冷静さが戻《もど》ってくる。再び見たラウの紫《むらさき》の瞳からは熱が失われ、凍《い》てついた氷のごとく冷えている。

かなり怒《おこ》っている。そう思ったときには、ラウの体は動き出していた。

目にも見えない速さでトリアの傍にいる男との距離《きょり》を詰《つ》める。拾い上げた剣《けん》を片手に驚愕《きょうがく》で目を見開いていた男は動くことさえできず、鳩尾《みぞおち》に一発叩《たた》き込まれた衝撃《しょうげき》で吹き飛んでいく。暗闇の中へと男が飛んでいく直前、ラウは男から剣を奪《うば》い取っていた。

突《つ》っ込みたいことが多すぎて何から口にすべきか迷っていると、そんなトリアの内心を察したかのごとく、ラウの淡々《たんたん》とした声が耳に届く。

「怪我《けが》は？」

「大丈夫、だけど、え、何で急にぱっと湧《わ》き出てきたわけ？」

「虫が出たみたいに言うのはやめてくれないか」

「わたしは意味不明に人間が湧き出るよりは、虫の方がずっといいけど」

「俺は虫以下か……。とにかく、諸々《もろもろ》の説明は後だ」

軽口を叩きつつも、ラウの冷えた目は男たちへと注がれている。

「こ、こいつ、何だ!?」

「ま、待て待て、この顔……そうだ、皇帝だ、間違いない！」

「どうしてこんなところに、いや、こいつを捕《つか》まえればもっと金が稼《かせ》げる！」

男たちの目の色が変わる。対するラウは手にした剣を無造作に弄《もてあそ》んでいる。

「さて、俺は剣がそこまで得意ではないが、まあ、お前たち程度ならば十分か」

同時に仕《し》掛《か》ければ勝てると思ったのだろう。三者三様、剣や鉄棒を手にした男たちは、三方向から一斉《いっせい》にラウへと攻撃を開始する。

「付け加えると斧《おの》も槍《やり》もどれも得意ではないが、な」

危ない、とは欠片《かけら》も思わなかった。心配するまでもなくラウの方が男たちよりも強い。

ラウは最初に振《ふ》り下ろされた剣を右手に持った剣で受け止め、横から突き出されたナイフは空いた左手で相手の腕を摑《つか》んで止める。両手が塞《ふさ》がったところで鉄棒を手にした男が近付いてくるが、その男の横腹に向けて素早《すばや》く蹴りを放つ。

トリアにはラウが軽く蹴り飛ばしただけに見えた。が、大柄《おおがら》なはずの男の体はまるで小石を蹴飛ばしたかのごとく吹っ飛んでいく。魔術を使っている気配は一切ない。すなわちラウ自身の身体能力だ。

（……これは、ちょっと、想定外かも……）

苦い笑《え》みが口元に浮かぶ。男たちだけではない。トリアもまたラウの足元に及《およ》ばないかもしれない。強いとは予想していたものの、まさかここまでとは。

帝城に到着《とうちゃく》した日、トリアが矢を摑んだことを驚《おどろ》いていたが、恐らく彼ならば祖父同様目をつぶっていても摑めるはずだ。

ラウは剣をぶつけている相手を押し返すと同時に、手首を摑んでいる男を片手一本で地面に投げ飛ばす。ここに至るまでほんの数分。準備運動にすらなっていないようだ。

「も、もう捕まえるなんて生易しいことはやらねえ！　殺してやる！」

最後の一人、剣を構えた男がラウの背後から全力で走ってくる。助けずともラウならば一人で十分対処できると思ったものの、トリアの体は無意識の内に動いていた。

すぐさま地面から立ち上がるとラウの背中に飛び込み、男の顔面へと回し蹴りを放つ。吹き飛ばされて壁《かべ》にぶつかった男は、力なく地面に頽《くずお》れていった。

「助けてくれてありがとう。それで、どうやってここに？」

「君を攻撃したのはどれだ？」

「え？　わたしが蹴り飛ばした男、だけど」

「そうか、わかった」

「ちょ、ちょっと待って！　何するつもり？」

「君に怪我をさせたんだ。腕《うで》か足の一本は切り落とすべきだろう？」

トリアは慌《あわ》ててラウの手を握《にぎ》って動きを止める。

「い、いやいや、必要ないから！　わたしは自分でちゃんとやり返したもの」

「あの程度では生易しいと思うが」

「とりあえず落ち着いて、ね。そう、この腕輪！　あなたこれに何か仕掛けていたでしょ」

トリアはラウが贈《おく》ってくれた腕輪を見せる。何となく外す機会もなく、贈ってもらってからは身分証明も兼《か》ねてずっと身に着けていた。

「それには俺の魔術がかけられている。君の身を守るための魔術、それと居場所を察知するための魔術だ」

多少の攻撃《こうげき》ならば完全に防いでくれることや、火事のときトリアが軽度の火傷《やけど》で済んだのは腕輪の力によるところが大きいとラウは続ける。

「なるほど、それでさっき足を切られそうになったとき、あの男の剣を弾《はじ》いてくれた……って、ちょっと！　どうしてまた剣を構えるの⁉」

「やはり足を一本、いや、二本切り落とそうかと」

「いいから、いいから、絶対に止《や》めて！　わたしは見ての通り無事だから」

必死に止めるトリアに、ラウは構えた剣を渋々《しぶしぶ》下ろす。

ラウが心配してくれるのは嬉《うれ》しい。危機に駆《か》けつけてくれたこともとても嬉しかった。

（ただ、その、ちょっと過激なところが気になるというか……）

ちょっと、いや、ものすごく、かもしれない。

「この男たちの記憶《きおく》から俺に会ったことは消しておく。どうせ証拠《しょうこ》は残らない」

「そういう問題じゃないの。というか、突然ここに現れる魔術といい、さっきの戦い方といい、あなた実は反則級に強くない？」

「さて、どうだろうな」

半目で見やるトリアに曖昧《あいまい》な答えが戻ってくる。真面目《まじめ》に答える気はないのだろう。

「一つ確認《かくにん》したい。この男たちは君を狙《ねら》ったのか？」

「ええ、どうやらあなたへの人質《ひとじち》にしようと思ったみたいね」

「わかった。君との婚約《こんやく》を破棄《はき》したい」

さらりと続けられた言葉に、トリアは「ん？」と目を丸くする。

「……え？　ええ？　待って、今なんて……」

「悪いが事情が変わった」

混乱して取り乱すトリアとは正反対に、ラウの顔はどこか穏《おだ》やかですらあった。

――トリアと離《はな》れられてよかったと、まるでそう考えているかのように。

「もう一度言う。君との婚約を破棄したい」

闇で覆《おお》われた静かな場に、ラウの冷ややかな声が反響《はんきょう》して消えていく。

こうしてトリアは短期間の間に二度目の婚約破棄を告げられることになったのだった。

第五章　別れの挨拶は「それじゃあ」で

——婚約を破棄したい。

そう伝えればトリアは喜び勇んで、

『それじゃあ、さようなら！』

と言って帝国《ていこく》から出て行ってしまうだろうと考えていた。

だが、どうやらラウの予想は間違っていたらしい。

「ちゃんと理由を説明して」

腰《こし》に手を当てて仁王立《におうだ》ちをしたトリアは、眉《まゆ》を大きく吊《つ》り上げながら低い声を放つ。

トリアを襲《おそ》った男たちからラウが現れた後の記憶を消し、騒《さわ》ぎを聞き付けた軍人が到着する前に謁見《えっけん》の間へと転移しようとした。しかし、発動するより早くトリアがラウの腕を摑んでいた。放すように促《うなが》しても決して従おうとしない様子に、ひとまず彼女と共に自室へと戻《もど》ることにした。

本当はすぐに謁見の間へ戻り、トリアとの婚約を破棄する旨《むね》を臣下たちに報告するつもりだった。そして、できる限り早急《さっきゅう》に彼女が帝国から出て行く手配をさせよう、と考えていたのだが。

（まさか拒否《きょひ》されるとは……いや、拒否というよりは、理由も明かされず一方的に婚約破棄されるのが気に入らない、といったところか）

心身共に健《すこ》やかで明るく前向き、細かいことは気にしない大雑把《おおざっぱ》、否《いな》、おおらかな性格のトリアだが、意外と、いや、かなり頑固《がんこ》な面がある。自身が納得《なっとく》できないことには「はい、わかりました」とは従えないのだろう。

「理由も何も、婚約を破棄するという事実があれば十分だろう。火事の後、君は俺から婚約破棄をしたいと申し出た場合は考えると、そう言ったように記憶しているが？」

「確かに考えるとは言った。ただ理由も聞かず、何もかも受け入れるとは言っていない。とにかく理由を教えて。あのルシアンですら婚約破棄をするとき理由を言ったのよ」

「そうだな、強《し》いて挙げるとすれば、君が必要なくなったからだ」

トリアが襲われたのは完全に想定外だった。否、その可能性は常に考えていたが、まさかあそこまで自分に余裕《よゆう》がなくなるとは予想していなかった。

今後、トリアが襲撃《しゅうげき》される度《たび》に、彼女の安否で心を揺《ゆ》れ動かされるわけにはいかない。

（……俺の弱みになる存在は、必要ないんだ）

特定の大切な誰《だれ》かはいらない。

――命を奪《うば》われることに恐怖《きょうふ》し、無事な姿を見て心底安堵《あんど》する相手は、必要なかった。

寝室《しんしつ》に入ってすぐ、射貫《いぬ》くような強さでラウを見つめていた瞳《ひとみ》が揺れ動く。間近にある顔に陰《かげ》りが浮《う》かぶのを見て、無意識の内に口が開きかけた。ラウはすぐさま唇《くちびる》をきつく引き結ぶ。傷付けた口で慰《なぐさ》めの言葉を言うなど愚《おろ》かにもほどがある。

ラウはさりげなくトリアから視線を逸《そ》らす。

「この話はもういいだろう。悪いが転移魔術《まじゅつ》を使って疲《つか》れている。休ませてくれ」

高度な魔術を短時間で連発すれば、普通《ふつう》の魔術師ならば疲労困憊《ひろうこんぱい》する。ただしラウに限って言えば転移魔術を二、三度発動した程度では疲労など微塵《みじん》も感じない。話を切り上げるための嘘《うそ》だ。

火事の一件以来、ほとんど休息は取っていないが疲労は感じない。

(無理にでも眠《ねむ》って、次に目覚めたときは彼女への感情はすべて忘れる)

忘れなければならない。忘れられるはずだ、きっと。

自らの寝台に腰を下ろし、付けていた手袋《てぶくろ》を外す。サイドテーブルに手袋を放《ほう》り投げると、追いかけてきたトリアがラウの正面に立った。厳しい面《おも》持ちで見下ろしてくる。

「慰謝料《いしゃりょう》が必要ならばできる限り払《はら》おう。必要であれば他国への紹介状《しょうかいじょう》を書いてもいい」

「わたしはそんなものが欲しいわけじゃない！」

苛立《いらだ》ちを含《ふく》んだ怒声《どせい》が室内に響《ひび》き渡《わた》る。彼女がここまで感情を荒《あら》らげるのを見るのは、ルシアンとの婚約破棄の一件以来かもしれない。

「お願いだからちゃんと話して。婚約破棄はわたしを守るためでしょう？　あなたはいつだって自分自身の身を一番危険に晒《さら》していた。それは他《ほか》の誰かを巻き込まないようにするためだってわかっている」

「君が勝手に妄想《もうそう》するのは自由だが、あたかも真実のごとく話すのはやめてくれないか」

「わたしは自分の目で見て、感じたことを信じる」

迷いのない声音《こわね》に、自然とラウの顔が下を向いていく。

(信じる、か。君の目に映る『俺』など、信じるに値《あたい》しない最低な人間だ)

唇の端《はし》が醜《みにく》く歪《ゆが》んでいく。湧《わ》き上がってくる自分自身への嘲笑《ちょうしょう》をこらえていると、体が小刻みに揺れ動く。

俯《うつむ》いて震《ふる》える姿を見て苦しんでいるとでも思ったのか、トリアは覗《のぞ》き込むような姿勢で肩《かた》に手を置くと、優《やさ》しい声音で話しかけてくる。

「一人で抱《かか》え込まなくても、わたしにできることならば何でもする。あなたを助ける。だから、わたしのことをもっと頼《たよ》って欲しい──」

言葉の途中《とちゅう》で肩に置かれた手を掴《つか》み、自分の方向へと強く引っ張る。体勢を崩《くず》したトリアの体は前のめりに傾《かたむ》いていく。

とっさに反応できず倒《たお》れてくるトリアの体を寝台に放り投げると、押さえつける形でその上に覆い被《かぶ》さる。

はらりと、真っ白な敷布《しきふ》に赤い髪《かみ》が広がる様は、どこか扇情的《せんじょう》に見えた。

薬湯の香《かお》りに混じって、かすかに甘い匂《にお》いがする。同じ湯に入っていてもまとう香りは違《ちが》う。ラウを惹き付《ひ》ける甘い匂いは、トリア自身の香気《こうき》なのだろう。

状況《じょうきょう》が飲み込めずぱちりと瞬《まばた》かれた目には、歪んだ笑《え》みを浮かべるラウの姿が映っている。

「助ける？　俺を？」

トリアの両手をまとめて頭の上で押さえつけ、互《たが》いの鼻先が触《ふ》れそうな距離《きょり》で覗き込む。

彼女は身体能力に優《すぐ》れ、武術にも長《た》けているが、力だけで言えばラウの方が強い。

金の腕輪《うでわ》が視界に入り込む。彼女に危険が及《およ》ぶことは最初から想定していた。だから、せめて危険からはできるだけ守りたいと、そんな独善から渡したものだったのだが、この瞬間《しゅんかん》彼女に危害を加えているのは他でもないラウ自身だ。

「君が俺の何を知っている？　何も知らないだろう。それでどうやって助けるんだ？」

「なら教えて」

浮かんでいた驚愕《きょうがく》は瞬時に消え去る。下から見上げてくる瞳には迷いも恐《おそ》れもない。男に押し倒されている状況なのに、戸惑《とまど》いも恥《は》ずかしさも窺《うかが》えなかった。

（以前逆の立場になったときも、彼女は何も感じていないようだった。いや、風呂《ふろ》に一緒《いっしょ》に入った時点で意識されていないことは明白か）

長年体術の訓練をしてきている彼女のことだ。男に組み敷《し》かれる状況には慣れているのかもしれない。そう考えると複雑な心境に陥《おちい》る。

「あなたが何に苦しんでいるのか、何をしようとしているのか、わたしに教えて」

ただ男に押し倒されている状況をわかっているのか。わかっていないのならば、その身にわからせてやりたい、とどす黒い衝動《しょうどう》が生まれる。

（……彼女をここで自分のものにすれば、俺の心は満たされるだろうか）

熱を失い凍《こお》りついた心が、彼女の温かな光で解かされることはあるだろうか。

頭の片隅《かたすみ》でほの暗い炎《ほのお》が生み出されるものの、すぐに冷静な思考で鎮火《ちんか》させる。

（そんな馬鹿《ばか》げたこと、できるはずがない）

信じてもらうに値しないラウという人間を信頼《しんらい》し、本気で向き合おうとしてくれている人を不幸にすることはできない。

（彼女は夜の長い帝国ではなく、もっと明るい国で生きていくべきだ）

ラウの投げた賽《さい》は勢いよく転がり始めている。もう何が起きても止まることはない。

だからこそ彼女はラウの傍《そば》を離《はな》れ、帝国から速《すみ》やかに出ていくべきだ。

常に皇帝を演じているラウにとって、本心を偽《いつわ》ることなど難しいことではない。

「君が俺との婚姻《こんいん》を受け入れた一端《いったん》には帝国のことを、俺のことを秘密裏《ひみつり》に探《さぐ》る意味合いもあったんだろう？　俺が王国に対して敵意を抱《いだ》いているか、そして、俺が本当に不死なのか。王立騎士《きし》団の人間ならば、国の安全を守るために知りたがって当然だ」

「っ!? そ、れは、どうし、て……?」

「わかっている。君の叔父《おじ》、ロイク・ララサバルは初恋《はつこい》相手だろう? 頼《たの》みごとを断れるはずもないな」

鮮《あざ》やかな黄色の目が見開かれ、その顔に動揺《どうよう》が広がっていく。ロイクの名を出した途端《とたん》トリアは表情を大きく変化させた。その姿を見ていると、凪《な》いだ心を粗《あら》い研磨剤《けんまざい》でがりがりと磨《みが》かれている気分になる。

「え!? な、何でそんなことまで、ええ、調べたの!?」

トリアの頬《ほお》が若干《じゃっかん》熱を帯びて赤くなる。恥ずかしがる様子に嗜虐《しぎゃく》的な気持ちが浮かび上がってくるが、遠くから聞こえてきた笑い声に一気に熱は冷めていく。

――夜の精霊《せいれい》たちの声だ。

かすかに声が聞こえてくるだけで、何を話しているのかはわからない。ただラウの感情を凍らせるには十分な威力《いりょく》がある。

自室周辺には常時強固な結界を張っている。彼ら、夜の精霊たちが絶対に近付けないように。就寝《しゅうしん》中に近付かれるなど考えただけでもぞっとする。

できれば城全体に結界を張りたいところだが、大量の魔力を常時使うことになってしまうので現実的ではなかった。

「あのね、えーと、ロイク叔父さん、叔父が初恋相手なのは、まあ、本当のことだけど、それはもう十年以上前のことで、だから、ええと」

「……君は何も心配しなくていい。帝国《ていこく》が王国と再び争うことは絶対にない」

くすくすと遠くで囁《ささや》く声が、ラウの感情からどんどん熱を奪っていく。元々ないに等しい感情の色が、さらに薄《うす》くなっていく。

その一方で、止めどなく憎悪《ぞうお》があふれ出してくる。憎《にく》しみだけに支配されていく。

彼らの声が最初に聞こえるようになった、あのときからずっと。

「俺は一年も経《た》たない内に死に、そして帝国もまた大きく形を変える予定だ」

「……死ぬ？　あなたは死ねないんでしょう？」

「二十歳《はたち》の誕生日までにこの国にとって相応《ふさわ》しい皇帝になれ」

意味がわからず首を傾《かし》げるトリアへ、ラウは昏《くら》い笑みを落とす。

「夜の精霊が俺に寵愛《ちょうあい》という名の呪《のろ》い、不死を与《あた》えた際に告げた言葉だ」

相応しい皇帝とはどんな皇帝なのか。ずっと考えてきたがいまだ答えは出ない。そもそも相応しい皇帝になどラウはなるつもりはなかった。

二十歳になるまでは皇帝として生きていく。それが皇族としてのラウの矜持《きょうじ》で、志半ばで亡《な》くなった父や兄への責任だと思っている。皇帝として生きるために、甘んじて二人を殺したという汚名《おめい》も受け入れて利用してきた。

だが、すべては二十歳になるまでだ。

「俺はこの国が大嫌《だいきら》いだ。この国に住む夜の精霊を心底憎んでいる。殺せるものならば夜の精霊全員を根絶やしにしたいとすら思っている」

心残りがあるとすれば、夜の精霊を道連れにできないことだけだ。

「ラウはどうしてそこまで夜の精霊を嫌っているの？」

「簡単な話だ。寵愛を与えるべきは俺ではなかった。俺以外の者に与えて欲しかった」

初めて夜の精霊の声を聞き、姿を目にしたのは八歳のとき。母や弟たちと避暑《ひしょ》のため別《べっ》荘《そう》へと向かっていた馬車が襲《おそ》われ、母たち共々首を切られて殺された直後だった。

『あなたは死なない、死なない』

『皇帝になれ、皇帝になれ。相応しい皇帝になれ』

気付けば切断されたはずの首は元通り、何事もなかったかのように起き上がっていた。

そして、驚愕で恐れ慄《おのの》く襲撃者《しゅうげきしゃ》たちを全員魔術《まじゅつ》で倒していた。

弟か妹を身ごもっていた優しい母も、生意気だけど可愛《かわい》い妹も、まだ歩き始めたばかりだった弟も、全員首を切り落とされて死んでいた。

自分はいい、助けられるのならば母や弟たちを助けて欲しい。そう懇願《こんがん》したが、夜の精霊たちが受け入れることはなかった。

『皇帝になるのはあなた、あなた。他の人間はどうでもいい』

『期限は二十、二十になるまで死なない、死なせない』

泣きながら嘆願《たんがん》するラウに、ただただ相応しい皇帝になれと、彼らは無情にもそれしか言わなかった。慰《なぐさ》めの言葉すらない。

夜の精霊に人間らしい感情を求めることが、もはや間違いだった。

「兄が死んだのは俺が十四のとき、父が死んだのは二年前。どちらも暗殺だった。本当は俺も一緒に殺されていた」

兄と共に食べた食事に毒が盛られ、ラウも兄と共に死んだ。が、生き返った。

父と共に乗っていた馬車が海へと転落し、ラウも父と共に死んだ。が、生き返った。

「俺など皇帝に相応しくない。生かすべきは兄か父だった。それが無理ならば、まだ幼かった妹か弟を……母を、助けて欲しかった」

皇帝に相応しい人間は他《ほか》にもいた。生かして欲しい人はもっと別にいた。

──大切な家族を守って欲しかった。

何故《なぜ》、最も皇帝からほど遠く、生きる価値のない自分を選んだのか。

トリアの右手にはめられた腕輪が鈍《にぶ》い光を発する。国章が刻まれたこの腕輪は本来、次期皇帝、兄へと父が贈《おく》るべきものだった。

優《やさ》しく聡明《そうめい》な兄、レト・レオナルド・キールストラが手にするべきものだった。

ぎりぎりと音が鳴るほど奥歯を嚙《か》みしめていると、不意にこつんと額に軽い衝撃《しょうげき》が走る。

トリアが自らの額をラウの額へとぶつけていた。

「わたしには夜の精霊が何故あなたを選んだのか、彼らが正しいのか間違っているのかもわからない。でも、あなたはそれでいいの？」

「それでいい、とは？」

「ただ夜の精霊を憎み、二十歳になったら死ぬ。それで満足なの？」

「どうでもいい。俺は死んで生き返る度《たび》に、感情や感覚を失っている。夜の精霊への憎しみ以外の感情は、もう希薄《きはく》だ」

死んで生き返る。見た目は元通りだ。

しかし、見えない何かが生き返る度着実に失われていく。

その証拠《しょうこ》に、死への恐怖《きょうふ》はもはやラウの中に一欠片《かけら》も存在していない。

「……ああ、だが、もしかしたらここで君を殺せば、俺は何かを感じるだろうか」

笑うのも怒《おこ》るのも悲しむのも、上辺だけならいくらでも取り繕《つくろ》うことができる。偽りの皇帝の姿を演じるように、感情がある振《ふ》りなど簡単だ。

——だが、トリアに対してだけは、意思とは無関係に反応してしまう。

失われていたはずの感情が、トリアと一緒《いっしょ》にいると激しく揺《ゆ》さぶられる気がした。彼女の存在が大きすぎて、その言動が強烈《きょうれつ》すぎて、もはやないと思っていた感覚が徐々《じょじょ》に呼び起こされていく。

まるでどこかになくしてしまった感情や感覚を、彼女が丁寧《ていねい》に拾い集め、一つ一つ手渡《てわた》してくれているかのように。

(こんな俺が誰《だれ》かを大切だと思い始めているなんて、奇跡《きせき》……いいや、滑稽《こっけい》だな)

そんな相手を自らの手で殺せば、心が強く揺さぶられるだろうか。

空いた手をトリアの首に伸《の》ばす。その細い首を絞《し》めようとした瞬間《しゅんかん》、トリアは素早《すばや》く右《みぎ》膝《ひざ》でラウの腹を蹴《け》り上げる。隙《すき》を見《み》逃《のが》さず手の拘束《こうそく》を外し、右横へと転がった。

無駄《むだ》に広い寝台《しんだい》で一回転した後、トリアは腰《こし》に帯びた剣《けん》を引き抜《ぬ》くと、ラウに馬乗りになって首へと刃《やいば》を押し当ててくる。形勢逆転、先ほどとは反対の立場になっていた。

自らの身に危険を感じ、ほぼ反射的に動いたのだろう。相手に反撃《はんげき》する隙を与えない迅《じん》速《そく》な行動だった。

(さあ、気付いただろう。俺の傍《そば》にいる価値などない。この国にいる意味などない。だから、どうか囚《とら》われる前に出て行ってくれ)

初めて出会ったときの裸足《はだし》で凛《りん》と立つ姿が脳裏《のうり》に浮《う》かぶ。彼女には自由が相応しい。

何かに、誰かに囚われているのは、トリアという人間には似つかわしくない。

見上げた先にいる相手へ、唇《くちびる》を震《ふる》わせて嘲笑《ちょうしょう》をこぼす。

「そうだな、俺が君を殺すよりも、君が俺を殺す方がいい。どうせ生き返るが、君に殺されたという事実は残る。それはとても魅力《みりょく》的だ」

傷痕《きずあと》など残らない。それでも彼女が去った後、殺されたときのことを思い出せる。

(殺されることにも、死ぬことにも何の感情も湧《わ》かないが、君に殺されるのは不思議と心が弾《はず》む気がするな)

どこまでも暗い昏い笑《え》みを刻むラウの上で、トリアの表情は険しくなっていく。

「……ラウは死にたいの？」

「ああ。二度と生き返ることのない死があるのならば、ぜひ殺して欲しい」

「――そう、よくわかった」

見下ろすトリアの瞳《ひとみ》に冷ややかな光が宿る。ラウへの失望がにじんでいるであろう目から逃《のが》れるように、ゆっくりと両目を閉じる。

(次に目覚めたら、きっともう君はいないだろう)

首に当てられた鋭《するど》い刃が、ぐっと皮膚《ひふ》に押し付けられる感触《かんしょく》がした。


トリアが力を入れれば首が切られるという状況《じょうきょう》にもかかわらず、ラウの顔には一切《いっさい》の感情が見えない。

取り乱す様子もなければ、恐怖を感じている気配もない。むしろ死を待ち望むような、生きることを諦《あきら》めているような姿を見た瞬間、トリアの中でぶちっと耳障《みみざわ》りな音が響《ひび》く。

それは抑《おさ》えつけていた理性の鎖《くさり》が、激しい怒《いか》りで弾《はじ》け飛ぶ音だ。

（そっちがその気なら、わたしにだって考えがあるもの）

気合いを入れるため、柄《つか》を握《にぎ》る手に力を込める。そして、大きく息を吐《は》いた直後、手にしていた剣を寝台の下へと放《ほう》り投げた。

剣が床《ゆか》にぶつかって金属音を立てる。音に驚《おどろ》いて目を開けたラウの高い鼻を、トリアは迷うことなく思い切りつまむ。

ふがっと、くぐもった吐息《といき》がこぼれ落ちる。眉間《みけん》に深くしわを寄せた相手が何か言う前に、トリアは乱暴にその口を塞《ふさ》いだ。

口付けすることによって。

「――っ⁉」

紫《むらさき》に輝《かがや》く宝石のごとき目が、こぼれ落ちんばかりに見開かれる。

ラウが反射的に身じろぎするのを、上から体重をかけることで阻《はば》む。意外にもそれ以上ラウが暴れることはなかった。逆に全身から力が抜けていく。

鼻をつままれている上、口も塞がれているのでラウは息ができない状態になっている。十秒、二十秒と、時間が経過する毎《ごと》に端整《たんせい》な顔が歪《ゆが》んでいく。至近距離《きょり》で重なった目が苦しげに細められる。

上から押さえつけているとはいえ、ラウが本気を出せば簡単に振り払《はら》えるはずだ。魔術だって使えるだろう。が、動く気配はまったくない。

死を甘んじて受け入れようとする態度が、怒りで燃える炎《ほのお》にさらなる燃料を投下する。すぐに離《はな》れるつもりだったのだが、ぎりぎりまで攻《せ》めることに決めた。

明らかに力が抜けてぐったりとし始めたラウの様子を見て、トリアは数分続いていた口付けを止《や》める。

唇を離した瞬間、ラウは横を向いて激しく咳《せ》き込む。生理的な涙《なみだ》が一粒《ひとつぶ》、右目から頬《ほお》へとこぼれ落ちていった。苦しそうに何度も咳《せき》を繰《く》り返す。

鼻で息ができていたトリアの呼吸も多少乱れていたが、何でもない振《ふ》りを装《よそお》って濡《ぬ》れた唇を手の甲《こう》で拭《ぬぐ》う。ようやく咳が治まってきた様子のラウに再び顔を近付け、にこりと微笑《ほほえ》みながら囁《ささや》きかける。

「どう？　死ぬほど苦しかった？」

呼吸は大分整ったがまだ話せる状態ではないらしい。涙で濡れた瞳が胡乱《うろん》げに見上げてくる。トリアは無言の抗議《こうぎ》を笑顔で受け流した。

「……き、君は、何が、したいんだ……」

「死にたいなんてわたしの嫌《きら》いな言葉を口にするから強制的に塞ぎたかったのと、それから何も感じないって言うから本当に何も感じないのか確認《かくにん》したいと思って。ねえ、どうだった？」

眼下のラウがあからさまに視線を逸《そ》らす。かすかに赤く染まった頬は、決して呼吸困難だけが原因ではないだろう。

口をつぐんで横を向く相手に、勝ち誇《ほこ》ったような気持ちになる。充足感《じゅうそく》が広がっていく。

（ほら、やっぱり何も感じないなんて嘘《うそ》でしょ）

妹のクローディアがとにかく女性として魅力的で、可愛《かわい》らしさと艶《あで》やかさ、色気も併《あわ》せ持ち、多くの異性からちやほやされていたのを目の当《ま》たりにしていたせいだろう。トリアは令嬢《れいじょう》として、そして女としての自分にこれっぽっちも自信がなかった。

騎士《きし》として強くなれれば色気とは無縁《むえん》でも別にいいと思っていたが、今この瞬間、ラウをほんの少しでも惹《ひ》き付けられたのだとしたら嬉《うれ》しい。

他《ほか》の誰でもない、ラウに意識してもらえることが、心地《ここち》好《よ》いと思う。

そう思ったとき、トリアは自分の中に生まれつつある想《おも》いの形に気付いた。

「死ねばやり直せるなんて思わないで。もし本当に生き返る度《たび》に感情や感覚を失うとしたら、わたしと共に過ごした時間や想いをあなたに失って欲しくない」

「……」

「皇帝《こうてい》という立場、そしてあなたの過去。わたしは本当の意味であなたの悩《なや》みや気持ちをすべて理解することはできないと思う。ただし、これだけは自信を持って断言できる。あなたは死なない。この先二度と生き返ることはないし、二十歳《はたち》で死ぬこともない」

「……何故《なぜ》、そんなことが言えるんだ？」

「理由は簡単、わたしがあなたのことを守るからよ」

ラウが大きく息を呑《の》む。真っ直《す》ぐに見つめてくる目を、もっと自分だけに縫《ぬ》い止めてお
きたいと感じる。

(うん、間違《まちが》いない。あーあ、何だかこれについては負けた気分になるかも)

先に落ちた方が負け。そんな決まりはもちろんない。だが、何となく釈然《しゃくぜん》としない。

「……君の騎士道《きしどう》はすごいな。仮の主人のためにこんなことをして、なおかつ恥《は》ずかしげ
もなく俺のことを守るなどと断言するとは」

ラウの声にはどこか揶揄《やゆ》するような響きが含《ふく》まれている。

「あのね、仮の騎士がここまでするはずがないでしょ。ものすごく不服というか、こう何
だか気に入らないというか、うん、でも、まあ、認めることは認めないとね」

気付いたのならば誤魔化《ごまか》しても仕方がない。

(潔く負けを認めてあげる。あなたに対してだけはね)

ルシアンに婚約破棄《こんやくはき》をされたとき、好きになる相手は心も体も強い人が良いと思った。

だが、好きになれば、恋《こい》に落ちれば、自分の理想も希望も関係ない。

好きになった人が好きな人で、愛した人が愛したい人だ。

ふうと息を吐き、トリアは意を決して口を開く。

「わたしはあなたのことが好きみたい。だから――」

あなたのことを守りたい。誰《だれ》よりも近くで。できればその隣《となり》で、ずっと。

最後まで言うことはできなかった。ぐるりと体が反転する。視界いっぱいに天井《てんじょう》が広がったのも束《つか》の間、すぐにラウの顔が間近に迫《せま》り、気付いたときには言葉の途中《とちゅう》だった口が塞がれていた。

しなやかな指がトリアの指に絡《から》みつく。そのまま両手が敷布《しきふ》にきつく縫い止められた。全身を押し付けてくるような激しい口付けだ。呼吸を根こそぎ奪《うば》うような激しさに、頭が瞬時《しゅんじ》にくらくらとしてくる。

最初の口付けは触《ふ》れるだけ、二度目は口を塞ぐため。

そして、三度目は明らかに情欲《じょうよく》のにじんだものだ。

無意識の内に押し返そうとして、けれど、押さえつけられた体はほとんど動かない。ほんの数分前に押し倒《たお》されたときは振り解《ほど》く隙《すき》があった。しかし、今はまったくもって隙が見当たらない。

(なるほど、さっきはわざと隙を見せていたってわけね)

ラウが強いことはもうわかっている。経験値から考えるとロイクの方が若干《じゃっかん》上だろうと思っていたのだが、もしかしたらトリアの見立ては間違っているのかもしれない。

「っ!?」

突然《とつぜん》口付けが深くなる。すぐそこ、もはや距離がないに等しい位置にある瞳が、トリアの内心を察し、余計なことを考えるなとばかりに鋭く睨《にら》みつけてくる。

あまりの激しさとこみ上げてくる甘い熱に、頭が沸騰《ふっとう》しそうになる。自然と涙の膜《まく》が浮《う》かぶ目で抗議すれば、何故か逆に獰猛《どうもう》さが増していく。肉食動物に食われているような、どこか怯《おび》えにも似た感情が生まれてくる。

一度目は何かを感じる暇《ひま》もなかった。二度目はそもそも口を塞げればそれでよかった。

三度目の、これは。

止めようと頭の片隅《かたすみ》で思うのだが、全身に注がれる好意と欲望《よくぼう》に理性が霞《かす》んでしまう。

苦しくて恥ずかしい。けれど、それ以上に嬉しい。

(今が一番、ラウの感情が伝わってくる気がする)

甘い言葉など一つもなくても鮮明《せんめい》に伝わってくる。

——好きだ、と。

それは決してトリアの思い込みでも勘違《かんちが》いでもないはずだ。

感情が希薄《きはく》なんてことは絶対にない。事実、ラウから与《あた》えられる感情の波に、溺《おぼ》れて息が止まりそうになる。

窒息《ちっそく》させようとした本人が、逆に窒息させられそうなんて笑えない。

(……そういえば、いつからかあの妙《みょう》な感覚がしなくなった)

ラウに触れると感じていた、静電気が発生したかのごとき不可思議な感覚。あれを感じなくなった。わずかに残った冷静な思考で、いつからだろうと考える。

（火事のときから？　うーん、あのときは無我夢中で感じている余裕《よゆう》はなかったかも）

あるいはその後、口付けされたときからだろうか。

一つだけはっきりとしているのは、今後いくらラウに触れても不快な感覚が湧《わ》き出ることはない、ということだけだ。

闇《やみ》の魔力《まりよく》の影響《えいきょう》を感じる前に、ラウへの好意が激しくトリアの心を揺《ゆ》れ動かすから。

長年騎士に憧《あこが》れを抱《いだ》いていた。騎士になりたいと願い続けてきた。大切な人を守れる騎士でありたいと、そう思い続けてきた。

（わたしはこの国で、守りたい人を見付けることができた）

騎士として命をかけてでも守りたいと願う相手を、そして、ただ傍《そば》にいて支えたいと願う相手を。

いつから惹かれていたのか、何故好きになったのか。明確な答えはトリア自身にもわからない。ラウを守りたいと想う気持ちが、どこか危《あや》ういラウを心配する感情が、徐々《じょじょ》に愛情に変わっていったのかもしれない。

（ラウと共に生きていくためにも……『あれ』を、早く明らかに、しないと……）

与えられる熱と酸素不足が合わさって、意識が朦朧《もうろう》としてくる。鼻で呼吸すればいいのに頭が回らない。縋《すが》り付くように、絡み合った指を強く握《にぎ》りしめる。すぐさま同じ、いや、それ以上の強さで握り返された。

意識が途切《とぎ》れそうになった直前で、ラウの唇《くちびる》が一度離《はな》れる。互《たが》いに深く呼吸をするための一時の合間に、トリアの中で正常な思考が戻《もど》ってくる。

再び近付いてきた唇を、いつの間にか自由になっていた右手で覆《おお》う。ついでに左手に絡んでいたラウの指を急いで解《ほど》く。トリアは自由になった左手で、上着の隙間《すきま》から入り込み、横腹を撫《な》でていたラウの手を摑《つか》んで止めた。

はあはあと荒《あら》い息がもれる。先ほどのラウと立場が逆転している。

上から降り注いでくるじとっとした眼差《まなざ》しへ、内心の激しい羞恥心《しゅうちしん》を隠し、懸命《けんめい》に息を整えて冷静な視線を返す。

深く眉根《まゆね》を寄せつつもラウが離れていくのを確認《かくにん》し、ほっと胸を撫で下ろした。トリアは覆っていたラウの口を解放し、急いで衣服を整える。

「……生殺しか？」

「なっ！　ご、ごほっ、ええと、その、時期尚早《じきしょうそう》でしょ、色々と……。それにね、わたしはあなたに対して怒《おこ》っているんだからね」

突然の婚約破棄に加えて、死にたいとか殺して欲しいとか、トリアが嫌《きら》う言葉を数多く口にしていた現行犯だ。

すぐ近くで低く重い息が吐《は》き出される。頰《ほお》を撫でる吐息《といき》の熱っぽさに自然と肌《はだ》が粟立《あわだ》ち、心臓の鼓動《こどう》が再び速くなっていく。全身が甘く震《ふる》えそうになる。だが、それは表には絶対に出さない。出したら最後、色んな意味で負けてしまう気がした。

（とはいえ冷静になってみると、口を塞《ふさ》ぐために口付けする必要なんてなかった、かも）

手で口を塞げば十分だっただろうと、そんなことを考えてしまう。

（お、落ち着け！　後悔《こうかい》しても遅《おそ》いし、恥ずかしがっている場合じゃないんだから！）

やるべきことをやらなければ。トリアは襲《おそ》いくる羞恥心を頭の片隅に追いやり、あくまでも平静な様子を崩《くず》さないように努める。

ここでほんの少しでも恥じらいを見せれば、ラウはその弱みを見逃《みのが》さずに攻め立ててくることは必至《ひっし》だ。肉食動物は獲物《えもの》の弱点を決して見逃さない。

いくら好きな相手でも、流されるままにことを進めていくのは嫌《いや》だ。

何よりも、トリアにはやらなければならないことが目前にある。

「あ、重要なことを言い忘れていた。あなたが夜の精霊《せいれい》を嫌い、皇帝《こうてい》という立場を好いていないのは本当だと思う。だけど、この国のことが嫌いっていうのは嘘《うそ》でしょ」

「どうして、そう思うんだ？」

「あなたを見ていればわかる。言葉にしない主人の希望や意思を察するのも、騎士の重要な役目だもの」

キールストラ帝国は決して順風満帆《じゅんぷうまんぱん》とは言えない。問題を数多く抱《かか》えている。

だが、この国に実際に住み、この国のことを知っていけば、より良い方向に進もうと努力していることが肌で感じ取れる。

それは、国の頂点、皇帝が国や民《たみ》のことをきちんと考えている証拠《しょうこ》だ。

「騎士だからだけじゃなくて、あなたのことが好きだからわかるのかもね」

軽く片目を閉じて冗談《じょうだん》めかして続ければ、ラウからはくぐもったうめき声がもれる。

「……君のそれはわざとか？　わざとなんだろうな、ああ、わかっている」

「え？　何のこと？」

「いいや、何でもない、気にしないでくれ……」

何かをこらえるように目を閉じたラウは、重苦しいため息を一つ吐《つ》く。

ラウの変化に首を傾《かし》げつつも、トリアはなすべきことをなすために口を開く。

「一つあなたに頼《たの》みごとがあるの。聞いてくれる？」

「……どうぞ」

「婚約破棄《こんやくはき》をさせて。あなたからじゃない、わたしからよ」

くすぶっていた熱はあっという間に消え失《う》せ、ラウの顔は困惑《こんわく》で曇《くも》っていく。繕《つくろ》うことのない素《す》の表情を見せるラウに、トリアの中で喜びが広がっていく。

（わたしの言葉であなたが笑ったり驚《おどろ》いたりしてくれるのが嬉《うれ》しい、って言ったら、ラウ

はどんな顔をするかしら）

どこか遠くで鈴《すず》の音色を彷彿《ほうふつ》とさせるあどけない笑い声が響《ひび》いている。

しかし、いつかのようにトリアがその声に対して畏怖《いふ》を抱くことはなく、穏《おだ》やかな気持ちで聞き流すことができた。

中庭へと続く道を歩いていると、ギルバートに呼び止められる。

「すみません、あの、ちょっと伺《うかが》いたいことがあるのですが」

先を言い淀《よど》むギルバートの聞きたいことが何なのか、トリアにはすぐにわかった。

「昨日発表した婚約破棄のことですか？　それなら本当ですよ」

「そ、そうですか……。その、差し出がましいとは思いますが、理由を伺ってもよろしいでしょうか？」

「性格の不一致《ふいっち》ですね。あとは、婚約関係としては不適切な行為《こうい》があったので」

にっこりと満面の笑《え》みで答える。迷うことのないはっきりとした答えに、ギルバートが困ったとばかりに眉《まゆ》を落とす。説得は不可能だと察したのだろう。

「あと、ここだけの話にしてもらいたいんですが、実はわたし、数日前にギルバートさんと帝都に出たとき路地裏で襲われたんです」

「え!? まさか、そんな! トリア様は一足先に城に戻ったと、そう陛下からの伝言がありましたので、てっきりあの後陛下と合流なさったのかと思っておりました」

「すみません、襲撃《しゅうげき》についてはラウから口止めされていましたので、詳細《しょうさい》は話せないんですが……。とりあえず、お金で雇《やと》われただけのならず者だったみたいですね」

「申し訳ございません、私がトリア様の傍を離れたばかりに……」

「謝らないでください。ラウは皇帝ですからね、その婚約者ともなれば狙《ねら》われるのも仕方がないと思います。ただ、まあ、わたしに結婚する気がほぼないにもかかわらず、命まで狙われるのは正直ちょっと困ると言いますか」

言葉を濁《にご》すトリアに、ギルバートは神妙《しんみょう》な面《おも》持ちで頷《うなず》く。

「はい、トリア様のお気持ちはよくわかります。ですが、本当に残念ですね。ここ最近はお二人ともとても仲良く過ごしていらっしゃるようでしたし、ラウがあなたのことを大切に想《おも》っているのも傍《はた》から見てよくわかりましたから」

「恋愛《れんあい》対象としてではなく人としてなら、尊敬できる部分も多々あります。騎士として任命してくれたことには感謝していますし。ですが、やっぱり諸々《もろもろ》の理由で婚約者は無理だって気付いてしまったんですよね」

無理ならば長居することはできない。トリアはトリアで新しい居場所を探す必要があり、ラウもまた新しい婚約者を探す必要があるだろう。

互いの今後のためにも一刻も早く出て行くべきだと続ければ、ギルバートは表情を曇らせたものの、すぐにいつも通りの穏やかな微笑《ほほえ》みを浮《う》かべる。

「ここを出発なさるのはいつ頃《ごろ》でしょうか？」

「三日後です」

「随分《ずいぶん》と急な出発ですね……。ぜひ国境付近までお見送りさせていただければ幸いです」

「お気持ちだけで十分です。一度王国に顔を出すつもりなので、来た道をそのまま帰るだけなんですよ」

昨日、ロイクから再び手紙が届いた。クローディアの具合がどうやらずっと良くないらしい。恐《おそ》らく病は気から、というやつだろう。

「妹の様子を見に来て欲しいって、叔父《おじ》から頼まれまして。国境付近まではラウと一緒《いっしょ》に行くつもりです」

護衛は最小限、できる限り二人だけで王国との国境に向かうつもりだ。

「もう会う機会もないですし、最後くらいお互《たが》い言いたいことを全部言ってから、後腐《あとくさ》れなくお別れしようと思っています」

「では、出発前にご挨拶《あいさつ》に伺います」

「ありがとうございます。ギルバートさんには帝国に来てからお世話になりっぱなしで、本当に感謝の言葉しかありません」

火事で負った火傷《やけど》はギルバートの治療《ちりょう》のおかげで、傍目からは判別できないほど回復した。他《ほか》にも帝城で過ごす中で、ギルバートには常にあれこれ配慮《はいりょ》してもらい、おかげで毎日快適に過ごすことができた。

「いえ、慣れないこの国でトリア様が少しでも明るく過ごせたのでしたら、私といたしましても嬉しく思います」

最後まで残念だと繰《く》り返すギルバートと別れ、トリアは中庭のガゼボへと足早に向かう。告げていた時間より五分以上早かったのだが、そこにはすでに約束していた相手、セシリナの姿があった。

二人だけで内密な話をしたい、とあらかじめ伝えていたからだろう。見える範囲《はんい》には侍《じ》女《じょ》や使用人はいない。ある程度離《はな》れた場所で待機させているのかもしれない。目線だけ動かして周囲をぐるりと見回す。近距離《きんきょり》に誰《だれ》かが隠《かく》れている気配もない。会話が盗《ぬす》み聞きされる心配はないようだ。

「お待たせして申し訳ございません、セシリナ様」

「話とは何ですの？　わたくし、暇《ひま》ではありませんのよ」

扇子《せんす》で口元を隠したセシリナは、どこか不機嫌《ふきげん》そうな表情で告げる。

「実は三日後に帝国を離れることになりました」

「ええ、知っておりますわ。あの男と婚約破棄をしたのでしょう？」

「さすがお耳が早いですね」

「……何故《なぜ》、婚約破棄をする前にわたくしに相談しなかったんですの。あの男に言う前に相談してくれていれば、慰謝料《いしゃりょう》その他諸々今後の生活に困らないほどの金銭を奪《うば》い取る手段をこと細かく教えましたのに」

はあっと、扇子の向こう側で大きなため息が吐《は》き出される。どうやら彼女の機嫌が悪いのは、トリアが婚約破棄について事前に相談しなかったかららしい。

眉間《みけん》にしわを寄せる相手にトリアは微苦笑《びくしょう》を返す。

「ご心配をおかけしてすみません。ですが、一度王国に戻《もど》るつもりでしたので、その、金銭はなくても平気ですので」

「お金はいくらあっても困りませんわ。まったく、本当に甘いですわね、あなたは。それで、王国に戻った後は行く当てがありますの？　非常に面倒《めんどう》ではありますが、他国にいるわたくしの知り合いを紹介《しょうかい》してあげてもいいですわよ」

「お気持ちだけで十分です。ですが、もしわたしのことを心配してくださっているのならば、一つ重要な質問をしてもよろしいでしょうか？」

トリアが表情を引き締《し》めると、真剣《しんけん》な話だとわかったのか、セシリナが口元から扇子を外してぱちんと閉じる。

「何ですの？」

「セシリナ様はラウのことを嫌《きら》っていますよね」

「以前答えた通りですわ」

「では……ラウの父親、前皇帝《こうてい》であり、セシリナ様の弟であるお方のことはどうですか？」

「……質問の意図がわかりませんわね」

セシリナの声が低くなる。トリアを心配する表情は消え失《う》せ、紫《むらさき》の瞳《ひとみ》には冷えた光が湛《たた》えられる。最初に出会った頃の冷徹《れいてつ》な貴婦人の姿に戻っている。

暖かな風が吹《ふ》く中庭の温度が、セシリナから放たれる冷気によって何度か下がったように感じられた。

一つ間違《まちが》えればすぐさま立ち去ってしまいそうな相手に、トリアは単刀直入に尋《たず》ねる。

「セシリナ様は前皇帝、ロイ・ロドリック・キールストラ様のことを大切に想《おも》っておられましたよね？」

「あら、それは間違いですわ。わたくしは弟の一番の政敵でした。それはみなが知っていたことですわよ」

確かにセシリナの言う通り、前皇帝とセシリナについて聞き回ると、誰もが姉と弟は仲が悪かったと口にした。特に弟が皇帝の座に就《つ》いてからは、姉は隠すことなく弟を敵視し、いつも皇帝の座を狙っていたらしい、と。

だからこそ、前皇帝が暗殺された際、最初に疑われたのはラウではなくセシリナだった。

だが、彼女には暗殺のとき他国にいたという事実があり、結果、一緒にいたラウが犯人だと囁《ささや》かれるようになった。

「セシリナ様はラウのことを、前皇帝を手にかけた疑いがあるから嫌いだと、そう仰《おっしゃ》いました。それは、ロイ様が非常に大切な弟だったからではありませんか？」

ロイの政敵はセシリナだけだったと聞く。それほどまでにセシリナの弟に対する態度は苛烈《かれつ》だったのだろう。他の追随《ついずい》を許さないほどに。他の人間が政敵になり得ないほどに。

セシリナはただ一人で矢面《やおもて》に立ち続けた。恐らく弟を守るためだけに。

トリアの考えを伝えれば、セシリナの冷ややかな美貌《びぼう》に歪《ゆが》みが生じる。反論するためか、紅の塗《ぬ》られた唇《くちびる》が開きかけるものの、それよりも早く先を続ける。

「お願いします、重要なことなんです。セシリナ様の答えによって、わたしの今後が決まると言っても過言ではありません」

ぎろりと睨《にら》んでいた眼差《まなざ》しが、数十秒の沈黙《ちんもく》の後、ゆっくりと閉じられていく。そして、重すぎる息をたっぷりと吐き出してから、紫の瞳が再びトリアを見やる。

そこにはもう冷たさはない。ただ凪《な》いだ湖面を彷彿《ほうふつ》とさせる色がにじんでいる。

「ええ、あなたの言う通り、わたくしは弟のロイを誰よりも可愛《かわい》がっておりました。あの子がわたくしのすべてでしたの。あの子が皇帝として生きていくためでしたら、わたくしはいくらでも悪人になれましたわ」

高慢《こうまん》で傲慢《ごうまん》な姉が嫌われれば嫌われるほど、賢《かしこ》く優《やさ》しい弟の地位は盤石《ばんじゃく》になっていく。弟を守るためには、自分自身が最も弟を嫌っている姉を演じ、皇帝の座を狙《ねら》っている振《ふ》りをするのが最善だと考えたのだろう。

「わたくしとロイの母は、ロイを産んですぐに亡《な》くなりました。ですので、わたくしにとってロイは弟であり、子どものような存在。父は皇帝として忙《いそが》しかったこともあり、長年あの子だけが唯一《ゆいいつ》無二の家族でしたわ。今はギルバートがおりますけれど」

「でしたら、セシリナ様はロイ様を暗殺した人間が誰か知りたいですよね？」

「……あなた、ロイの暗殺を手引きした人間が誰か、知っているんですの？」

セシリナの声音《こわね》に隠しきれないほどの殺意がにじむ。もし名前を教えたら、彼女は間違いなくその人物のもとへと一目散に向かい、自らの手で殺してしまいそうだ。

一歩詰《つ》め寄ってくるセシリナと距離《きょり》を取るように、トリアは一歩後ろに下がる。場の空気を変えるようににっこりと笑い、明るい声を出した。

「そういえばもう一つ、セシリナ様に聞いておきたい重要なことがありました」

急に変わった話題に毒気を抜《ぬ》かれたのか、セシリナのまとう空気が若干《じゃっかん》和《やわ》らぐ。

「……はあ。今度は何ですの？　また変な質問じゃないでしょうね」

「簡単な質問ですよ。セシリナ様がよく身に着けていらっしゃるその首飾《くびかざ》り、誰かからの贈《おく》り物ですか？」

まさかそんな質問だと思わなかったのだろう。セシリナの目が点になり、ぱちぱちと瞬《まばた》きを繰り返す。細くて白い指が首元へと伸《の》びる。

トリアが指差した先、セシリナが触《ふ》れている首飾りは、初めて顔を合わせて以来、彼女が頻繁《ひんぱん》に身に着けている品だ。美しい銀細工が目を惹《ひ》く首飾りには、太陽の光を浴びてきらきらと金色に輝《かがや》く大振《おおぶ》りの宝石が飾《かざ》られていた。


「計画はいかがなさいますか？」

光源の一切《いっさい》ない暗い部屋に囁き声が響《ひび》く。それは静寂《せいじゃく》が満ちた場でも、耳を澄《す》まさなければ聞き逃《のが》してしまいそうなほどかすかな音だった。

闇《やみ》に溶《と》ける黒い服を身に着けた人物は、冷えた床《ゆか》に膝《ひざ》を突《つ》いて深く頭《こうべ》を垂れている。騎《き》士《し》が主人に忠誠を誓《ちか》う姿に似ている。否《いな》、常に付き従う影《かげ》のようだ。

「変更《へんこう》はない」

漆黒《しっこく》で覆《おお》われた空気を揺《ゆ》らす声は、周囲の闇よりもさらに深い暗さを宿している。分厚いカーテンで窓が完全に覆われた場は、もはや月の光も星の光も何一つとして届くことがない。ただただどこまでも暗闇に侵食《しんしょく》されている。

夜の精霊《せいれい》の国、キールストラ帝国において、今この場所が最もその名に相応《ふさわ》しい闇を抱《いだ》いている。

「詳細《しょうさい》な日時は決まり次第連絡《しだいれんらく》する」

「御意《ぎょい》に」

「遂行《すいこう》において問題は？」

「ありません。次は絶対に失敗いたしません」

俯《うつむ》いていた人物が顔を上げ、左肩《ひだりかた》を右手で強く押さえる。わずかに浮《う》かび上がったその横顔は、まだ幼い少女の面差《おもざ》しを残している。闇に似つかわしい黒髪《くろかみ》と黒い瞳を有した人物の姿は、漆黒に溶けて消えていく。

「ようやく……ようやく終わりが見えてきた」

夜が長く闇が濃《こ》い帝国の中でも、一際濃密《ひときわのうみつ》な暗闇がどろどろと漂《ただよ》っている。ぽつりと落とされた憎悪《ぞうお》の声は静寂に溶け、闇の気配をさらに強めていった。


お世話になった人への挨拶《あいさつ》や身の回りの整理、王国へと戻《もど》る準備などをしていたら、あっという間に三日が経過していた。

大抵《たいてい》の人がギルバート同様「残念です」と別れを惜《お》しんでくれたのは、嬉《うれ》しくもあり、同時に寂《さみ》しくもあった。

ノエリッシュ王国との国境までは、馬車ではなく馬に乗って向かうことになった。早朝に帝城を出発し、途中《とちゅう》の街で一泊《いっぱく》、翌日の夕方前には国境付近へと到着《とうちゃく》する予定だ。

行きはあれこれ騒動《そうどう》に巻き込まれて十日近くかかった道のりも、順調に進めば二日もからない。良いことのはずなのだが、今回に限っては寂しさが募《つの》る。

だが、感傷に浸《ひた》っている暇《ひま》はトリアにはない。

国境付近に近付くにつれ民家の数が一気に減り、畑や牧草地、さらには荒《あ》れ野が広がり始める。当然、夜になれば真っ暗となり、周辺は闇で完全に覆われる。治安が悪くなる要因の一つだろう。

実際、エジンティア辺境領では盗賊《とうぞく》団が頻繁に出没《しゅつぼつ》し、領民や旅人を襲《おそ》っていた。

「国内すべての街道《かいどう》沿いに、魔術《まじゅつ》による灯《あか》りをくまなく設置できればいいんだが」

「そのためにはかなりの資金と労力が必要ね」

「ああ、おかげで一部の貴族や臣下からは猛反対《もうはんたい》され、揉《も》めに揉めている最中だ。実現はまだまだ先だな」

灯りが設置されただけで治安が劇的に良くなることはないだろうが、それでも暗いよりは安心感が増す。犯罪もしにくくなるはずだ。

「でも、諦《あきら》めない限りは、いつか必ず実現できる」

頑張《がんば》ってと続ければ、ラウの唇が柔《やわ》らかな弧《こ》を描《えが》く。

馬で併走《へいそう》するトリアとラウのすぐ傍《そば》に護衛の姿はない。百メートルほど離《はな》れた後方に、二十人程度の軍人たちが付いてきている。

徐々《じょじょ》に道のあちこちに石が転がり始め、土がボコボコとめくれたり盛り上がったりと、明らかに地面の状態が悪くなっていく。人気《ひとけ》のない街道をさらに進んでいくと、いつしか周囲には高い木々が生《お》い茂《しげ》るようになっていた。

二キロほど続く森を抜ければ、王国との国境が見えてくる。

ここまでは予定通りだ。森の中に入ると太陽が遮《さえぎ》られ、一気に周辺が暗くなっていく。木々の間から見える空は赤く染まり、日没《にちぼつ》が近いことを告げている。

ここまで当たり障《さわ》りのない会話をしてきたが、森に足を踏《ふ》み入れるとお互《たが》い口数が減っていく。別れる場所はもうすぐそこだ。

「あ、そうだ、忘れない内にこれを返しておかないとね」

トリアは手綱《たづな》を握《にぎ》っていた右手から腕輪《うでわ》を外し、隣《となり》にいるラウへと差し出す。

「それは君に贈ったものだ。必要ないのならば捨てるか、あるいは換金《かんきん》しても構わない」

「あなたの父親から贈られた大切なものでしょう？」

「大切だからこそ君に持っていて欲しい。君に必要ないのならば、もういらない代物《しろもの》だ」

鮮《あざ》やかな橙色《だいだいいろ》に染まった木漏《こ も》れ日により、腕輪が金の輝きを発する。トリアは一度腕輪を強く握りしめた後、ラウの手へと強引《ごういん》に渡《わた》した。

「ごめんなさい、いずれにしても王国内でこの腕輪は持っていられないし、しかも物が良すぎてなかなか売れないと思う」

帝国の国章が刻まれた品だ。王国内ではもちろんのこと、他国でも売り払《はら》うのは難しいだろう。

「あなたが持っていて。いつかまた渡したいと思う相手が現れるまでは」

ラウは不承不承ながらも腕輪を自らの懐《ふところ》へと仕舞《しま》う。

進んでいく毎《ごと》に木々は深くなり、視界が悪くなっていく。

この森はトリアが帝城へと向かう途中で通った道であり、そして――盗賊たちに襲われた場所でもある。視界が悪く、隠《かく》れられる箇所《かしょ》が多数あり、逃《に》げ場が少ない。

誰《だれ》かを襲うとしたら、ここが絶好の場所だろう。

「この先何が起きても、絶対に死ぬことだけは選ばないで」

「ああ、わかっている」

「そして、何が起きても信じて欲しい」

わたしのことを、と声ではなく視線でラウに伝えた直後、木の間から矢が飛んでくる。

当然のようにトリアは腰《こし》の剣《けん》を抜き、自らの方向へと飛んできた矢を叩《たた》き落とす。

「予想通り、襲うとしたらここだと思った」

素早《すばや》く馬から飛び下りる。広い場所ならば馬に乗ったままでも問題ないが、視界が悪い狭《せま》い場所では不利にしかならない。矢のいい的だ。

ラウもまた馬から地面へと下り、トリア同様腰に付けていた剣を構えた。

馬の胴《どう》を軽く叩き、今来た道を戻らせる。

「数は？」

「三十程度ってとこかしら」

「では、俺が十五、君が十、残りの五は護衛の軍人たちに任せるとするか」

「ダメダメ、わたしが十五であなたが十……いえ、わたしが二十であなたが五よ」

「いくら君の言葉でも、悪いがそれには賛成できないな」

「あなたは一応よわよわ皇帝《こうてい》だもの、設定はできる限り守らないとね」

「……はあ、面倒《めんどう》なことこの上ない設定だな」

「自分で決めたことでしょ」

緊張感《きんちょうかん》の欠片《かけら》もない会話の最中に、木々の間から近付いてきた襲撃《しゅうげき》者たちが攻撃《こうげき》を開始する。服装も武器にも統一性はなく、それぞれが手練《てだ》れではあるようだが、動きに連携《れんけい》も感じられない。個々が勝手に動いているようだ。

名乗りを上げることなく攻撃してきた点からも、単純にトリアたちを襲い、命を奪《うば》うことだけ考えていることが察せられる。盗賊の類《たぐ》いではない。

「どこかの私兵ではなく、お金で動く人間、ならず者や傭兵《ようへい》の類いね」

「遠距離《えんきょり》からの攻撃は気にしなくていい。結界を張った」

「ありがとう、すごく助かる」

「相手側に魔術師はいないようだ」

「了解《りょうかい》」

互いに背を向け、目の前の相手に集中する。背後を気にしなくていいのは楽だ。

抜《ぬ》き身の刃《やいば》が真《ま》っ直《す》ぐに振《ふ》り下ろされる。明らかに心臓付近、致命傷《ちめいしょう》を狙《ねら》っていることが窺《うかが》える。襲撃者たちが生死にこだわっていない、むしろ殺しにかかってきていることは明白だ。

トリアは首への一撃《いちげき》を身をかがめることで避《よ》けると、男の右の向こう脛《ずね》へと蹴《け》りを放つ。急所を攻撃された相手が怯《ひる》んだのを見逃《みのが》さず、背後に回り込んで首に腕《うで》を巻きつけ、一気に気道を絞《し》め落とす。

「お見事」

「どうも」

背後のラウをちらりと横目で見ると、明らかに手を抜いているとわかる動きで剣を振っていた。恐《おそ》らく本気を出せば三十人程度の敵は容易に倒《たお》せるのだろうが、あくまでも受け流すことだけを重視している。

視界の端《はし》で、一直線に飛んできたいくつもの矢が何かにぶつかって落ちていく。

一人、二人と、トリアが襲撃者たちを気絶させていく中、ラウは最低限の動きで向けられる攻撃の数々を避け、同時にトリアが戦いやすい位置取りをしてくれている。

敵味方共に、できる限り負傷者は出したくない。トリアは小柄《こがら》な襲撃者を投げ飛ばした後、向かってくる敵の攻撃の間隙《かんげき》を縫《ぬ》い、太腿《ふともも》に備えていたナイフを三本投げる。

トリアたちへと飛んでくる矢は、見えない壁《かべ》のようなものによって遮られる。ラウの言った結界というものだろう。反面、トリアが投げたナイフは阻《はば》まれることなく、狙い通りの方向へと飛んでいった。

（うーん、やっぱり魔術ってすごく便利。帝国内で魔術師の数が今の倍近くになったら、間違《まちが》いなく王国は白旗を上げることになりそうね）

それぞれ別の方向、木々の間へと放ったナイフは、隠れて弓を構えていた襲撃者たちの腕や足に突《つ》き刺《さ》さる。次々と悲鳴が上がる。ナイフが刺さった相手が倒れるのを確認《かくにん》せず、すぐさま目の前の敵へと向き直った。

最初は圧倒《あっとう》的な人数差があったものの、数分も経《た》てば差はどんどん縮まっていく。後方から駆《か》け付けてきた軍人たちが援護《えんご》に加われば、すでにトリアたちの方が数の上では有利になっていた。

「ちょっと肩《かた》を貸して」

返事を聞く前にラウの右肩に手を置き、近付いてくる男に飛び蹴りをお見舞《みま》いする。吹《ふ》き飛んだ男は木の幹にぶつかり、ずるずると地面に頽《くずお》れていった。

気付けば襲撃者は残り二人だけとなっている。

「お、おい、話が違うじゃねえか！　女の方は強いとは聞いていたが、皇帝の方は逆に女の足を引っ張る程度の実力だって話だっただろうが！」

「ふざけんな！　こんな依頼《いらい》だと知っていたら、あんな安い報酬《ほうしゅう》で受けなかったぜ！」

「報酬に見合わない依頼で残念ね。でも、大丈夫《だいじょうぶ》。あなたたちはまとめて牢屋《ろうや》に行くことになるから、今後の生活は気にしなくて平気よ」

最後の二人は、トリアとラウ、同時に制圧する。

トリアは、やけっぱちのように全力で振り下ろしてきた男の剣を易々《やすやす》と避けると、勢い余って前のめりになった相手の背中に柄頭《つかがしら》で強烈《きょうれつ》な一撃を加える。

対するラウは投げられた斧《おの》を剣で弾《はじ》くと、返す刃で相手の腕を切り捨てる。そして、叫《さけ》び声を上げる男の顎《あご》を空いた左手で殴《なぐ》り、気絶させた。事前にきつく「あくまでも死人は出さないように！」と伝えておいたのをきっちり守ってくれているようだ。

喧騒《けんそう》に包まれていた場に静寂《せいじゃく》が落ちる。否《いな》、正確に言えば、そこら中からうめき声やら唸《うな》り声やらが発せられてはいるが。

「この程度で制圧できるって思われていたのなら、ちょっと腹が立つかも」

「舐《な》められていたとしたら、それは君ではなく俺の方だ。何せ、よわよわ皇帝だからな」

軍人たちの方を見れば、トリアたち同様そちらも片が付いている。地面に倒れている襲撃者たちを一人ずつ手早く縄《なわ》で拘束《こうそく》している。手助けは必要ないだろう。

小さく息を吐《は》き、周囲を見回す。直前まで戦闘《せんとう》があった影響《えいきょう》で、森の中にはいまだざわめきが広まっている。そのせいか、意識を集中しても上手《うま》く気配を探《さぐ》れない。

(本当にこれでおしまい？　随分《ずいぶん》と呆気《あっけ》ないような……)

トリアは考えている途中《とちゅう》ではっと目を見開く。襲《おそ》ってきた連中に気を取られていて、全然意識が向いていなかった。気配があまりにも希薄《きはく》だったせいでもある。

ラウは襲撃者の処置について、軍人たちと話し合っている。その背後、数メートルほど離《はな》れた木の陰《かげ》にもう一人残っていた。黒いローブを羽織った人物の手には、かすかに光る手のひらほどの大きさの石が握られている。

傍目《はため》から見ると大振りの宝石のようにも見える。だが、灰色を帯びた輝《かがや》きが徐々《じょじょ》に強くなると、トリアの中で危機感が募《つの》っていく。それは非常に危険なものだ、と直感が告げる。

ローブのせいで男か女かはわからない。だが、その目が真っ直ぐにラウに向けられていることだけははっきりとしている。

――ラウが狙われている。

　そう思った瞬間《しゅんかん》、トリアの体は動いていた。

「ラウ！」

　トリアが一歩踏《ふ》み出すと同時に、黒いローブの人物が手にした石が一際《ひときわ》強い輝きを発する。その輝きを見て、ラウもようやく背後にいる存在に気付いたようだ。しかし、振り返っている間に、光は一直線にラウへと向かっていく。

　──魔術《まじゅつ》だ。

　どんな魔術かはわからない。しかし、致命的な魔術だと、頭ではなく体で察知する。受ければ間違いなく致命傷を受けるだろう、と。

　それでもトリアの行動は変わらない。

　トリアはラウの背後に飛び込む。大切な人を庇《かば》うために、守るために。

　光が体にぶつかったと認識する前に、全身を激しい衝撃《しょうげき》が襲う。そして、トリアの意識は深い闇《やみ》の中へと引きずり込まれ、ぷつりと途切《とぎ》れて消えた。


「トリア！」

　すぐ目の前で頽れていく姿に、血の気が一気に失われていく。

　頭の中が真っ白になる。だが、すぐに恐怖《きょうふ》という名の黒で侵食《しんしょく》されていく。手が震《ふる》える。

鼓動《こどう》が速くなり、体が強張《こわば》る。

母や妹たち、兄、そして父が死んだときにしか感じなかった。何度も死んでは生き返ることを繰《く》り返す内に、感じなくなったと思っていた。

だが、確かに今、ラウの中に存在している。

それは——大切な人を失うかもしれない圧倒的な恐怖だ。

ラウを庇う形で魔術を受けたトリアは、衝撃で吹き飛ばされて地面を転がっていく。反射的に助けるべく一歩を踏み出したものの、駆けつけることはできなかった。

「少しでも動けばこの女を殺す」

黒いローブを目深《まぶか》に被《かぶ》った人物が、トリアの喉《のど》へと短剣《たんけん》を突きつける。

「魔術を使用する素振りを見せても殺す」

ぐったりと地面に倒れ、両目を閉じるトリア。気絶をしているようではあるが、出血を伴《ともな》うような大きな怪我《けが》はない。意識を失っているだけに見えた。

ラウは踏み出しかけた足を引き戻《もど》す。周囲の軍人たちへ軽く手を振って動かないように指示を出した後、あくまでも冷静な表情を崩さないように努める。

「武器を足元に置け」

「わかった、指示に従おう」

内心の動揺《どうよう》は表には一切《いっさい》出さない。ここにいるのは『皇帝《こうてい》』のラウだ。

手にしていた剣を地面に置いたラウは、首を傾《かし》げて相手を見やる。

「……どこかで聞いたことのある声だな。確かその声……ああ、そうか、伯母上《おばうえ》の新しい侍女《じじょ》か。なるほど、侍女として城に潜《もぐ》り込んでいたということか」

ぴくりと、短剣を持つ手が揺《ゆ》れる。

二月《ふたつき》ほど前から、セシリナのもとで働き始めた年若い侍女がいる。黒髪《くろかみ》に黒い瞳《ひとみ》、小柄で華奢《きやしや》な体軀《たいく》をした人物は、常に伯母の背後に影《かげ》のごとく控《ひか》えていた。遠くから見て、かすかに声を聞いたことがある程度だが間違いない。

「声だけで何がわかる」

「私は一度耳にした声、目にした顔は絶対に忘れない。特に何度も自分の命を狙《ねら》う相手であれば尚《なお》のこと。最近だと謁見《えつけん》の間で矢を射られたな」

「黙《だま》れ、余計な話はするな」

冷えた音色にはかすかな震えが生まれる。自分の正体が見破られるとは思ってもいなかったのだろう。

隙《すき》を窺《うかが》っていると、侍女の足元に石が転がっているのに気付く。

「使ったのは魔霊石《まれいせき》か。ということは、大した力はないようだが魔術師だな。どんな魔術を彼女に使った？」

あらかじめ魔術を封《ふう》じ込めておき、好きなときに発動させることができるのが魔霊石だ。

一見すると透《す》き通った水晶《すいしょう》のように見え、込めた魔術によって色は変化する。

帝国内では一般的《いっぱん》に広まっている代物《しろもの》だ。街を照らす灯《あか》りの源にもなっている。魔術師でなくとも手に入れられる品だが、魔力が欠片《かけら》もない人間には扱《あつか》えない。

ラウがトリアに贈《おく》った腕輪《うでわ》、今はラウのもとに戻ってきた腕輪にも、この魔霊石が宝石に交じって埋《う》め込まれていた。

ローブの間からわずかに見える薄《うす》い唇《くちびる》は、横に引き結ばれている。

「だんまりか。まあ、いい。目的は私だろう。彼女は関係ないはずだ。殺したいのならば、私を殺せばいい」

ふっと、侍女の唇がかすかに歪《ゆが》む。

「お前は殺さない。殺しても無駄《むだ》だろう？」

ほんのわずか、ラウの片眉《かたまゆ》が動く。表情は崩さない。どういう意味かと問いかけようとしたが、ラウが声を出すよりも早く、落ち着いた音色が響《ひび》き渡《わた》る。

「彼女にかけたのは昏睡《こんすい》の魔術です。解除しない限り、死ぬまで永遠に眠《ねむ》り続けます」

闇に覆《おお》われた森の中から、ゆっくりと歩いてくる人物がいる。距離《きょり》がある上に暗いため、顔はまだはっきりと見えない。

だが、ラウには声だけで相手が誰《だれ》なのか、容易に察することができた。

「本当はあなたにかけるつもりでした。永遠に眠ってもらうために。あなたの場合は死が訪《おとず》れないのだから、言葉通り永遠に眠り続けることになりますね、ラウ」

「……ギル？　どうして、ここに、ギルが……？」

皇帝を演じていたはずの顔から仮面が剝《は》がれ落ちていく。取り繕《つくろ》う余裕《よゆう》などない。

「この状態で尋《たず》ねる質問がそれとは、あなたはやはり皇帝として相応《ふさわ》しくありませんね」

「ま、待ってくれ、ギル！　ちゃんと説明して欲しい！　どうして城の留守を任せたはずのギルがここにいるんだ？」

「それは無論あなたを殺すため、いえ、殺せないんでしたね。てっきり魔術で毎回致命傷《ちめいしよう》を上手く治癒《ちゆ》しているのかと思っていました。まさか夜の精霊《せいれい》の加護により、死後生き返っているとは……まったくの想定外でした」

無駄な時間を費《つい》やしてきた、とギルバートの口から嘆息《たんそく》が落ちていく。

見た限り、ギルバートはいつも通りだ。浮《う》かべられる穏《おだ》やかな笑《え》みも、柔和《にゆうわ》な雰囲気《ふんいき》も、静かな声音にも変化はない。

だが、目の前にいるのがこれまでラウが慕《した》ってきた従兄《いとこ》、兄のように想《おも》ってきた人物でないことは、いくら混乱しているラウでも理解できた。

周囲にいる軍人たちの顔にも戸惑《とまど》いが刻まれている。皇帝の腹心である人物の反乱、加えて皇帝が『不死』という事実。自分たちはどうすべきなのかと、困惑《こんわく》した面持《おもも》ちでラウとギルバートを交互《こうご》に見やる。

「彼女のおかげで助かりました。何度命を狙ってもあなたがしぶとく生き残るのには、秘密があるのだろうと色々探《さぐ》ってはいましたが、まさか夜の精霊の加護を受けているとは、ね。彼女の言葉が手がかりになりましたよ。しかもあなたの弱点になってくれた」

地面に片膝《かたひざ》をついたギルバートは、意識のないトリアの頬《ほお》に手を伸《の》ばす。その手が頬を撫《な》でていく様子に思わず「触《さわ》るな！」と叫《さけ》びそうになり、しかし、どうにか冷静な思考で押し留《とど》める。トリアを危険に晒《さら》す行動はできない。

「心身共に多少強すぎるところもありますが、彼女のことは私も嫌《きら》いではありませんでした。あなたの婚約《こんやく》者でなければ、手駒《てごま》の一つにしても良いかとも思ったのですが。残念ながら彼女にも死んでもらう必要がありましてね」

「っ！　ギルが殺したいのは僕だろう。彼女を殺す必要などないはずだ」

「あなたは表向き死んだことにし、どこかに閉じ込めて永遠に眠ってもらいます。ああ、この場にいる者たちの記憶《きおく》は、私の都合の良いように書き換《か》えますのでご心配なく。そして、彼女は王国の間諜《かんちょう》に仕立て上げ、皇帝を殺したことにして始末します」

立ち上がったギルバートは懐《ふところ》から魔霊石を二つ取り出す。昏睡と記憶改変の魔術がそれぞれ封じ込められているのだろう。精神に関与《かんよ》する魔術が込められている灰色の魔霊石を手に、「多めに準備をしてきてよかったです」と微笑《ほほえ》む。

まったく悪びれる様子も、気が重いといった様子もなく、温和ながらもどこか嬉々《きき》とした声でギルバートは話し続ける。

　唇をきつく引き結ぶラウの視界の端《はし》に、何かがかすかに動く様が入り込む。いつの間にか日が落ち、周囲はほぼ闇《やみ》に覆われている。光源といえば、魔術によって光る手持ちの灯《とも し》火《び》がわずかにある程度だ。

　この場において誰よりも夜目が利《き》くラウでなければ、彼女の指先がほんの少しだけ動いたことには気付かないだろう。

「この間のカーキベリル領での火事、あれにもギルが関《かか》わっているのか？」

「愚問《ぐもん》ですね。あなたへの数多くの暗殺未遂《みすい》、そして親兄弟の殺害、すべての件において裏で手を引いていたのは私です。暗殺を実行するときは細心の注意を払《はら》い、私が疑われるような事柄《ことがら》は一切残しませんでした。事実、あなたも気付いていなかったでしょう」

　ざわっと、一際《ひときわ》大きなざわめきが軍人たちから上がる。

　どうせここにいる全員の記憶を都合良く書き換えるのだから、自らの悪事を知られたところで問題ない。そうギルバートは考えているのだろう。

　ラウは唇を強く噛《か》み締《し》める。皮膚《ひふ》が切れたのか、血の味が口内に広がっていく。

　苦しむラウの姿を見ても、ギルバートの態度は変わらない。

「あなたのような愚図《ぐず》ではなく、夜の精霊の加護を受けるべきはレトで、皇帝になるべきは彼だったのに……運命とは望んだ通りには進まないものですね」

「レト……レト兄さんのために、ギルはこんなことをしたのか？　もう兄さんはいないのに？　そもそも兄さんの殺害もギルがやったことなんだろう？」

ここにきて、初めてギルバートの表情に変化が現れる。ぎろりと、紫《むらさき》の目が鋭《するど》い光を宿してラウを睨《にら》む。そこには隠《かく》すことのない殺意がにじんでいた。

レトはラウの四歳上の兄で、次期皇帝《こうてい》になるはずだった人だ。けれど、五年前に毒殺された。レトとギルバートは親友同士だった。

「私はレトを殺していない！　殺すつもりもなかった！　食事に毒を仕込ませた使用人が、あろうことかレトの食事にまで毒を盛ったせいで……！」

「僕だけを殺すつもりが、間違《まちが》えてレト兄さんまで殺した、と？」

「ええ、すべてあなたのせいです。あなたが母親たちと共に死んでいれば、何の問題もなくレトが皇帝となり、より良い国が築かれることになったはずなのに……！」

ギルバートは常の彼とは違い、興奮した面持ちで続ける。

すべてはラウの兄、レトを皇帝にするためだった、と。

一部貴族や高官の中では、闇の魔力に通じているラウの方が、夜の精霊の国と呼ばれる帝国の皇帝に相応しいのではないか、という声が上がっていたこと。レトは生まれついて病弱で健康面に多少心配があったため、皇帝の座が危《あや》ぶまれていたらしいこと。

ラウの知りもしなかった事実を、ギルバートは怒気《どき》をはらんだ声で続ける。

「レト以外の全員を殺してしまえば、彼が皇帝になることは確実だと考え、あなたたち邪《じゃ》魔《ま》な人間全員を消すつもりでした」

「……兄さんが死んだ後、父を殺したのは何故《なぜ》だ？　もう必要なかったんじゃないのか？」

「出来損《できそこ》ないのあなたがレトの代わりに皇帝になるなんて、私は絶対に許せません」

「父と僕を殺し、自分が皇帝になった方がまだましだと？」

「ええ、その通りですよ」

幾分《いくぶん》落ち着きを取り戻《もど》したらしいギルバートは、にこにこと温和な笑みを浮かべる。彼の様子に、放たれる言葉に、この場にいる大勢が絶句していた。

口元に手を当てて俯《うつむ》くラウが絶望に打ちひしがれているとでも思ったのだろう。ギルバートは嘲笑《ちょうしょう》を含《ふく》んだ音色《ねいろ》で話し続ける。

「さて、ようやくあなたとお別れできます、ラウ」

ギルバートが手にしている魔霊石の一つが、淡《あわ》い輝《かがや》きを発し始める。魔術が発動する兆候だ。恐《おそ》らく昏睡の魔術だろう。

「皇帝陛下が間諜であった元婚約者に襲《おそ》われ、そして危機に駆《か》けつけた私が彼女を殺して陛下を助けたものの、残念ながら亡《な》くなってしまった。皇位は私に譲《ゆず》ると最期《さいご》に言い残して死んだ、ここにいる者たちの記憶はそう書き換えます。あなたはどうぞ安心して、永遠に眠り続けてくださいね、ラウ」

「……ああ、よくわかった」

ラウは顔を上げる。口端《こうたん》に歪《ゆが》んだ笑みを浮かべて。

「『俺』もようやくすべてに決着がつけられそうで嬉《うれ》しいよ、ギルバート」

歌うような声音に、ギルバートの細い眉《まゆ》が怪訝《けげん》そうにひそめられる。

直後、深い眠りに落ちていたはずの体が動き出した。


勢いよく両目を開けたトリアは、自らの喉《のど》に短剣《たんけん》を当てている人物の手首を掴《つか》むと、思い切り捻《ねじ》り上げる。くぐもった声と共に短剣が滑《すべ》り落ちていく。トリアは動きを止めず、相手のこめかみを手のひらの下、手根部で思い切り殴《なぐ》った。

脳を強烈《きょうれつ》に揺《ゆ》さぶられたことで意識を朦朧《もうろう》とさせる人物の腕《うで》を掴み、近くにいる軍人目《め》掛《が》けて投げ飛ばす。小柄《こがら》な体は宙を舞《ま》うが、トリアの予想通り、軍人二人が地面にぶつかる前に上手《うま》く摑まえてくれる。

この間十秒にも満たない。トリアが覚醒《かくせい》したことに驚《おどろ》き、すぐには対処できずにいるギルバートの背後に回って足払《あしばら》いをかけた。体勢を崩《くず》したところを狙《ねら》い、背中を膝蹴《ひざげ》りして地面に押し倒《たお》す。

背後から右腕を捻って押さえつければ、ギルバートの手にあった灰色の石が地面に落ちる。ぐっと、うめき声がもれ聞こえてくる。

「ど、どうやって⁉　魔術を解除しない限り、絶対に目覚めないはず……！」

「確かに一瞬《いっしゅん》くらっとして意識を失いました。だけど、実は十秒もしない内に目が覚めたんですよね。あとは、まあ、眠《ねむ》った振《ふ》りをしていました」

「そんな、馬鹿《ばか》な！」

「わたしもあなたのおかげで助かりましたよ、ギルバートさん」

武器で魔術を弾《はじ》き返せるかも、と教えてくれたのはギルバートだ。だから、武器がなくても、気合いで魔術を弾き返してやった。

「彼女の魔術耐性《まじゅつたいせい》の高さを侮《あなど》っていたようだな」

トリアは傍《そば》にいた軍人から縄《なわ》をもらい、ギルバートの両手を背後でしっかりと拘束《こうそく》した。逃《に》げられないように、魔術を使えないようにしたことをしっかりと確認《かくにん》する。

（さすがにこれ以上の戦闘《せんとう》は避《さ》けないと危険ね）

トリアとラウの二人は問題ない。だが、周囲の軍人たちは明らかに動揺《どうよう》している。普段《ふだん》通りに戦える状態ではない。

軍人にギルバートの身柄《みがら》を渡《わた》し、トリアは一息吐《つ》いてからラウへと声をかける。

「起きるタイミングがなかなかなくて、すごく困っていたんだけど」

「悪かった。必要な情報以外もベラベラ喋《しゃべ》り続けるものだから、こっちとしても止めるべきタイミングが上手く見つけられなかったんだ」

「起きているのに寝《ね》ている振りって、意外と大変なのね」

「正直なところ、途中《とちゅう》で指が動くのを見るまでは、君は本当に昏睡《こんすい》しているんじゃないかと思った。というか、俺を庇《かば》う必要はなかっただろう。自分で十分対処できた」

「あなたを守りたいと思ったら、体が勝手に動いていたの」

素直《すなお》な気持ちを答えると、ラウの目がわずかに泳ぐ。

「そ、そうか……。ええと、その、助けてくれたこと、礼を言う」

「どういたしまして」

トリアは、両脇《りょうわき》を軍人に拘束されもはや抵抗《ていこう》する術《すべ》のないギルバートと正面から向き合う。絶体絶命の状況《じょうきょう》にもかかわらず、その顔には柔和《にゅうわ》な笑《え》みが浮《う》かべられている。

「ラウとの婚約破棄《こんやくはき》は嘘《うそ》だった、ということですか」

「絶好の機会を与《あた》えれば、あなたは必ず動くと思いましたから」

「一つ言っておくと、俺が婚約を結んだのも策略だった。伴侶《はんりょ》を得て世継《よつ》ぎが生まれるような事態になったら、皇帝の命を狙っている人間は必ず焦《あせ》って動く。それを誘《さそ》い出すための撒《ま》き餌《え》だ」

ラウから婚約自体が罠《わな》の一つだと聞いたのは、トリアが婚約破棄を申し出た直後のことだ。諸々《もろもろ》の出来事に決着をつけるため、二人だけで内密に一計を案じる相談をしていた際、申し訳なさそうに明かされた。

何度も謝るラウに対して、トリアは怒《いか》りを抱《いだ》くよりも「あ、そうだったんだ」と納得《なっとく》してしまった。すべては首謀者《しゅぼうしゃ》への撒き餌だったのだ、と。

(正直、出会って早々結婚を申し出た挙げ句、子作りを声高に叫《さけ》ぶ変態、いえ、非常識な人間じゃなくてよかった)

トリアがものすごくほっとしていたことは、ラウには内緒《ないしょ》だ。

「『俺』、ね。納得いたしました。ラウは普段の自分も偽《いつわ》っていたということですか」

「俺はいくら殺されても生き返る。だが、俺以外はそうはいかない。わざと心身共に弱い人間を演じ、かつ警備を少なくして隙《すき》を数多く作っておけば、俺だけに狙いを集中させられると思った。他《ほか》の人間はできる限り巻き込みたくない、殺されるのは俺だけで十分だ」

「根本的な甘さは幼い頃《ころ》から変わらないようですね」

「ああ、そうだな。お前の言う通り、俺は皇帝には相応《ふさわ》しくない。皇帝になどなりたくなかったさ。レト兄さんが皇帝になるべきだった」

「……いつから私が怪《あや》しいと思っていたんでしょうか?」

「カーキベリル領での火事の後だ。あの時点で首謀者の候補は数人に絞《しぼ》られていた。伯母《おば》上《うえ》かお前のどちらかが怪しいと、そう踏《ふ》んではいた」

ふうっと、ギルバートの口から息が吐《は》き出される。

「ベラルガが、私が火事の一件の協力者だとでも証言しましたか？」

「いや、あれは今もなお口を閉《と》ざしている。用意周到《よういしゅうとう》なお前のことだ。近日中に俺を殺し、自分が皇帝になれば無罪放免《ほうめん》にする、とでも勾留《こうりゅう》中のベラルガに言ったのだろう？」

「さあ、どうでしょうね。では、私が一連の首謀者だと気付いた理由は勘《かん》ですか？」

「違《ちが》いますよ。ギルバートさんが一番怪しいと、わたしがラウに進言したからです」

トリアが手を挙げてそう言うと、この場にいる全員の視線が一斉《いっせい》に向けられる。

「……あなたはいつから私が怪しいと？」

「最初からですね」

あっけらかんとした声で答えれば、ギルバートだけでなく軍人たちもまた目を丸くする。

「最初、からですか……。帝城《ていじょう》で顔を合わせた、あのときから？」

「だって、ギルバートさん、あのときわたしとセシリナ様との会話を、階段近くで隠《かく》れてずっと聞いていましたよね？」

「……距離《きょり》がかなりあったのに、気付いていらっしゃったと？」

「ご承知の通り、気配には敏感《びんかん》なんです。隠れてセシリナ様とのやりとりを見ていたのは、あそこでわたしが音を上げて国に戻《もど》ればいいと、そう考えたからですよね。残念ながら望んだ展開にはならず、直後、今来ましたとばかりに現れた」

「そこまであの時点で……？」

「はい。あと、もう一つ大きな理由があります。カーキベリル領での一件の後、ギルバートさんはわたしの得意武器が槍《やり》だと知っていましたよね？」

「ええ、あの場にいた人間から話を聞きましたので」

「火事で屋敷《やしき》を脱出《だっしゅつ》した後、わたしとラウが襲われたことはあの場にいた軍人や使用人たち全員が知っています。もちろん相手を無事に撃退《げきたい》したことも。ただし、どうやって倒したのかは知らないんですよ。槍の方が得意だというわたしの言葉を知っているのは、ラウと襲撃者《しゅうげきしゃ》のみです」

ギルバートがはっとした表情で息を呑《の》む。

「ちなみに襲撃者たちは全員拘束され、あなたと接触《せっしょく》する機会がなかったことは確認済みです。もう一人知っている人間がいるとすれば、あの襲撃を離《はな》れた位置から監視《かんし》していた人物だけ。恐らくそちらの侍女《じじょ》ですね。彼女から聞いたんでしょう？」

「……まさか、そこまであなたが考えているとは思いもしませんでした」

「ララサバル男爵家《だんしゃくけ》の人間は身体能力だけに優《すぐ》れた脳筋、みたいに考えられていますからね。まあ、それもあながち間違ってはいませんが」

考えるよりも体を動かす方が得意だ。猪突猛進《ちょとつもうしん》、というのも否定はできない。

会話が一段落したのを見計らって、痩《や》せた体躯《たいく》の男がトリアたちへと近付いてくる。眼鏡をかけ、灰色の髪《かみ》を有した五十前後の人物は、ラウの前に歩み寄ると膝《ひざ》を落とす。

「陛下、ご指示の通り、森の中に隠れていた者たちを全員、我がエジンティア家の私兵が捕縛《ほばく》いたしました」

「礼を言う、ドミニク。他に伏兵《ふくへい》は？」

「おりません」

深く頭を下げた後、エジンティア辺境伯、ドミニクはラウの背後へと下がっていく。

「残念だったな、ギルバート。もうお前に打つ手はない」

ギルバートが伏兵を忍《しの》ばせている可能性はあらかじめ考えていた。だからこそ、エジンティア領の領主に頼《たの》み、森の中を彼の私兵にくまなく捜索《そうさく》してもらっていた。

余裕《よゆう》の源であったはずの新手が捕縛されたのに、ギルバートは落ち着きを崩さない。

「……さあ、それはどうでしょうね」

ラウに向かって意味深な笑みを向けた後、その瞳《ひとみ》がトリアへと真っ直《す》ぐに注がれる。

「ねえ、トリア様」

嘲笑《ちょうしょう》を含《ふく》んだ呼び声に呼応するかのごとく、街道《かいどう》の先、王国との国境へと続く道から馬の足音が聞こえてくる。一頭、二頭程度ではない。数十頭の蹄《ひづめ》の音が響《ひび》き渡る。

馬に乗った一団を率《ひき》いているのは、金髪《きんぱつ》に宝飾品《ほうしょくひん》の数々を身に着けた人物――ノエリッシュ王国の第二王子であるルシアンだ。

彼の背後には、各々《おのおの》たいまつを手に武装した者たち、トリアのよく見知ったロイクと、王立騎士《きし》団の騎士たちの姿がある。その数、少なく見積もっても五十。

瞠目《どうもく》するラウの口から「何故《なぜ》」と、か細い声がもれる。自然と胸が締《し》め付けられる。トリアはラウから目を逸《そ》らし、口を真横に引き結ぶ。

(しっかりしろ！　ここから先は、ラウは何も知らない。わたし自身がやるべきこと……わたしがやらなきゃいけないことなんだから！)

そして、ルシアンたち一行に向かって、重い一歩を踏み出した。

宙に上げた足を下ろすより早く、背後から強く腕《うで》を摑《つか》まれる。

振《ふ》り返れば、ラウがトリアの右腕を摑んでいた。爪《つめ》が食い込むほどの力だ。その強さがラウの内心を如実《にょじつ》に示している。

「トリア」

「ごめんなさい、ラウ。わたしが今言えることは一つだけ。腕輪を返した後にわたしが口にした言葉、忘れないで」

摑まれた腕を振り払《はら》う。

トリアは振り返ることなく、馬から下りた人物へと歩み寄る。ルシアンの前で迷うことなく地面に跪《ひざまず》いた。王族に対する最敬礼だ。

「お久しぶりです、ルシアン王子。はるばるこのようなところまで足を運んでいただき、ありがとうございます。先の晩餐《ばんさん》会ではご無礼の数々、どうぞお許しください」

「その件についてはロイクから聞いている。全部わざとだったんだろう？　キールストラ帝国の皇帝に取り入るための策略だった」

「……はい」

「まったく、それならそうと早く言えばよかったのに。まさか君がこんなにも王国のことを考えているとは思ってもいなかったよ、ヴィットーリア。もっと早く知っていれば、君と婚約破棄《こんやくはき》をするなど考えもしなかったさ」

ルシアンは晩餐会で最後に見た情けない姿が嘘《うそ》のように、無駄《むだ》に格好をつけた仕草でトリアの髪に触《ふ》れてくる。髪に神経はない。が、そこから伝わってくるルシアンの熱に、意思とは無関係に鳥肌《とりはだ》が立つ。

反射的に拳《こぶし》を握《にぎ》ったトリアを押し留《とど》めるように、低い声が放たれる。

「トリア、やるべきことを忘れるな」

声の主はロイクだ。いかつい面《おも》持ちをさらに厳しくさせ、刃《やいば》よりも切れ味の鋭《するど》い視線を送ってくる。トリアは小さく頷《うなず》き返した。

（やるべきこと……そう、これを終わらせないと、わたしはラウと一緒《いっしょ》にはいられない。彼に隠し事をし続けるのは嫌《いや》だもの）

それに王国だけじゃない。これは帝国にとっても重要なことだ。今のトリアにとっては、王国よりも帝国への気持ちの方が強くなり始めている。

両国の今後にとって、憂《うれ》いはきれいに消し去る必要がある。

揺《ゆ》れる心を叱咤《しった》する。刺《さ》すような強さで一心に注がれる視線には気付かない振りをして、ルシアンの隣《となり》へと並ぶ。

向き直ったラウの顔からは、表情が抜《ぬ》け落ちていた。内心の動揺《どうよう》など一切《いっさい》ない。皇帝の顔だ。

「……晩餐会以来だな、ルシアン王子」

「さて、そんな昔のこと、僕はもう忘れたな」

「自分に都合の悪いことはすぐに忘れられるとは、便利な頭だ。羨《うらや》ましい。では、どうやって国境を越《こ》えたのかも、もう覚えていないんだろうな」

「ば、馬鹿《ばか》にするな！　今この場で不利なのは、お前たちの方だぞ！」

ざっと見ただけだが、王立騎士団の者たちは全員精鋭《せいえい》が来ている。一騎当千《いっきとうせん》の強者《つわもの》が勢《せい》揃《ぞろ》いの状態だ。帝国の軍人が優秀《ゆうしゅう》でも、ここにいる者たちでは太刀《たち》打《う》ちできない。

たとえラウが魔術《まじゅつ》を使うことができ、武術の心得があろうとも、ロイクを始めとした王立騎士団の全員と同時に戦うことは不可能だろう。

しかも、この場におけるトリアたちの味方は、他《ほか》にもいる。

「国境ならば特に問題なく通ることができた。何せ国境警備を担《にな》う軍人たちと懇意《こんい》にしている辺境伯《はく》が、懇切丁寧《こんせつていねい》に手引きしてくれたからな」

ロイクの言葉に、ラウの目が鋭さを増して辺境伯へと向けられる。

「ドミニク、どういうことだ？」

「申し訳ございません、陛下。ですが、エジンティア家はトリア様に多大なる恩義がございます。盗賊《とうぞく》団に拐《かどわ》かされた我が娘《むすめ》を、彼女は無事に取り戻してくださった。しかも盗賊団の壊滅《かいめつ》にも手を貸してくださったのですから」

辺境伯がラウの傍《そば》から離れると、彼の私兵たちが森の奥から姿を現す。

状況《じょうきょう》は、圧倒《あっとう》的にラウにとって不利だ。

「信じていた人間、加えて自国の民《たみ》にまで裏切られるとは、なかなかどうして、最悪としか言いようのない状況だな。それで、ルシアン王子。あなた方の目的は？」

「王国の利益のために、帝国には変わってもらう必要がある」

「王国の利益、か。自分自身の利益のために、の間違いじゃないのか？　どうせ次期国王の座でも愚《おろ》かに狙《ねら》い、正攻法《せいこうほう》では兄の王太子に敵《かな》わないから、帝国を利用することで王座を手に入れようという魂胆《こんたん》だろう」

図星を指されたルシアンの顔が真っ赤に染まる。

「だ、黙《だま》れっ！　僕は国のために、民のためにずっと行動してきたんだ！」

「落ち着いてください、ルシアン王子。わたしはよくわかっています。王子は王国の利益になると信じ、いずれ自分が皇帝になった暁《あかつき》には両国間で真の友好関係を築くと、そう口にしたギルバートさんと秘密裏《ひみつり》に繋《つな》がっていたのでしょう？」

「ああ、ああ、その通りだ、ヴィットーリア！」

「王国の情報、国防に関《かか》わるような重要情報を長年帝国側へと流していたのも、当然王国の未来のためですよね？」

「そうだ、当たり前だろう！」

しんと、場が静まり返る。周りの空気が変わったことなど一切気付かず、ルシアンは得意顔で胸を張っている。

はっきりと『罪』を断言したルシアンに、トリアは満面の笑《え》みを浮《う》かべた。

「ええ、よくわかりました。この場においてイデオン・ノエリッシュ王太子の名の下《もと》に、ルシアン・ノエリッシュ、あなたをノエリッシュ王国の国賊《こくぞく》とし、身柄《みがら》を捕縛します」

トリアの言葉に真っ先に動いたのはロイクだ。王子であるルシアンの腕を容赦《ようしゃ》なく捻《ねじ》り上げる。もはや凶悪《きょうあく》を通り越し、怪物《かいぶつ》のごとき顔でルシアンを睨《にら》んでいる。

「お前のような馬鹿で腐《くさ》った人間が王子とは、同じ王国の民としてほとほと悲しくなるな。まあ、実害が出る前に牢屋《ろうや》にぶち込めることが救いか。加えてお前の兄、王太子がお前とはまったくの正反対で有能なお人であることも、な」

「ロイク、どういうことだ!?　僕はお前の主人だぞ！　王族に対してこんな真似《まね》をしていいと思っているのか!?」

「残念だが、国を売るような奴《やつ》は王族でもないし、もとよりお前は俺の主人じゃない。言っておくが、これはイデオン王太子と、そしてお前の父、国王陛下の命でもある。陛下の方は王太子にきつく言われて、渋々《しぶしぶ》従った感じではあるがなあ」

ロイクはルシアンを縄《なわ》でぐるぐる巻きにすると、近くの騎士に身柄を渡《わた》す。

どうやらラウは一から丁寧に説明せずとも、一連の流れを理解したらしい。厳しかった面持ちに苦笑《くしょう》が刻まれる。

「できればあらかじめ相談した上で、実行して欲しかったところだが」

「ごめんなさい、どうしても秘密裏に進める必要があったの。絶対に失敗できなかった。わたしが婚約を受け入れたのは、あなたや帝国のことを探《さぐ》るためじゃない」

トリアが帝国へと旅立つ日、ロイクから秘密裏に託《たく》されたこと。ラウは帝国の内情や皇帝について探ることが目的だと考えていたようだが、実際は違《ちが》う。

トリアが探っていたのは、ルシアンの悪事を裏付ける証拠《しょうこ》だ。

「数年前から国内の人間、しかも恐《おそ》らく高位の者が他国に情報を流している疑いがあった。ロイク叔父《おじ》さんはルシアンを疑っていて、わたしもそいつならやりかねないと思い、婚約者として色々調べていたんだけど、確たる証拠が王国内では見付からなくて」

直接帝国の内部に入れば、情報が手に入ると思った。ルシアンが繋がっているとすれば、末端《まったん》の地位のない人間ではなく、かなり上の立場、皇族や高官だと思っていた。

皇帝《こうてい》の婚約者になれば、ルシアンの反逆の証拠を手に入れられると考えた。

「帝国に来て早々、怪《あや》しい人物には何人か目星が付いていた。疑《いだ》いを抱く『あるもの』を身に着けていたから。カーキベリル領での火事で、確証を得ることができたの」

「あるもの……もしかして王国でしか産出されないという金鉱石か？　そういえば王国内では金色は王族しか身に着けず、希少な金鉱石はすべて王族に献上《けんじょう》されると聞いたことがあったな」

「その通り。まあ、金色を身に着けちゃいけない、っていうのはあくまでも暗黙《あんもく》の了解事《りょうかいじ》項《こう》ね。ただし、金鉱石に関しては法で決められており、厳しい罰則《ばっそく》がある」

王国でまれに産出される金鉱石は、金とダイヤモンドを混ぜ合わせたような宝石で、王国内でもかなり希少価値が高い。金の美しさと、ダイヤモンドの硬《かた》さ、そして金とダイヤモンドよりも鮮《あざ》やかな輝《かがや》きを有する。他国では絶対に産出されない石だ。

手に入れられるのはノエリッシュ王国のみであり、その中でも王族に限られる。

「現在の国王と王妃《おうひ》、王太子以下、ルシアン以外の王族は大して金鉱石に興味がない。すなわち、王国内で産出した金鉱石はほぼすべてルシアンの手に渡り、もし他国に流出するとすればそれはルシアンを通してでしか考えられない」

セシリナが身に着けていた首飾《くびかざ》り、カーキベリル侯爵《こうしゃく》の息子《むすこ》のネクタイピン。王国の品物の輸出に関してかなり厳しい帝国内において、絶対にあるはずのない金鉱石を見た瞬間《しゅんかん》、トリアの中で怪しい人物は絞《しぼ》り込まれていた。

「セシリナ様の首飾り、あれはギルバートさんからの贈《おく》り物だと聞いています。そして、カーキベリル侯爵が言っていた王国での協力者は十中八九ルシアン。ギルバートさんとルシアンの二人が繋がっていたことは明らかでしょう」

「証拠は？　今の話はあくまでもトリア様、あなたの推測でしかありません。私が彼やカーキベリル侯爵と繋がっていたという揺るぎない証拠があるのでしょうか？　たとえ私の家を探ったとしても、そんな証拠は出てこないと思いますよ」

「――いいえ、証拠はありますわ。わたくしが持っております」

高らかな音色《ねいろ》が場に響《ひび》き渡る。全員の視線を受けて姿を見せたのは、セシリナだ。

自分の母親の登場に、さすがのギルバートの顔にも焦《あせ》りの感情が浮かぶ。そんな息子へ向けられるセシリナの目は冷たい。ちらりと自らの侍女《じじょ》だった人物を見やる。

「トリアに進言され、その女のここ数日間の動きを軍の人間に探らせておりました。あなたが手にしていた魔霊石《まれいせき》、出所ははっきりしておりますわ」

「な、何故《なぜ》……？」

「加えて、慎重《しんちょう》なあなたのことです、後々のことを考え、証拠をすべて手放すはずがありません。いつか脅迫《きょうはく》の材料にできるかもしれませんものね。どこにどのように隠《かく》すのが最善か。ええ、ええ、わたくしならばわかりますわ。何せ息子ですものね」

「っ！　何故ですか、母上！　あなただって、私が皇帝になった方がいいと、そう考えていたじゃありませんか！」

「つい先日まではそう思っておりましたわ。あなたはわたくしの大切な息子。ですが、たとえ可愛《かわい》い息子であろうと、自らのために他者を手にかける……特にわたくしの弟、ロイを殺したことだけは絶対に許せません」

ギルバートを見るセシリナの目には、隠すことのない殺意が宿っている。母親が息子に向ける目ではない。愛する家族を殺された者が、犯人に向ける憎悪《ぞうお》の目だ。

「それに、ギルバート、あなた、もしものときはわたくしに罪をなすりつけようと考えていたのでしょう？　だから、数々の暗殺を行わせていたそこの女を、わたくしに紹介《しょうかい》して侍女にさせたのでしょう？」

セシリナの瞳《ひとみ》に悲しみの色がにじむ。しかし、もはや自らの母、セシリナを見ようともせず、観念したように肩《かた》を落として俯《うつむ》くギルバートには届かない。

ギルバートは帝国の軍人に、そして、ルシアンは王国の騎士《きし》に拘束《こうそく》され、それぞれ連れて行かれる。両者共に極刑《きょっけい》が待ち受けていることは明らかだ。

ようやく何もかも終わったと、トリアの口からため息がこぼれ落ちていく。

これで、ロイクや祖父への恩義に報《むく》いることができ、最後に貴族の一員として国や民のために働くことができた。

——ここから、トリアはやっと自分のためだけに生きていける。

「申し訳ございませんでした、陛下。トリア様に頼《たの》まれ、演技だったとはいえ裏切るような真似をしてしまい、何とお詫《わ》びすればよろしいのか」

「いい、気にしないでくれ。むしろ俺の方こそあなたに謝罪をしなければならない。長年あなたとユニメルの領主の進言、父の死の真相をきちんと調査すべきだという言葉を無視してきてしまい、本当にすまなかった」

「いいえ、今ならばわかります。あなたがなすべきことのために必要だったのでしょう」

辺境伯はラウとトリアに向かって深く一礼し、私兵を連れて去っていく。

代わりにラウの前に来たのは、連れていかれるギルバートの後ろ姿を見えなくなるまで見守っていたセシリナだ。美しい顔は疲労《ひろう》で歪《ゆが》んでいる。先ほどまで見せていた凛《りん》とした姿は、彼女なりの矜持《きょうじ》の表れだったのだろう。

「わたくしもあなたに謝罪いたします。前皇帝を殺したと疑っていたこと、皇帝への数々の無礼、何よりも我が息子の悪事、心よりお詫び申し上げます。陛下、わたくしにも相応の罰《ばつ》を与《あた》えてくださいませ」

迷うことなく頭を下げるセシリナの肩へ、ラウはそっと手を置く。

「お互《たが》いすべてを水に流すことは、すぐには無理でしょう。ですが、時間がいずれ解決してくれます。あなたが俺をどう思っていても、それでも今となってはあなただけが俺にとって唯一《ゆいいつ》の身内です、伯母上《おばうえ》」

顔を上げたセシリナは無言でラウと視線を交《か》わした後、皇帝に忠誠を誓《ちか》うように頭を下げる。現れたとき同様、颯爽《さっそう》とした足取りで去っていく後ろ姿には、もう弱さはない。

(セシリナ様は大丈夫《だいじょうぶ》ね。強いお方だから、きっと立ち直れる。今後はラウの良い味方になってくれそう)

背筋を伸《の》ばした凜々《りり》しい姿は、皇帝の伯母として相応《ふさわ》しいものだった。

それぞれが後処理をし始める中、ラウがトリアのすぐ傍《そば》に来る。

「トリア、あの……」

「よくやったな、トリア！　さすが俺の姪《めい》で一番弟子《でし》だ！」

大声と共に現れたロイクが、トリアの頭をぐしゃぐしゃと大きな手で撫《な》でる。

「ロイク叔父さん、落ち着いて。髪《かみ》の毛がぐちゃぐちゃになるから」

「おっと、悪かったな。つい昔みたいに撫でちまった。というか、その髪型よく似合っているな。じゃなくて、お前のおかげで何もかもうまくいった！　お前の祖父《じい》さんも、それにイデオン王太子も、みんな感謝しているぞ。全部お前のおかげだ！」

「だから、ちょっと落ち着いてってば。叔父さんは大袈裟《おおげさ》すぎよ。みんなの助けがあったからうまくいったの。私の力だけじゃない」

大袈裟すぎるものの、ロイクに褒《ほ》められるのは嬉《うれ》しい。自然と、トリアの顔には晴れやかな笑みが浮かぶ。

「お前はもう立派な騎士の一人だな」

ロイクは無精髭を撫でながら、感慨深そうな口調で言う。

「ありがとう、叔父さんにそう言ってもらえると本当に嬉しい。ただ、この場ではまずわたしじゃなくて、ラウ、皇帝陛下に挨拶《あいさつ》をしないと」

トリアの言葉で、ロイクはようやくラウの存在に気付いたらしい。慌《あわ》てて背筋を正す。

「すまない、いや、申し訳ございません、皇帝陛下。このような形で恐縮《きょうしゅく》ではありますが、お初にお目にかかります。王立騎士団の副団長、ロイク・ララサバルと申します」

「……いや、堅苦《かたくる》しい態度は必要ない。普段《ふだん》通りに話してくれ」

「どうも、そう言ってもらえると助かる。今回王国の人間が許可なく越境《えっきょう》した件、後からきちんと国として謝罪する予定だ。だから許してくれってわけじゃあないが、トリアのことは責めないでやってくれ。王国と、そして帝国、両国のためにやったことだ」

「ああ、わかっている。君たちの行動を責めるつもりは一切《いっさい》ない。だが、ルシアン王子が帝国内のどんな情報を握《にぎ》っていたのかは、こちらにも知る権利がある。調査結果を逐一《ちくいち》報告してもらうことは可能だろうか？」

「イデオン王太子に相談してみる。多分首を縦に振《ふ》るはずだ」

頼むと続けるラウに、ロイクは任せろと頷《うなず》き返す。

「俺は先に国境に戻《もど》る。王太子が待っているから、お前もなるべく早めに来てくれ」

ロイクは挨拶もそこそこに馬へと飛び乗ると、騎士たちと共に国境へと向かう。往生際《おうじょうぎわ》が悪く抵抗《ていこう》しているルシアンは、半ば引きずるような形で連れて行かれる。

ラウに視線を戻すと、斜《なな》め上、空中を眺《なが》めている横顔があった。うんざりとしたしかめ面《つら》だ。何もない空中を眺めているにしては、あまりにも刺々《とげとげ》しい。

「どうかしたの？」

「いや、夜の精霊《せいれい》が……」

「ここにいるの？　何かあった？」

「ギルバートのことを、ああ、いや、何でもない。すまない、夜の精霊の話題はやめよう。気分が悪くなるだけだ。それで、君はやはり王国に戻るのか？」

「ええ、ルシアンの一件について、わたしからも報告すべきことがあるし、ついでに妹の具合が悪いっていうのも嘘《うそ》じゃないらしいから、ちょっと様子を見たくてね」

「……そうか。では、ここで君とはお別れだな」

大仰《おおぎょう》な言い方が気になりつつも、トリアは「そうね」と返事をする。

どのくらいで帝国《ていこく》に戻って来られるか伝えようとして、けれど、現状でははっきりとしたことが言えないと気付く。三日か。否《いな》、一週間以上かかるかもしれない。

（ああ、気が重い……。叔父《おじ》さんたちにあとはすべて任せて、わたしはラウと一緒《いっしょ》に帝国

に帰りたいんだけどなあ)

だが、憂《うれ》いはすべてきちんと片付けておきたい。片付いたことを自分の目で見て、確認《かくにん》しておく必要がある。

(ついでに、わたしはもう王国には戻らないって、お祖父様や叔父さんたちにちゃんと伝えておかないとね)

騎士として、守りたい大切な人を見付けたから。

そして、ただのトリアとして、愛する人と一緒に生きていきたいから。

「君と出会えて、一緒にいられて、俺は幸せだった、トリア」

「ありがとう、わたしもあなたに会えてよかった、ラウ」

これからもっと幸せになれる、幸せにするという言葉は、胸の中に仕舞《しま》っておく。

――次に会えたとき、あふれ出る想《おも》いはすべて伝えよう。

ラウの目が細められる。何か言おうとして、しかし、軽く頭を振ると口の端《はし》に穏《おだ》やかな笑みを浮かべる。

「それじゃあ、な」

「ええ、それじゃあ、さようなら」

次の再会を楽しみにして、別れの挨拶を口にする。

本当の意味で別れだと、もう二度と会うことはないと、そうラウが考えていることなど知らず、トリアは高い踵《かかと》で靴音《くつおと》を立てながら、王国へと向かって歩き出した。

終章

皇帝が最も信頼《しんらい》していた身内が、長年皇帝と国を欺《あざむ》いていた。

その事実はすぐさま帝国中に知れ渡《わた》った。前皇帝並びに多数の皇族が暗殺された事件の真相、及《およ》び現皇帝が夜の精霊の加護により不死であることも明らかにされ、国中が蜂《はち》の巣をつついたような騒《さわ》ぎに陥《おちい》った。

できる限り内密に、国民には必要最低限の情報のみ明かすべきだ。そう一部の貴族や高官が声を上げる中、ラウは「何一つ隠《かく》すことなく国民に伝える」と宣言した。

国民へは何もかもを嘘偽《うそいつわ》りなくつまびらかにする、と主張するつもりはない。無駄《むだ》に不安にさせる情報、不確かな情報ならば、当然明かす内容は精査し、制限すべきだ。

だが、今回の件に関しては、国民にはすべて知る権利があるとラウは判断した。

そして、もし国民が「不死の皇帝なんて認められない！」と声を上げたら、潔《いさぎよ》く皇帝の座を降りることも考えていた。

キールストラ帝国は民《たみ》のための国だ。亡《な》き父が、何度もラウに語ったように。

「二週間経過いたしますと、騒動《そうどう》も随分《ずいぶん》と落ち着いてきましたね。さすが、陛下。今回は隠し事をせず、すべて国民に情報を開示したことが功を奏したのでしょう」

「俺としては、もっと違《ちが》う展開を予想していたんだが」

「民があなたを皇帝の座から引きずり下ろすとでも？　恐《おそ》れながら申し上げます。あなたは自分がこの国にとってどんな存在なのか、正しく理解できていらっしゃらない」

謁見《えっけん》の間、皇帝の席に座したラウは、眼下から放たれるドミニクの言葉に苦笑《くしょう》を返す。

公《おおやけ》の場であれば、無論皇帝をけなすような言動は不敬罪に当たる。ただし、今この場にいるのはラウが信頼する者のみ。ドミニクの主張に「そうだ、そうだ」と頷く者が多数いるが、彼を批判する人間はいない。

そういう人間を信頼できると判断し、側近として集めたのだから当然のことだろう。

「ああ、そうだな、ドミニクの言う通りだ。俺はまだまだ青二才、皇帝として足りない部分が数多くある。優《すぐ》れた皇帝だった父の足元にも及ばない」

「いいえ、あなたは非常に聡明《そうめい》で、そして、驚《おどろ》くほど先々の出来事を見通していらっしゃる優秀《ゆうしゅう》な皇帝です。ですが、あまりにも優秀なのに、ご自身に対する評価が異常に低いのが欠点ですね」

「……さすが、前皇帝の腹心。手厳しいな」

「陛下は耳元で甘言を囁《ささや》く人間が欲しいがために、私やユニメルの領主をお傍《そば》に置くことを決めたわけではないでしょう？」

断固とした口調に言い返すことができない。ただ苦い笑《え》みを刻むのみだ。

あの騒動の後すぐ、ラウはユニメル領とエジンティア辺境領、二人の領主を帝城《ていじょう》に呼んだ。これまでの非礼を詫《わ》びると共に、今後自分の傍で力を貸して欲しいと頼《たの》むためだ。二人は領内が落ち着くまではやるべきことがあると口にしつつも、時間を見つけて城に上がると快く引き受けてくれた。

二人は前皇帝を支えていた重臣で、知識も経験も豊富だ。加えてラウの魔力《まりよく》に耐性《たいせい》もある。是《ぜ》が非でも力を貸して欲しいと、前々から考えていた。

カーキベリル侯爵家《こうしやく》の人間や、暗殺に関《かか》わっていた元侍女《じじょ》、他《ほか》にも金で雇《やと》われただけの襲撃者《しゅうげき》たちは、すでに処遇《しょぐう》が決まっている。国外追放や刑務所《けいむしょ》行きがほとんどだ。

首謀者《しゅぼうしゃ》であったギルバートに関しては、まだ裁判の最中で罪状は決まっていない。王国の人間、ルシアンと繫《つな》がっていたことが明らかになっているが、恐らく他にも罪状が積み重なっていくはずだ。

不幸中の幸いなことに、帝国の重要情報がルシアンに流れている様子はなかった。ギルバートは甘い言葉でルシアンを協力者に仕立てていたようだが、自分が皇帝になったら容《よう》赦《しゃ》なく切り捨てるつもりだったのだろう。王国と仲良くするつもりなどなかった。

今後ギルバートの罪が増えても増えなくても、極刑《きょつけい》は免《まぬが》れない。

『早く、早く、処刑《しょけい》にならないかな』

『楽しみ、楽しみ、死んだらあの魂《たましい》でいっぱい遊ぼう』

いつの間にか、夜の精霊《せいれい》が周囲をぐるぐると飛び回っている。いつも以上にはしゃいだ声だ。明るい声音《こわね》には隠すことのない残酷《ざんこく》さがあり、幼い子どもが罪なく小さな命を弄《もてあそ》ぶ様が目に浮《う》かぶ。

（ギルバートに同情する余地など本来はないが、彼らに目を付けられたことに関してだけは心の底から憐憫《れんびん》を抱《いだ》くな）

あの国境付近での出来事の際、軍人に連れて行かれるギルバートを夜の精霊たちが取り囲んでいた。赤い瞳《ひとみ》は爛々《らんらん》と輝《かがや》き、口々に『欲しい、欲しい』と言っていた。

闇《やみ》に染まったギルバートの魂が欲しい、と。

（死んだ後の方がギルバートにとっては本当の意味での地獄《じごく》だな）

ご愁傷様《しゅうしょうさま》と、飛び回る夜の精霊たちを見ながら心の中で吐《は》き捨てる。

（まあ、いずれ俺も仲間入りをするんだろうが）

夜の精霊の姿と声を、できる限り意識の外に追い出す。

「陛下はルシアン王子たちの登場に驚いていているようでしたが、実際はすべて想定済みだったのでしょう。トリア様が私に、ルシアン王子や騎士《きし》たちを内密に越境《えっきょう》させるための手助けを頼まれることを含《ふく》めて、すべて予測して動いていらっしゃった」

「……さあ、何のことだ？　俺には意味がわからないな」

「ご冗談《じょうだん》を。私はトリア様に手を貸すことを悩《なや》んでおりました。家としてはもちろんあの方に多大なるご恩がありますが、だとしても国を裏切る真似《まね》はできません」

悩む自分のもとへ、帝城から手紙が届いた。そこには、もしトリアに何か頼まれれば、迷うことなく受け入れて構わない。罪に問うことは絶対にないと、そう記されていたとドミニクは続ける。

「そんな手紙は知らないな。俺の名前でも書いてあったのか？」

「いえ、名も印章もありませんでしたが、あれは陛下の字でしょう」

「さて、何度聞かれても、知らないものは知らないとしか答えようがない。いずれにせよ、前に言った通りお前の罪を問うつもりはない。それでいいだろう」

「……ふう。あなたの悪い部分は先を見通しすぎるところと、大抵《たいてい》のことを自分だけの胸に収めて解決しようとなさるところですね。もしかして、王国の第一王女との縁談が持ち上がった際に積極的な態度だったのは、帝国内で王国と繋がっている人間がいることを疑い、それを明らかにするためだったのでは？」

向けられた質問に無言を返す。再度、ドミニクの深いため息が重なる。

「陛下、すべては国や民のためなのでしょうが、その態度は一部の人間を誤解させます。皇帝の姿を演じることがなくなったのですから、秘密主義も直していただかないと」

謁見の間にいるほぼ全員が、ドミニクの苦言に「その通りだ」と首を縦に動かしている。

信頼できる臣下に囲まれているはずなのに、何故《なぜ》かラウは孤立無援《こりつむえん》の状態だ。

ラウが普段《ふだん》の皇帝の姿だけでなく、よわよわ皇帝の姿もまた演じていたことは、不死であることも含めて臣下たちに伝えてある。意外にも、大抵の者が本来のラウの姿を受け入れてくれた。

どんな姿や性格でも関係なく、自分たちはラウという皇帝に従っているのだから、と。

「この男にそんなことを言っても無駄ですわ。十年近くあれやこれやと隠し事をし、嘘《うそ》を吐《つ》き続けてきた男ですのよ。ちょっとやそっとのことでは秘密主義は直りませんわ」

ラウの横に控《ひか》えていたセシリナが、扇子《せんす》を開いて口元を隠す。

「家庭でも持てば、もう少し丸くなるんじゃないかと思いましたのに」

「伯母上《おばうえ》、その話は何度もしたはずです。俺は今のところ結婚するつもりはありません」

「今後、あの娘《むすめ》よりも好きになれる相手が見付かるとでも思っていますの？」

「……俺は誰《だれ》も好きにはなりません」

この場にいるラウ以外の全員が、冷ややかな眼差《まなざ》しをしている。そこには皇帝を責める色が湧《わ》き出ている。全員が全員、不敬罪に問われてもおかしくない状況《じょうきょう》だ。

だが、彼らの言いたいことがわかるだけに、ラウもきつく言い返すことができない。

「あの娘から入国を希望する伝言や、あなたに会いたいという旨《むね》の手紙が何度も来ているはずです。ずっと無視し続けている理由は、他に良い女でもできたからですの？」

「違いますす。彼女はもう婚約者ではありません。入国を認める理由がないだけです」

トリアが帝国に戻《もど》ってくるつもりだったことは、もちろんわかっていた。わかっていたが、ラウは彼女を二度と帝国に入れるつもりはなかった。

二度と会うつもりがなかった。

(……好きだからこそ、彼女にはここじゃない場所で生きて欲しい)

ロイクと笑顔で話しているトリアを見て、改めて感じた。

トリアのいるべき場所は帝国でも、ラウの隣《となり》でもない。

彼女はもっと明るい場所で、広い世界で生きていくべき人だ。

(俺は、彼女が好きだと言ってくれたあの言葉があればいい。裸足《はだし》の彼女に、足枷《あしかせ》を付ける真似だけは絶対にしたくない)

だが、彼女が傍にいたら、ラウはいつかその美しい足に枷を付けるだろう。

好きで仕方がなくて、愛しすぎて苦しくて、他の誰にも渡《わた》したくない。自分だけのものにしたいと、そう想《おも》う気持ちが強すぎて。

「へたれですわねえ。あなたのような男のどこがいいのか、まったくわかりませんわ」

「……伯母上、何か言いましたか？」

「あら、失礼。つい失言してしまいましたわ。許してくださいませ、皇帝陛下」

口元を優雅《ゆうが》に扇子で隠《かく》し、にこりと微笑《ほほえ》む姿は年齢《ねんれい》を忘れさせるほど艶《あで》やかで美しい。

国境から帝城に戻ると、セシリナはすでにいつも通りだった。息子《むすこ》が悪事を働いたこともあり、彼女への風当たりは強い。だが、本人は気にした様子もなく、以前よりも精力的に動いているようだ。

ラウへの辛辣《しんらつ》な態度は変わらない。ただ、前よりは幾分壁《いくぶんかべ》が低くなった気もする。

「謝罪と言っては何ですが、今日は陛下にご紹介《しょうかい》したい女性を連れてまいりましたの」

「謝るどころか、さらに俺のことを怒《おこ》らせようとしていませんか？」

「嫌《いや》ですわ。短気でへたれな男など、誰にも好かれませんわよ」

笑顔で睨《にら》み合うこと数十秒。どちらも笑っているだけに、傍目《はため》から見ると異様に感じられるだろう。事実、誰もが口を固く閉《と》ざして傍観《ぼうかん》している。

先に音を上げたのは、ラウの方だった。

「誰であろうと俺は会うつもりはありません。相手には即刻《そっこく》お引き取りを――」

ラウの声を遮《さえぎ》るように、扉《とびら》が開け放たれる音が響《ひび》き渡る。

扉を潜《くぐ》り抜《ぬ》け、高らかな足音と共に現れた人物。

彼女を見た瞬間《しゅんかん》。ラウは続けるべき言葉を忘れ、ただ見つめることしかできなかった。

「久しぶり、ラウ。元気そうで良かった」

「……君も元気そうだな、トリア」

「ええ、すこぶる絶好調よ。腸《はらわた》が煮《に》えくり返りそうなほど怒っていることを除けば、ね」

笑顔《えがお》とは裏腹に謁見《えっけん》の間に響く大きな靴音《くつおと》が、トリアの内心を如実《にょじつ》に示している。

「では、今すぐに帝国から出て行くべきだな。ここにいると怒《いか》りが増すばかりだろう」

「ご心配どうもありがとう」

「元婚約者のことを心配するのは当然だろう。国境まで軍人に案内させよう」

「結構よ。わたしはここでやることがあるの」

トリアとラウ、二人だけの声で満たされた場には、一触即発《いっしょくそくはつ》の空気が漂《ただよ》っている。表向きは和《なご》やかに会話をしているが、トリアはもちろんラウもまた表情と内心は別物だろう。

二人の邪魔《じゃま》をしないようにと、置物のように固まっている高官や軍人の前を通り過ぎ、トリアはラウへと続く階段を上り始める。

「皇帝の傍《そば》に近付く許可を出していないんだが」

「それなら問題ないでしょ。わたしは皇帝じゃなくて、ラウに用があるの」

「……そもそも、君はどうやって帝国に入国したんだ?」

「簡単なことですわ、わたくしが招待したんですのよ」

あっけらかんと答えたセシリナに、ラウの鋭《するど》い眼差しが向けられる。が、当の本人はどこ吹《ふ》く風。

「皇帝の伯母《おば》の賓客《ひんきゃく》ですわ。何か問題でもありますの？」

ゆるく扇子を動かして顔をあおいでいる。まったく気にしていない。

「セシリナ様を責めるのはやめて。わたしが無理に頼《たの》んだの。どこかの誰かさんが、いつまで経《た》っても何の音沙汰《おとさた》もないからね」

ノエリッシュ王国に戻ってすぐ、トリアはやるべきことに精力的に取り組んだ。無論、一刻も早く帝国へと帰るためだ。

イデオン王太子と国王に面会し、諸々《もろもろ》の出来事を報告し、ルシアンが無事に投獄《とうごく》されるのを確認《かくにん》し、ついでに妹のクローディアにも会いに行った。

日がな一日、自室の寝台《しんだい》でぼんやりし続けている妹に、

『あの無駄《むだ》に行動力があって、素直《すなお》で可愛《かわい》らしい子を完璧《かんぺき》に演じ、嫌みったらしくて執念《しゅうねん》深くて計算高い、姉からの好感度ゼロの妹はどこに行ったの！』

と平手打ちをして活を入れてきた。平手打ちと言っても、ぱちりと鳴る程度の可愛らしい威力《いりょく》だ。

両親には会わなかった。あっちも会いたくないだろうし、トリアも会いたくない。

最後にロイクと祖父にきちんと挨拶《あいさつ》をし、帝国で生きていく旨を伝え、「さあ、帝国に帰ろう」と意気込んだところで、考えてもいなかった事態に陥《おちい》った。

キールストラ帝国に入国できなかったのだ。

国境警備をしている軍人はみな困り顔で、「陛下のご命令なので」と答えるだけ。伝言を頼んでも、手紙を頼んでも、音沙汰なしの状態。十日続けば、我慢《がまん》も限界を迎《むか》えた。

「そういえば、君は元カーキベリル侯爵《こうしゃく》の夫人と娘《むすめ》を王国に迎え入れたそうだな」

「王太子がわたしに褒美《ほうび》をくれるって言うから、二人をララサバル家の使用人として貰《もら》ったの」

「何故、そんな無駄な労力を」

「だって、ラウは彼女たちのことを心配していたでしょ？」

え？　と整った唇《くちびる》から驚愕《きょうがく》の声がこぼれ落ちる。

言葉はない。表情にも出ていなかった。それでもあのとき、やつれた二人の姿を目にしたとき、ラウは母娘《おやこ》の行く末を確かに案じていた。

ララサバル男爵家は祖父が当主に返り咲《ざ》き、新たな使用人を採用し始めていた。侯爵夫人だった頃《ころ》のような生活はさせられない。汗水《あせみず》流して働いてもらうことにはなる。だが、母娘、二人が離《はな》れることなく、新たな道を探していくことはできるはずだ。

「君は本当に行き当たりばったりな行動を取るな。エジンティア辺境領やユニメル領のときもそうだ。まさか目に付いた人間、全員を助けていくつもりなのか？」

「わたしだって誰彼《だれかれ》構わず助けたり、手を貸したりはしない。でも、今回はどうしても手助けしたかったの。だって、そうした方があなたの心を守れるって思ったから」

「……迷惑極《めいわくきわ》まりないな」

一拍《いっぱく》の間を置いて、ラウは吐《は》き捨てるように冷えた言葉を紡《つむ》ぐ。

「やはり君はここではなく、別の国に行くべきだ」

有無《うむ》を言わせない高圧的な声だ。

トリアは椅子《いす》に座ったままのラウの目の前に立つと、真っ直《す》ぐに見下ろす。

「わたしのことを勝手に決めないで。わたしがどこに行くか、どこで生きるか、そして誰の傍にいるか、それを決めるのは他《ほか》の誰かじゃない。わたし自身なのよ」

「間違《まちが》いを犯そうとしている人間がいれば、注意するのは当たり前のことだろう」

「間違いかどうか決めるのもわたしだし、たとえ間違いだったとしてもわたしの責任。一つ付け加えておくと、わたしの考えではここであなたと離れる方が間違いだと思う」

「君の考えなどどうでもいい。帝国《ていこく》内で勝手な行動はしないでくれ。自主的に出て行かないのならば、実力で追い出してもいいんだ」

いくら言葉を重ねても、ラウの頑《かたく》なな態度は変わる様子がない。

(となれば、実力行使しかないものね)

トリアは腰《こし》に備えていた剣《けん》を鞘《さや》ごと引き抜いて、両手に持つ。

「ねえ、今ここに夜の精霊《せいれい》はいる？」

「は？　何故《なぜ》、そんなことを……」

「いるの？　いないの？」

「いる、が」

「うん、それじゃあ、場は完璧ね。ちなみにさっき、他に女ができたかっていうセシリナ様の質問に、もし『はい』と答えていたら全治一ヶ月程度の重傷を負わせようと、本気で考えていたんだけど」

「……」

ラウの細く整った眉《まゆ》が、ほんのわずか動く。

物騒《ぶっそう》なトリアの発言に、成り行きを見守っていた警備の軍人たちも、さすがに黙《だま》って静観はできなかったらしい。各々《おのおの》武器に手をかけようとしたのを、ラウが軽く手を上げて止める。

「君はなかなか過激な発言をするな」

「そうよ、覚えていて。わたしの愛はすごく過激なの。自分でも最近気付いたばっかり」

愛する人を守るためなら、どんなことだってできる。どんなことでもしてみせる。

トリアはいつかのように、左膝《ひだりひざ》を立てた状態で床《ゆか》に跪《ひざまず》く。そして、驚《おどろ》くラウへと両手で剣を差し出す。

後にも先にも、トリアが心から跪く相手はただ一人、ラウだけだ。

「何をしているんだ？」

「言っておくけれど、これは『仮』じゃなくて『本気』の宣誓《せんせい》」

最初にここで行った宣誓は『仮』のもので、正式な騎士《きし》の誓《ちか》いではなかった。

だが、今は違う。トリアは守るべき相手を自分で見付けた。自分で選んだ。

誰《だれ》かに決められた道ではない。トリア自身が選び、迷わず進むことを決めた道だ。

「わたし、トリアはこの場にて、我が剣を陛下に捧《ささ》げることを誓います」

耳が痛くなるほどの静けさの中、凛《りん》としたトリアの声が空気を揺《ゆ》らす。

「この身を盾《たて》に、この身を刃《やいば》に、命をかけて忠誠を誓い、御身《おんみ》を必ずお守りすることをお約束いたします」

頭を下げた状態のまま、ラウの言葉を待つ。

数十秒、数分と、時間が過ぎていく。が、いくら待ち続けても、一向にラウの声が聞こえてこない。

五分経ったところで、トリアはややしびれた腕《うで》を下げ、呆《あき》れた表情で立ち上がる。

「ちょっと、普通《ふつう》ここは『許す』って言う場面でしょ！」

「許すつもりがない」

「あのねえ……ああ、もう、いい。わかった、それじゃあ言い方を変える」

剣を足元に置いたトリアは、豪勢《ごうせい》な椅子に座ったまま動こうとしないラウへと一歩踏《ふ》み出す。背をかがめ、ぐいと服の胸《むな》ぐらを摑《つか》む。顔を近付けると、ラウがぎょっとしたようなかっただろう。

に紫《むらさき》の目を開く。

「わたしと結婚《けっこん》して、ラウ」

まさかそんな言葉が出てくるとは、いくらあれこれ先を見通しているラウでも想像できなかっただろう。

トリアはぱちぱちと瞬《まばた》きを繰《く》り返すラウの胸ぐらを引っ張ると、わずかに開いた唇に口付けする。触《ふ》れるだけの軽い口付けだ。

至近距離《きょり》で見つめれば、ラウの頬《ほお》にいくつか赤くなっている部分が確認できる。それはカーキベリル領の火事で負った火傷《やけど》の痕《あと》だ。ちゃんと治療《ちりょう》しているのか、最後に見たときよりずっと回復している。

（……よかった）

火傷が治っていることに、そして、火傷痕が残っていることに安堵《あんど》する。

痕が残っているということは、ラウはトリアが離れてから死んでいないということだ。

暗殺の首謀者《しゅぼうしゃ》だったギルバートが捕《つか》まったため、命を狙《ねら》われる機会はかなり減るとは思うものの、皇帝《こうてい》という立場ゆえ絶対の安全などないだろう。

（わたしはこの人をもう二度と、絶対に死なせない）

生き返るか、生き返らないか、そんなことはどうでもいい。

トリアは愛する人の死ぬ姿なんて、一瞬たりとも見たくはない。

（ラウのためだけじゃない。わたし自身のために）

周囲の人間の姿は目に入ってこない。胸ぐらから手を離して一歩下がると、ラウだけを見つめて満面の笑みを作る。否《いな》、作らなくてもラウを見ると笑顔になっていく。

好きな人を見て、傍《そば》にいるだけで、心が満たされていく。

「あなたの傍で、わたしがあなたを守る。あなたの命も、あなたの心も、あなたの想《おも》いも、わたしが全部守ってみせる」

「君は、何を、言って……」

「守るついでに、あなたのことを絶対に幸せにする」

トリアは大声で高らかに宣言する。

ラウへ、そして――ここにいるはずの、夜の精霊に向かって。

「だから、あなたも自分らしく生きて。夜の精霊が望む皇帝じゃない。あなたが望む皇帝を目指せばいい」

誰かが望む自分になんて、何の意味もない。自分が選んだ自分だからこそ、意味がある。ラウ自身が選んだ皇帝になることを、きっとこの国の民《たみ》も、この場にいる臣下も、もうこの世にいない彼の家族も望んでいるはずだ。

それがきっと、この国にとって相応《ふさわ》しい皇帝の姿だろう。

「もし夜の精霊があなたのすることを非難したら、わたしが夜の精霊を全部叩《たた》きのめす」

ラウだけじゃない。セシリナもドミニクも、全員がトリアの暴言に唖然《あぜん》としている。当然だろう。トリアはこの国に住まう夜の精霊に、盛大に喧嘩《けんか》を吹《ふ》っかけている。もし彼らが怒《おこ》り出したら、トリアなど簡単に消されてしまうのかもしれない。

だが、怖《こわ》いとは微塵《みじん》も思わない。

国を作るのは精霊なんて不確かなものではなく、そこに住んでいる人間だ。そんなこともわからない精霊なんて、怖いとも思わないし、崇《あが》めたいとも思わない。

──わたしの大切な人たちに害をなすならば、敵でしかない。

「だから、わたしをあなたの家族にして。そして、わたしの新しい家族になって」

数秒の沈黙《ちんもく》の後、ふっと薄《うす》い唇《くちびる》から笑《え》みが落ちていく。

「……君は本当に無茶苦茶だな、トリア」

「ええ、自分でもそう思う。でも、そんなわたしでもあなたは好きでいてくれるでしょ？」

答えは言葉じゃなかった。

ラウは椅子から立ち上がると、トリアの体を強く抱《だ》きしめる。否、抱きしめるというよりは、縋《すが》り付かれている気がした。

トリアは自らの肩口《かたぐち》に埋《う》まった頭を撫《な》でながら、からかうような口調で問いかける。

「もしかして泣いている？」

「……泣いていない。泣くはずがない」

「それは残念。泣いているラウ、ちょっと見てみたかったかも」

「俺は寝台《しんだい》に行けば、君を泣かせる自信があるが」

「ちょ……！　そういうことを公《おおやけ》の場で言うのは、今後一切《いっさい》禁止！」

「なるほど。では、二人きりならば問題ないってことだな」

「違《ちが》う、違う！　あー、もう、ちょっと黙って！」

顔を上げたラウは、言葉通り泣いてはいなかった。代わりに、これまで見た中で一番の笑顔で輝《かがや》いている。自然と、トリアの顔にも笑みが広がっていく。

笑い合うトリアたちにつられたように、誰からともなく笑い声が一つ、二つと吐《は》き出され、謁見《えっけん》の間が明るい声で満たされていった。

ラウは上着の懐《ふところ》から金の腕輪を取り出すと、トリアの右手に優《やさ》しくはめてくれる。

この腕輪を最初に贈《おく》ってもらってから、さして日は経《た》っていない。それなのに、腕輪がないと大きな違和感《いわかん》があった。はめてもらえた瞬間《しゅんかん》、空いていた穴がかちりと埋まる。

「君のことが好きだ。愛している、トリア」

「わたしもあなたのことが好き、ラウ」

触れるだけの口付けをもう一度交《か》わす。ラウの冷えた唇が、トリアと同じ温《ぬく》もりに染まっていく。と、かすかに声が聞こえてきた。

『面白《おもしろ》い、面白い。認めてあげる、認めてあげる』

周囲を見回すが、何の姿もない。だが、何となくだが、楽しそうに笑っているような気配を感じた。

「今、声が……」

「どうかしたのか？」

「いえ、何でもない。気のせいね」

トリアの勝手な妄想《もうそう》かもしれないが、それでもいい。認めてくれたと、そう前向きに考えよう。

（二十歳《はたち》の誕生日で死ぬなんて、そんなことはわたしが絶対にさせないから）

騎士として仕える主人を、そして、妻として愛する主人を、必ず守ってみせる。

「守られるだけじゃない。俺も君を守る。きっと幸せにする」

再び近付いてきたラウの唇に応《こた》えるように、トリアは微笑《ほほえ》みながら目を閉じた。

おやすみ、愛する人よ

眠《ねむ》ると、決まって悪夢を見る。

――今日は、母や弟たちが死んだ過去を再現する悪夢だった。

ラウの周囲に『首』と『胴体《どうたい》』が散らばっている。胴体と切り離《はな》された首は、うつろな目でラウを見つめ、声なき声で責め立ててくる。

何故《なぜ》、お前が生きているのか。何故、自分たちが死なねばならなかったのか、と。

「……っ！」

飛び起きる。全力疾走《しっそう》をした後のように、心臓が早鐘《はやがね》を打っている。息が苦しい。

（落ち着け、夢だ！　現実じゃない……現実のはずがない）

上半身を起こし、わずかに汗《あせ》で濡《ぬ》れた前髪《まえがみ》を握《にぎ》りしめると、突如《とつじょ》、隣《となり》で寝《ね》ていた人物が跳《は》ね起きた。

「敵襲《てきしゅう》!?」

深い眠りに落ちていたと思っていた相手、トリアは一気に覚醒《かくせい》し、枕元《まくらもと》に常に置いている短剣《たんけん》を手に取る。半袖《はんそで》のシャツにハーフパンツと、動きやすさを重視した寝間着《ねまき》を身に着けたトリアは、寝台の上で隙《すき》なく周囲を窺《うかが》う。

予期していなかった反応に、良い意味で緊張感《きんちょうかん》が殺《そ》がれた。

小さく息を吐き、胸の中にある暗い想いを押し出す。

冷静になって隣にいる相手を見れば、直前まで寝ていたとは思えないほど油断なく警戒《けいかい》している姿があった。ただきりっとした表情とは裏腹に、その格好は大分乱れている。シャツの襟《えり》ぐりからは左肩がむき出しの状態になっていた。少し動けば胸元《むなもと》が見えてしまいそうだ。右の脇腹《わきばら》はすでに丸見えの状態で、かなりきわどい格好になっている。

(他《ほか》の人間には到底《とうてい》見せられない……いや、見た時点で容赦《ようしゃ》なく消すが)

もし本当に敵襲だったとしたら、侵入者《しんにゅう》を完膚《かんぷ》なきまでに叩きのめした上で、記憶《きおく》を完全に消去する必要があるだろう。

トリアのことを考えていると、冷えた心が温度を取り戻《もど》してくる。

「すまない。ただ起きただけだ」

「……敵襲じゃない？」

「ああ、違う」

起こして悪かったと再度謝れば、トリアはあっさりと短剣を手放す。そして、掛《か》け布団《ぶとん》の中にもそもそと潜《もぐ》り込んでいく。

時刻は夜半。まだ闇《やみ》で満たされた時間だ。夜明けは遠い。

だが、寝室《しんしつ》にはぼんやりと橙色《だいだいいろ》の輝きがあり、完全な闇ではない。

一切光のない場所では眠れない、とラウが言えば、トリアはあっけらかんとした調子で、

『わたしなら全然大丈夫《だいじょうぶ》よ。太陽がさんさんと輝く場所でも余裕《よゆう》で眠れるから』

と、サイドテーブルに置いた灯《あか》りを、夜の間中点《つ》けていることを受け入れてくれた。

疲《つか》れていたのだろう。あっという間に眠りに落ちていくトリアの姿を、上半身を起こしたまま眺《なが》める。

淡《あわ》い光に照らされ、敷布《しきふ》に広がった赤髪が艶《つや》やかさを放っている。意志の強さを主張する瞳《ひとみ》が閉じられると、凛《りん》とした面差しにはどこか幼さがあった。

「……眠れないの？」

数秒の沈黙の後、舌っ足らずな声が発せられる。

てっきり眠ってしまったと思っていたのだが、まだまどろみに片足を突《つ》っ込んだ状態だったらしい。細く開かれた目が、ラウをぼんやりと眺めている。

「昔から悪夢を見ることが多くて、な」

ふうんと、眠そうな声が続く。聞いているのか、聞いていないのか微妙《びみょう》なところだ。

どうにかこうにかこじ開けられていた瞳が、再びゆっくりと閉じられていく。

（……やはり寝台は別々にした方がいいな）

悪夢で飛び起きる度《たび》に彼女を起こすのは本意ではない。

そっと寝台から抜《ぬ》け出そうとしたところで、思いの外強い力がラウの腕《うで》を掴《つか》む。もちろん手の主はトリアだ。

問いかける間もなく、ラウの体は掛け布団の中に引きずり込まれていた。

気付けば、トリアの胸に頭を抱《だ》きしめられるような格好になっている。

驚《おどろ》くラウの耳に、柔《やわ》らかな声音《こわね》が入り込んでくる。

「……大丈夫、心配ない。どこにいても、あなたはわたしが守るもの」

頭の上から降り注いでくる声は、半分以上眠りに落ちているのか、どこかたどたどしい。

だが、ラウの背中に回された手が優しく背を撫《な》でるように動き、そしてその声は冷えた心を温かく包み込んでくれる。

ふっと、全身から力が抜けていく。

「……そこが夢の中でも、か？」

「うん、どこでも。大丈夫、だい、じょうぶ、わたしが、一緒《いっしょ》にいる、から……」

夢の中でも守る。そう言ったのがトリアでなければ、鼻で笑って一蹴《いっしゅう》しただろう。

だが、トリアの言葉だと、すんなりとラウの中に染み渡《わた》っていく。

（……惚《ほ》れた弱み、だな）

幼子をあやすような手の動きは、徐々《じょじょ》に遅《おそ》くなり、止まってしまう。

穏《おだ》やかな寝息が頭上からもれ聞こえてくる直前、優しい声が耳朶《じだ》を打つ。

「おやすみ、ラウ。良い夢を」

温かな体温、柔らかな呼吸音、そして、生きていることを感じさせる力強い心音が、ラウの全身を包み込んでくれる。頬《ほお》に感じる胸の感触《かんしょく》と、甘い香《かお》りがくすぶった熱を生み出し、けれど、それ以上の穏やかさで満たされていく。

「……おやすみ、トリア」

一足先に夢の中に旅立った相手へ、静かに声をかける。

温かな背中に手を回し、むき出しの細い足に自らの足を絡《から》める。広い寝台《しんだい》の中で一つになる。隙間《すきま》なくくっつけば、先ほどまでの悪夢は溶《と》けて消えていった。

目を閉じれば、穏やかな眠りへと導かれていく。今日はもう悪夢を見ることはない。何故か、そう自信を持って断言できる。

——おやすみ、俺の誰《だれ》よりも愛する人。

もし見るとすれば、きっと君が出てくる幸せな夢だろうと、ラウは温かなまどろみに身を任せていった。

あとがき

皆様《みなさま》はじめまして、青田《あおた》かずみと申します。そして、前作を読んでくださっている方々はお久しぶりです。再びお目にかかることができ、光栄に存じます。

まず、数ある作品の中から本作品をお手に取っていただき、誠《まこと》にありがとうございます。読み終えた後に少しでも「楽しかった！」と感じていただければ幸いです。

本作品はカクヨムの新サービス、カクヨムネクストにて連載《れんさい》をさせてもらっていた作品となります。新しい試みに参加させていただけるという非常に貴重な機会をもらい、私自身も新たな挑戦《ちょうせん》ができれば、と考えながら必死に書き上げました。

前二作が恋愛《れんあい》要素の薄《うす》い作品だったこともあり、今回はとにかく糖度高め、甘い作品をお届けすることを目指しました。舌が溶《と》けるほどのロイヤルミルクティー、にはまだまだ遠いかもしれませんが、ほんのり甘さを感じるカフェラテになれていれば幸いです。

また、今回は戦うヒロインにも挑戦させてもらいました。トリア含《ふく》めて、本作品の中に読者の皆様が共感できる、好きだと思ってもらえるキャラクターが一人でもいれば、作者冥利《みょうり》に尽《つ》きます。

書籍《しょせき》化に伴《ともな》い、前述したカクヨムネクスト限定で書き下ろし短編も掲載《けいさい》させていただいております。カクヨムネクストでは素晴《すば》らしい作家様たちによる、バラエティに富んだ小説を読むことができますので、ご興味がありましたらぜひ足を運んでくださいませ。

そして、この場をお借りして、本作品に関《かか》わってくださったすべての皆様へ、心より感謝申し上げます。

素晴らしいイラストを描《か》いてくださった喜《き》ノ崎《さき》ユオ先生。まさにイメージぴったり、いえ、それ以上の魅力《みりょく》的なイラストの数々、本当にありがとうございました。お忙《いそが》しい中で仕事を受けてくださり、こんなにも美麗《びれい》なイラストを仕上げてくださったこと、お礼の申し上げようもございません。

担当様、プロットの段階から原稿《げんこう》の完成まで導いてくださったこと、カクヨムネクストでの連載に関して多大なるご尽力《じんりょく》を賜《たまわ》りましたこと、重ねてお礼申し上げます。今後とも、何卒《なにとぞ》ご指導のほどよろしくお願いいたします。

また、校正者様をはじめ、本作品の出版に携《たずさ》わってくださった多くの方々に、感謝の気持ちでいっぱいです。誠にありがとうございました。

最後となりますが読者の皆様、貴重なお時間を使って本作品を読んでくださり、衷心《ちゅうしん》よりお礼申し上げます。再びお目にかかれることを願い、今後も精進してまいります。

ありがとうございました！　またお会いできる日を楽しみにしております！

青田かずみ

BEANS BUNKO

「令嬢トリアは跪かない 死に戻り皇帝と夜の国」の感想をお寄せください。
おたよりのあて先
〒102-8177 東京都千代田区富士見2-13-3
株式会社KADOKAWA 角川ビーンズ文庫編集部気付
「青田かずみ」先生・「喜ノ崎ユオ」先生
また、編集部へのご意見ご希望は、同じ住所で「ビーンズ文庫編集部」
までお寄せください。

令嬢《れいじょう》トリアは跪《ひざまず》かない

死《し》に戻《もど》り皇帝《こうてい》と夜《よる》の国《くに》

青田《あおた》かずみ

角川ビーンズ文庫 24228

令和6年7月1日 初版発行

発行者———山下直久
発 行———株式会社KADOKAWA
〒102-8177 東京都千代田区富士見2-13-3
電話 0570-002-301（ナビダイヤル）
印刷所———株式会社暁印刷
製本所———本間製本株式会社
装幀者———micro fish

●お問い合わせ
https://www.kadokawa.co.jp/ （「お問い合わせ」へお進みください）
※内容によっては、お答えできない場合があります。
※サポートは日本国内のみとさせていただきます。
※Japanese text only

ISBN978-4-04-114910-2 C0193 定価はカバーに表示してあります。 ◇◇◇